译文经典

海 浪
The Waves

Virginia Woolf

〔英〕弗吉尼亚·伍尔夫 著

曹元勇 译

上海译文出版社

海浪拍岸声声碎——译本序

用太阳或海浪的升起和沉落比喻人的一生,描述人的生命由生到死的过程,这对一般有一定文学素养的人来说丝毫也不足为奇。但是,在一部篇幅很长的作品中,使文本自身运行的节奏,使人物的情感、意识、思想、言说脉动的节奏,统统伴随着太阳或海浪的升起与沉落的节奏而起伏、张弛、生灭,从而形成某种完美和谐的对应,却是非常不可思议、难以想象的事情。这种不可思议、难以想象的事情便发生在上个世纪英国女作家弗吉尼亚·伍尔夫呕心沥血创作的作品《海浪》之中。与伍尔夫同时代的英国作家 E. M. 福斯特曾经赞叹这部作品写得恰到好处,说它:"略少一笔,则将失去它所具有的诗意;略增一笔,则它将跌入艺术宫殿的深渊,变得索然无味和故作风雅。"的确,复杂深奥的内容,精美别致的结构,臻于化境的艺术技巧,全都融会在这部充满实验色彩的作品中,使它当之无愧地成为伍尔夫最完美的创作。

《海浪》是一部高度诗意化、抽象化和程式化的实验作品。它没有严格意义上的故事,也没有严格意义上的性格饱满的人物。它将人生的全部岁月与一天的时间结构互相对应起来。从文本构成来看，它就像一部由九个乐章组成的音乐作品；每个乐章分为引子部分和正文部分。每个引子部分都是一篇精致的散文诗，它们按照太阳在一天的不同阶段在空中运行的不同位置——从晨光熹微，太阳初升，到太阳升高、当空而照，再到太阳西斜、落低、沉落，分别描写了同一景色在不同时间段的种种变化。构成这景色的有：运行在不同位置的太阳的光线，海边的一座房屋，海潮的阵阵涨落，鸟儿和花朵在不同时间段的不同状态，房间里的种种物体随着光线的变化所呈现的种种形态，等等。对这景色的种种变化的描写在富有音乐变奏的同时，又像是一幅幅富于变化的印象主义绘画，它们构成了整部作品中形象最为生动、诗意最为浓厚的部分。

  跟在每个引子后面的正文部分是六个人物在相应的人生各个阶段——从儿童时代，学生时代，青春时代，中年时代，直到老年时代——的瞬间内心独白。这是六个没有姓氏的、形式化的人物，他们分别是伯纳德、苏珊、奈维尔、珍妮、路易斯和罗达。除了作品的最后一个正文部分是由老迈的伯纳德一人面对一个就餐者的独白，总结他们六位的一生之外，前面的八个正文部分全部是由这六个人物交替进行的瞬间内心独白所构成。每篇正文部分的内容与引子部分的基调均形成互相映照的关系。晨光熹微，太阳初升的时候，花园里的鸟儿唱着单调的歌曲，而处于孩提时代的六个孩子的意识和言辞犹如这单调的鸟鸣一样显得既简单、又跳跃。太阳升上来时，阳光洒下越来越阔大的光斑，读书时代的六个儿童的意识也在成长，开始对周围的一切做出初步的反映。随着太阳已经升起，六个人物步入青春时代，他们的意识、情感就像海浪和海岸上的景色一样全都变得明亮、复杂起来。升起的太阳垂直地俯瞰着波涛起伏的海面,阳光像尖锐的楔子射进了房间,六个人物的个性意识也终于成形并显露出来;他们聚在一起为他们共同的朋友珀西瓦尔就要前往印度饯行,这场为了告别的聚会其实就是一场成人仪式。太阳升至中天后,阳光下的景物没有秘密,全都被清清楚楚、细致入微地暴露出来;与此相应,成熟起来的六个人物开始听到死亡的信息——他们共同的朋友珀西瓦尔在印度死了,世界和生命开始笼罩上了阴影。接着,午后的阳光斜斜地照射下来,浪潮在海岸上留下片片积水,搁浅的鱼儿在那里扑打着尾巴,六个人物刚刚步入中年,他们尝试着越出自我,寻求爱情。太阳落得越来越低之后,花园里的花朵开始凋谢,六个人物开始意识到时间无可挽回的流逝,意识到生命的局限。太阳沉落时,如同坚硬岩石般的白昼碎裂了,收割后的庄稼只剩下一片片残茬,海岸上的阴影开始蔓延开来,日近黄昏,历尽沧桑的六个人物又一次聚在一起,充满绝望和幻灭感地回忆他们的人生历程。太阳完全沉落之后,黑暗的潮水淹没一切,唯一还活着的人物伯纳德面对即将走完的生命历程,开始总结他和他的朋友的一生。随后,能够听到的只剩下——"海浪拍岸声声碎"。这是一个非常形象的总结。这种潮生潮灭的海浪形象构成了人的生命、意识、感觉的永恒象征。

在《海浪》的正文部分,六个人物的独白就像一个乐章的六个声部,轮番交替地呈现出来,它们有时候互相独立,有时候又存在一些对位关系。这六个人物按照太阳的运行,海浪的起落,以程式化的独白语言描述着他们从幼年到老年的人生体验。六个声部所呈现出来的不是具体的、实在的个人化声音,而是被提炼到了很纯粹、很抽象的层次上,远离了原质生活的静默的声音。不仅如此,六个声部之间还基本上没有相互对话。并且,在同一个章节中,六个声部的独白不是在同一个时间水平上进行的,而是递进式地展示着时间、生命、人生的进程。就是说,时间的演进,生活的变化,无不是随着他们一个接一个的瞬间独白而呈现的。当六个人物都还是小孩子时,时间和生活是清晰、简洁的;而随着他们年龄的增长,从青年到中年再到老年,时间和生活就像成人们的世界一样失去了可以把握的秩序。这种变化明显地体现在他们各自的言说方式上,因为他们独白的言辞也随着年龄的增长而变得愈来愈复杂起来——从早期简单的跳跃的言辞,到青年时代、中年时代、老年时代的越来越复杂的言辞——句式由短变长,由简单到繁复。六个人物的性格轮廓也随着这些变化逐渐由模糊不清变得相对清晰、饱满起来。然而,六个人物在整个作品中又并不具备鲜明的、活灵活现个性,他们每个人的性格特征均呈现为程式化的、抽象化的、类型化的。比如说,伯纳德像个热爱生活的作家,他相信言辞的力量,喜欢用各种各样的辞藻来描述世界;奈维尔崇尚理性精神,追求严谨的知识;路易斯心理自卑,但又深受传统的影响,具有极强的进取心;苏珊厌弃都市,向往自然,像个贤妻良母;珍妮憧憬社交生活,具有敏锐的肉体感受力;罗达羞怯而神秘,她总在说自己没有面孔,试图遗忘自己的存在,而凝视彼岸的世界。六个人物仿佛代表了人的生命的不同侧面。将六个人物凝聚在一起的是一个神秘的、始终沉默、但又像影子一样始终存在于每个人的意识和独白中的人物,这就是他们共同的朋友珀西瓦尔——一个与英国十五世纪作家托马斯·马洛礼爵士编写的《亚瑟王之死》中寻找圣杯的骑士名字相同的人物。珀西瓦尔是他们心目中的英雄,是他们衡量生活意义的标尺；同时，对于他们每一个人来说，珀西瓦尔又是一个不同的人，代表着他们各自的隐秘愿望。

在六个进行瞬间内心独白的人物中，伯纳德是唯一一个自始至终都历历在目的人物。孩童时代的伯纳德曾经说过："我们通过辞藻互相融入了对方。我们的边界模糊不清。我们组成了一个虚幻飘渺的王国。"在大学时代，他曾经在不同的阶段把自己认同为各式各样的角色，如哈姆雷特、雪莱、陀思妥耶夫斯基小说中的某个主人公，还有拜伦等。他终生信仰词语的魔力，在一生中他不断地记着各式各样的笔记。通过词语的编织，他像一张蜘蛛网似的把其他人的生活联结在了一起。尤其是在《海浪》的最后一章，衰老、孤独的伯纳德的总结性独白，堪称一部可以独立成章的、将密度压缩到极致的长篇小说。这部分所达到的艺术高度，它所揭示的人生的复杂性和丰富性，在一定程度上堪与《尤利西斯》那样的巨著相媲美。在《海浪》的前面出现过的所有人物的生活，全都通过伯纳德这生命最后一刻的长篇独白编织在了一起。不仅如此，他的总结还起到了使整部《海浪》的结构达到最完美的平衡的作用。

《海浪》出版于一九三一年，那一年弗吉尼亚·伍尔夫已接近五十岁，正当创造力极为旺盛时期。在此以前，她已经在小说实验的道路上积累了丰富的经验；她在小说创作中所表现出来的富于创造性的独特声音，也已经使她成为现代主义文学运动中的主要人物之一。她的第一部实验小说《雅各的房间》发表于一九二二年。那是一个对于现代主义文学运动具有特别意义的年份。在那一年，诗人艾略特发表了他的长诗《荒原》，小说家乔伊斯发表了他的小说《尤利西斯》，英吉利海峡彼岸的普鲁斯特则告别了人世。那一年发生的文学大事自然对伍尔夫的文学观念产生了意义深远的影响。就个人的文学写作来说，伍尔夫称，在《雅各的房间》里"我（在四十岁时）发现了如何用自己的声音去说话"。而面对乔伊斯的那部对整个十九世纪的小说样式形成摧毁性颠覆的《尤利西斯》，她清醒地意识到它对于小说艺术的革新来说，"乃是一场令人难忘的突然剧变——无限地大胆，可怕的灾难"。不过她对《尤利西斯》并不是盲目地完全肯定。她认为乔伊斯在一定程度上还是遵循着从前的小说道路，因为乔伊斯所运用的种种新颖的艺术方法无非是为了表现世纪初的都柏林社会生活。对于小说艺术，她有自己独特的见解，她要独辟蹊径，执著地走一条与众不同的创作道路，亦即以隧道掘进的方式充分展示个人的内心世界。伍尔夫的追求在某种程度上是非常纯粹的。她对外部现实世界抱有怀疑的态度，她所感兴趣的是一种所谓"内在的真实"，这种"内在的真实"就是积累在人的内心深处而又不断涌现到意识层面上来的种种感觉印象。在她看来，一个人的存在就像是一个体验感觉的器官，从一个人的出生到死亡，无时无刻不在经受着感觉体验的冲击。在那篇著名的文学宣言式的文章《论现代小说》（一九一九年）中，她写道：

"心灵接纳了成千上万的印象——琐碎的、奇异的、倏忽即逝的或者用锋利的钢刀深深地铭刻在心头的印象。它们来自四面八方，就像不计其数的原子在不停地簇射……生活并不是一副副匀称地装配好的眼镜；生活是一圈明亮的光环，生活是与我们的意识相始终的、包围着我们的一个半透明的封套。把这种变化多端、不可名状、难以界说的内在精神——不论它可能显得多么反常和复杂——用文字表达出来,并且尽可能少羼入一些外部的杂质,这难道不是小说家的任务吗?

……让我们按照那些原子纷纷坠落到人们心灵上的顺序把它们记录下来;让我们来追踪这种模式,不论从表面上看来它是多么不连贯、多么不一致;按照这种模式,每一个情景或细节都会在思想意识中留下痕迹。"

《雅各的房间》是伍尔夫为使上述写作理想变成现实所做的初步尝试,其中散布着许多充满印象主义色彩的场景和感觉描写。这部小说在艺术上还不是十分成熟,但是伍尔夫从这部小说的尝试中摸索到了创造一种新小说的可能性。这种可能性在她随后的两部小说——《达洛卫夫人》(一九二五年)和《到灯塔去》(一九二七年)中得到了圆满实现。这是两部极具英国式的严谨的现代主义小说,两部在意识流小说中占据重要地位的作品。伍尔夫在这两部小说中娴熟地运用了诸如内心独白、感觉分析、主客观时间交错、象征等意识流小说技巧。《达洛卫夫人》像《尤利西斯》一样,小说中所发生的事情全部压缩在从上午九点到次日凌晨的短短十五个小时里,展示了一位上层社会妇女在这段时间里的内心活动,并且通过内部时间与外部时间的穿插交错,清楚无遗地展现出她从十八岁到五十二岁的内在的生活体验。《到灯塔去》除了意识流技巧运用娴熟之外,在结构处理上也更为紧凑和诗意化。这部小说采用了三段式的音乐结构,第一部分"窗口"以拉姆齐夫人为中心人物,通过她的心灵之窗展示了九月的某个下午和黄昏的生活(音乐中的主题);第二部分"岁月流逝"则以时间、生命的流逝为主题,人世沧桑,小说第一部分中的许多人物已经去世

（音乐中的副题）；第三部分"灯塔"则以已经去世的拉姆齐夫人的精神之光永恒存在于生者的心中为主题（音乐中的主题变奏）。伍尔夫采用这种具有浓厚象征意蕴的精巧结构，一方面是为了小说外部形式上的锐意创新，另一方面，也是很重要的一个方面，则显然是为了与小说中人物关于生活、死亡、时间等人生问题的近乎抽象的反省、沉思达到某种艺术上的平衡。如果说在《达洛卫夫人》中，伍尔夫还在通过种种意识流手法试图表现出主人公个人内在的生活体验，那么到了《到灯塔去》她显然已不仅仅满足于这种表现，在一种浓缩的诗意化的结构形式中，她开始尽可能地避开那些具体的生活细节，试图写出一种一般意义上的生活——抽象的、沉思默想的生活——其中裹挟着关于生命、时间、痛苦、希望、死亡等人生问题的思考。可以说，伍尔夫由此开始了超越对纯粹个人化的内在经验的描写，而转向了对人生经验的抽象本质的探索。但是，在《到灯塔去》中，对抽象的生活实质的描写还是受到了关于具体人物的叙述的限制。直到写作《海浪》的时候，伍尔夫才基本上摆脱了这种限制的束缚，随心所欲地进行全方位的实验。

伍尔夫属于那种把小说艺术研究与小说创作很好结合起来的作家。她一生中写了大量的作品评论，其中既有对古典文学又有对现代作品的研究。在写于一九二七年的小说理论文章《狭窄的艺术之桥》（原来的题目是《诗歌、小说与未来》）中，伍尔夫通过研究伊丽莎白时代的诗剧、浪漫主义时期的英国浪漫派诗歌以及在文体上惊世骇俗的《特利斯特拉姆·项迪传》（十八世纪英国作家劳伦斯·斯特恩的长篇小说），描述了她心目中的理想小说。她认为，那像饕餮一样的小说将会吞噬许多文艺形式：

"它将用散文写成，但那是一种具有许多诗歌特征的散文。它将具有诗歌的某种凝练，但更多地接近于散文的平凡。它将带有戏剧性，然而它又不是戏剧。它将被人阅读，而不是被人演出。我们究竟将用什么名字来称呼它，这倒并不重要。重要的是，我们看到在地平线上冒出来的这种新颖的作品……

它和我们目前所熟悉的小说的主要区别，在于它将从生活后退一步，站得更远一点。它将像诗歌一样，只提供生活的轮廓而不是它的细节。它将很少使用作为小说的标志之一的那种惊人的写实能力。它将很少告诉我们关于它的人物的住房、收入、职业等情况；它和那种社会小说和环境小说几乎没有什么血缘关系。带着这种局限性，它将密切地、生动地表达人物的思想感情，然而，只是从一个不同的角度来表达。它将不会像迄今为止的小说那样，仅仅主要是描述人与人之间的相互关系，以及他们的共同活动；它将表达个人的心灵和一般的观念关系，以及人物在沉默状态中的内心独白。"

从最初酝酿到最后完成花了四年之久的《海浪》，在某种程度上就是遵循着这种小说写作的理想而进行创作的。这部作品就像是一种写作的历险。它让纯诗一般的独白片断像无数生生不息的海浪一样我行我素、自由自在地生成，无须任何解释。它对小说写作的革新，使它完全超越了小说这种形式，变成了非小说。它完全打破了传统小说的封闭式结构，它没有传统小说中占中心地位的主人公。它让六个人物的内心独白如同季节和海浪一样循环往复,潮起潮落,而且关于这些人物没有任何客观真实的描述;他们只是一些没有躯壳的幽灵,一些抽象的、作者借以抒写生活感受和人生实质的传声筒。

为了让作品达到纯诗的高度,伍尔夫一如既往地重视对人生中的特殊瞬间的开掘和描写。她认为:"每一个瞬间,都是一大批尚未预料的感觉荟萃的中心。"(见《狭窄的艺术之桥》)在关于《海浪》的创作日记中,她曾写道:"我有了一个想法,现在我所做的一切乃是使每一个原子都达到饱和。我要把所有无用的、没有生气的或多余的描写统统剔除,全力以赴地去表现那瞬间,不管它包含着什么样的内容。比如说,那瞬间是思想、感觉和大海的呼吸的组合。"所以,在《海浪》中,每个人物的独白均呈现为关于人生瞬间感受的独白。这些瞬间的感受在每个人物的生活中均产生着巨大的影响。它们被放大,被像科学解剖一样细致入微地展示了出来。这使得《海浪》成为一部揭示人生瞬间的深层内蕴的作品。与此同时,伍尔夫又赋予每个人物的瞬间独白以戏剧性的力量,使他们各自的独白均呈现为相互独立的声音,从不同的视角描述着不同的人生经验。对此,伍尔夫在创作日记中写道:"我认为《海浪》正在转化为一系列戏剧性独白。关键是使它们随着海浪的节奏均衡地出现与消失。"这就是说,把人物置于大海的背景中,用海浪的节奏为作品赋予整体上的美感,亦即借助海浪的韵律,把纯诗性的描写与戏剧性的独白融合成为一个有机的艺术整体。

这就是《海浪》,一部将诗歌、戏剧,乃至音乐等多种文艺形式融入小说写作中去的作品。面对这样的作品,许多人说它是诗化小说。但也有人意识到了它的戏剧化特征,比如法国作家莫洛亚在评述伍尔夫的著作中感叹地说：它"简直成了一首长诗。六个人物用变化的诗句讲着话，中间插入一些抒情的默想。是诗吗？更正确地说，是一部清唱剧。六个独唱者轮流念出辞藻华丽的独白，唱出他们对时间和死亡的观念"。

针对伍尔夫所展示的这样一种创作形态，爱·福斯特曾经作过一个非常准确的概括，我们可以借来作为本文的结尾。福斯特在一篇题为《弗吉尼亚·伍尔夫》的演讲中说："她属于诗的世界，但又迷恋于另一个世界，她总是从她那着了魔的诗歌之树上伸出手臂，从匆匆流过的日常生活的溪流中抓住一些碎片，从这些碎片中，她创作出一部部小说。……这就是她的问题所在：她是一位诗人，却想写出一部尽可能接近于小说的作品。"

曹元勇
二〇〇〇年七月

太阳尚未升起。海和天浑然一体，只有海面上微波荡漾，像是有一块布在那里摇摆出层层褶皱。随着天际逐渐泛出白色，一道幽深的阴影出现在地平线上，分开了海和天，那块灰色的布面上现出一道道色彩浓重的条带，它们前后翻滚，在水下，你推我拥，相互追逐，绵延不绝。

当它们抵达岸边时，每道波纹都高高涌起，迸碎，在海滩上撒开一层薄纱似的白色水花。浪波平息一会儿，接着就重新掀起，发出叹息般的声响，宛似沉睡的人在不自觉地呼吸。地平线上那道幽暗的阴影逐渐变得明朗起来，就像一瓶陈年老酒中的沉渣沉淀后，酒瓶泛出绿茵茵的光泽。在地平线之外，天空也渐转清澈，好像那里的白色渣滓已经沉淀，又好像有一位隐伏在地平线下面的女性用手臂擎起一盏明灯，使得白、青、黄三色相间的朦胧光线展开在天际，恰似铺展开来的根根扇骨。这会儿，那位女性把灯举得更高了一些，大气似乎变成了纤维织品，挣脱绿茵茵的海面，在缕缕红黄交织的纤维中间闪烁，燃烧，犹如自篝火堆上腾起的焰火。接着，这燃烧的焰火中的万千丝缕逐渐融汇成炽热、朦胧的一片，将那沉甸甸的毛毯似的灰色天幕托举起来，使天空变成由亿万点浅蓝色的微粒形成的光霭。海面渐渐变得明澈起来，只见细浪涟涟，波光闪闪，直到那些幽暗的条带差不多全部销踪匿影。那只擎着明灯的手臂缓缓地越举越高，最后可以看到一片广漠的光焰；一圈弧形的光芒燃烧在地平线上，照耀得近旁的海面金光闪闪。

光线照到了花园里的树上，将片片树叶逐个映得透明发亮。有一只鸟儿在高处啾啾而鸣；一阵儿停歇；然后另一只鸟儿在低处开始啾唧歌唱。阳光照得房屋墙壁的轮廓清晰起来，随后又像扇尖似的轻轻落在一席白色窗帷上，照出卧室窗前的一枚树叶手指印似的蓝色阴影。窗帷微微拂动了一下，室内的一切仍然笼罩在昏暗里，显得虚幻飘渺。室外，鸟儿唱着单调的歌曲。

"我看见一个圆环儿，"伯纳德说，"悬在我的头顶上。它浮在一圈光晕中，不停地颤动。"

"我看见一片淡黄色，"苏珊说，"蔓延开来，最后跟一道紫色的纹带连在一起。"

"我听见一个声音，"罗达说，"啾啾啾，唧唧唧；啾唧啾唧；一会儿升高，一会儿降低。"

"我看见一个圆球儿，"奈维尔说，"在连绵广阔的山峦衬托下，像一颗水珠悬垂着。"

"我看见一条绯红色的丝带，"珍妮说，"上面编着金色的丝线。"

"我听见有个东西在蹬脚，"路易斯说，"一头巨兽的脚上拴着锁链。它在蹬脚，不停地蹬呀，蹬呀。"

"瞧阳台角落里的那张蜘蛛网，"伯纳德说，"上面黏着一粒粒水珠，那是点点白色的光。"

"那些扫到一起、堆在窗前的树叶,像一堆带芒的麦穗,"苏珊说。

"小径上有个阴影,"路易斯说,"像弯曲的胳膊肘。"

"草地上有一些摇曳飘忽的光斑,"罗达说,"它们是从树叶的缝隙里漏下来的。"

"掩隐在树叶丛中的那些鸟儿,眼睛闪着亮光,"奈维尔说。

"花梗上覆盖着一层粗短的茸毛儿,"珍妮说,"上面挂着一颗颗水珠。"

"一条毛毛虫蜷成一个绿颜色的圆环,"苏珊说,"它身上长着一排排短脚。"

"这只灰壳的蜗牛拖着身体爬过小径,一路上压平了它身子底下的青草,"罗达说。

"明亮的灯光从窗格眼里透出来,在草地上闪闪烁烁,忽隐忽现,"路易斯说。

"我的脚感觉到石头的冰凉,"奈维尔说,"无论是圆石头还是尖石头,我都能一一感觉出来。"

"我的手背在发烧,"珍妮说,"手掌却沾着露水,又冷又湿。"

"现在公鸡啼鸣了,就像白花花的潮水中突然喷出一股鲜红的急流,"伯纳德说。

"那些鸟儿一会儿飞高一会儿飞低,一会儿出现一会儿隐没,在我们的周围啾喝不止,"苏珊说。

"那头野兽一直在蹬脚;那只脚上戴着镣铐的大象;那头巨大的动物一直在海滩上蹬着脚,"路易斯说。

"瞧那座房子,"珍妮说,"它的每个窗户上都挂着白色

海浪 | 003

的窗帘。"

"洗碗室里的水龙头流出了冷水，"罗达说，"水流到了盆子里的鲭鱼身上。"

"墙上开满了金灿灿的裂缝儿，"伯纳德说，"窗户前面摇曳着由树叶映照出来的手指印般的蓝色阴影。"

"现在康斯坦布尔太太穿上了她那双黑色的厚长筒袜子，"苏珊说。

"当炊烟升起来的时候，睡意像一缕轻烟升离了屋顶，"路易斯说。

"那些鸟儿本来叫成一片，"罗达说，"这时洗碗室的门打开了，它们立刻全部飞走了。它们就像一把撒出去的麦粒一哄而散。不过还有一只小鸟儿独自在卧室的窗前叫个不停。"

"锅子的平底上冒起一层气泡儿，"珍妮说。"随后这些气泡纷纷升上来，越升越快，就像一串银白的珠子浮向水面。"

"现在贝迪正拿着一把有锯齿的刀子将鱼鳞刮到一个木头盘子里，"奈维尔说。

"餐厅的窗户现在变成了暗蓝色，"伯纳德说，"烟囱上面的空气在飘。"

"一只燕子栖息在避雷导线上，"苏珊说，"贝迪咚的一声把水桶丢在厨房的石板地上。"

"那是教堂的钟敲响了第一下，"路易斯说，"随后就连续敲了起来；一下，两下；一下，两下；一下，两下。"

"瞧那块桌布，沿着桌边洁白地垂下来，"罗达说，"现在桌子上又摆了一圈白色的瓷盘，每只盘子的边上都镶着银线。"

"忽然一只蜜蜂的嗡嗡声传到了我的耳朵里,"奈维尔说。"它在这儿;它飞走了。"

"我在发烧,我在颤抖,"珍妮说,"我要避开这阳光,躲进这片阴影里。"

"现在他们全都走了,"路易斯说,"我是独自一个人。他们进屋吃早饭去了,只剩下我站在墙边的花丛里。时间还很早,还不到上课的时候。青草丛里点缀着一朵朵鲜花。花瓣五彩缤纷。花茎从下面黝黑的土沟里生长出来。那些鲜花就像光线幻化而成的鱼儿,在暗绿的水面上浮游。我把一株花茎握在手里。我就是这株花茎。我的根扎入地球的深处,穿过夹着砖块的干燥的土地,润湿的土地,穿过铅和银的矿脉。我全身都是纤维做的。任何震动都令我浑身颤抖,沉重的大地挤压着我的肋骨。上面,瞧,我的眼睛全是绿色的树叶,什么也看不见。在这儿我是一个穿着灰色法兰绒制服的男孩,腰里系着一根用黄铜蛇头扣起来的皮带。下面,瞧,我的眼睛是尼罗河岸边沙漠里的一尊石像①那睁得大大的眼睛。我看见女人们带着红色的水罐朝着那条河走去;我看见骆驼队正一摇一晃地行进,男人们头上都缠着头巾。我听见走路、颤抖、骚乱的声音在我的四周响着。

"在上面,瞧,伯纳德、奈维尔、珍妮和苏珊(但是没有罗达)老是用他们的捕虫网在花坛上面挥来挥去。他们从像是频频点头一样摇曳的鲜花上面捕捉蝴蝶。他们的捕虫网上粘满了扑动的翼翅。'路易斯!路易斯!路易斯!'他们喊叫着。但是他们看不见我。我在树篱的外面。在树叶丛里只有很小的

---

① 指狮身人面像斯芬克司。

孔隙。哦,主啊!让他们走开吧。主啊,让他们把那些蝴蝶放在一块摊开在砂砾上的小手帕里。让他们去数他们的乌龟壳,去数他们鲜红的蛱蝶和菜粉蝶①吧。只求我不被别人看见。我全身青绿,像是树篱荫中的一株紫杉。我的头发是树叶子的。我扎根在地球的中心。我的身体是一株花茎。我挤压这株花茎。一滴液汁从断口处的孔眼里渗出,它缓缓,黏稠,变得越来越大。现在有个粉红色的影子从树叶的孔隙旁走过。现在一道目光穿过缝隙溜了进来。这目光碰上了我。我是一个穿着灰色法兰绒制服的男孩。她找到我了。我的脖子后面被碰了一下。她吻了我一下。一切都被打乱了。"

"早餐过后,"珍妮说,"我正在跑步。我看见树篱上一个孔洞里的叶子在晃动。我想'那一定是一只小鸟呆在它的巢里呢'。我拨开树叶,瞧了瞧;然而根本没有什么呆在巢里的小鸟。那些树叶还是在动。我吓坏了。我跑过苏珊身边,跑过罗达身边,又跑过正在工具棚里谈着话的奈维尔和伯纳德。我边跑边叫,越跑越快。是什么东西让那些树叶子晃动呢?是什么使我心跳,挪动我的双腿呢?哦,我冲到了这里,看见你,路易斯,像一株小树一样碧绿,像一根树枝,纹丝不动,呆呆地睁着你的眼睛。'他死了吗?'我心想,接着就吻了你,同时我的心在我的粉红色上衣里面不停地跳动,就像这些叶子,虽然没有什么使它们动,却仍在一个劲儿地晃动。现在我闻见天竺葵的气息;我闻见泥土堆的气息。我舞蹈。我细语。我像一张撒开的光线织就的网将你罩住。我浑身颤抖着扑倒在你的身上。"

---

① 一种幼虫食卷心菜等菜的叶子的蝴蝶。

"透过树篱上的孔隙，"苏珊说，"我看见她亲吻他。我从我的花瓶上抬起头，透过树篱上的一个孔隙望过去。我看见她亲吻他。我看见他们，珍妮和路易斯，在接吻。现在我要把巨大的痛苦裹在我的小手帕里。我要把它紧紧地揉成一团。我要在上课之前独自跑到山毛榉树林那边。我不想坐在课桌旁，做算术题。我不想坐在珍妮和路易斯的旁边。我要把我的哀伤带去，将它摊放在山毛榉的树根上。我要细心检查它，把它捏在手指中间。他们会找不到我。我会吃坚果，在黑莓丛里觅食鸟蛋，我会变得头发蓬乱，我会在树篱下面睡觉，喝沟里的水，死在那里。"

"苏珊从我们旁边走了过去，"伯纳德说，"她从工具棚的门口走了过去，手里的手帕揉成了一个圆蛋儿。她没有哭，可是她那双特别美丽的眼睛却眯成一条缝，就像猫儿在跃起之前细眯着的眼睛一样。我要跟着她，奈维尔。我要悄悄地跟在她后面，满怀好奇地随时准备着，好在她忽然怒气爆发并且觉得'我孤独啊'的时候，上前去安慰她。

"现在她为了瞒过我们，正大摇大摆、若无其事地穿过田野走去。接着她走到了斜坡那边；她以为谁也看不见她了；她双手紧握在胸前，迈脚奔跑起来。她的手指甲紧紧地掐着那个揉成一团的小手帕。她朝着不见阳光的山毛榉树林直冲过去。她一跑到那儿，就张开双臂，像个游泳者似的冲进了树阴。但是由于刚刚从阳光中来，眼前一片昏暗，她脚下就绊了一下，扑倒在树根上；那里的光线就像气喘似的时隐时现，闪烁不定。树枝在上上下下地晃悠。在这里有烦躁和苦恼。有忧愁。光线忽明忽灭。在这里有极度的痛苦。盘结弓曲在地面上的树根的形状就像一副骷髅，盘曲的地方堆积着枯枝败叶。苏珊把她的痛苦铺开。她把小手帕摊在山毛榉树的根上,她自己蜷缩着坐在她刚才摔倒的地方嘤嘤地抽泣。"

"我看见她吻他了,"苏珊说,"我透过树叶的孔隙望过去,看见了她。她浑身闪耀着钻石般的光彩翩翩而舞,进入里面,轻盈得宛如一粒飞尘。而我却胖墩墩的,伯纳德,我就是这样矮。我的眼睛望出去,距离地面是这么近,看得清草丛里的小昆虫。当我看见珍妮吻路易斯的时候,我那含着嫉妒的热情一下子就化成了冰冷的石头。我将啃着青草,死在混浊不清、淤满腐枝烂叶的脏水沟里。"

"我瞧见你走了过去,"伯纳德说,"当你经过工具棚的时候,我听见你哭泣:'我真是不幸啊。'我放下我的小刀子。我正在和奈维尔一起用木柴做小船。我头发乱蓬蓬的,因为康斯坦布尔夫人让我梳头的时候,有一只苍蝇落在蜘蛛网上,我就问:'我是该去解救这只苍蝇呢?还是任由它被吃掉呢?'结果,我总是把事情给耽误了。我头发没有梳成,上面沾满了木屑。我一听见你哭泣,就跟了过来,接着就看见你摊开你那块揉成一团、里面裹着怒气、裹着怨恨的手帕。不过这些很快都会过去的。现在我们的身体紧靠在一起。你听见我的呼吸。你也看见这只小昆虫驮着一枚树叶离去。它一会儿往这边跑,一会儿往那边跑,所以在你瞧着这只昆虫的时候,就连你那想占有某一个事物(此刻这个事物就是路易斯)的愿望一定也在动摇,正像那山毛榉树叶丛里忽隐忽现的光影;于是,一些在你内心深处悄悄活动的辞句,将会化解紧裹在你这块小手帕里的苛刻怨恨的疙瘩。"

"我又爱,又恨,"苏珊说,"我只渴望一样东西。我的目光是呆板的。珍妮的眼睛总能迸发出千万种光彩。罗达的眼睛则像夜间招惹飞蛾①的淡白色花朵。你的眼睛生得又大又饱满,什么时候都是那么炯炯有神。不过我已经开始了我的追求。我看见草丛里的小昆虫。虽然我的母亲还在给我织白色短袜,缝围裙褶边;虽然我还是孩子,我却又爱又恨。"

"可是当我们紧靠着坐在一起时,"伯纳德说,"我们通过辞藻互相融入了对方。我们的边界模糊不清。我们组成了一个虚幻飘渺的王国。"

"我看见那只甲虫,"苏珊说,"我看见,它是黑色的;我看见,它是绿色的;我只会说简单的词句。而你却滔滔不绝,口若悬河;你说着由一串串辞藻连缀而成的连珠妙语,兴致越来越高涨。"

"现在,"伯纳德说,"让我们去探险吧。有一所白色的房子坐落在树林里。它一直坐落在我们下面很远的地方。我们要沉下去,就像游泳的人刚好用脚趾尖触到河床那样。我们要穿过那有树叶形成的绿茵茵的大气,沉下去,苏珊。我们一边跑一边下沉。气流在我们的上方闭合,山毛榉树的叶子在我们头上汇合。这里是马棚里的闹钟,它的镀金的指针金光闪耀。那里是巨大房屋屋顶的平坦部分和凸起部分。这儿是马夫,穿着橡皮长统靴在院子里得得地跑来跑去。那儿就是埃尔维顿②。

"现在我们已经穿过树梢落到地上。大气不再在我们的上方翻滚它那绵长的、不祥的紫色波浪了。我们触到了大地;我们在大地上行走。那儿是女主人的花园修剪得整整齐齐的篱

---

① 作者伍尔夫原来为《海浪》起的书名是《飞蛾》。
② 埃尔维顿是作者虚构的一个地名。

墙。她们经常在午间到花园里散步，带着剪刀，修剪蔷薇。现在我们到了一片四周有围墙环绕的树林。这就是埃尔维顿。我在十字路口看到过路牌，上面的箭头指向'至埃尔维顿'。没有人去过那里。羊齿草散发着浓厚的气味，草的下面生长着红色的伞菌。现在我们弄醒了正在沉睡而从未见过人类的穴鸟；现在我们踩在烂腐的橡实上面，这些橡实因为年深日久，变得又红又滑。在这片树林的四周有一道环形墙；没有人来过这里。听！那是一只硕大的癞蛤蟆正在矮树丛里跳跃；又是一些原始冷杉的球果啪嗒啪嗒地坠入羊齿草中去腐烂。

"把你的脚踩在这块砖头上面。朝围墙那边望一望吧。那儿就是埃尔维顿。那位女主人坐在两扇长窗的中间，正在写作。那是园丁用大扫帚扫着草地。我们是最先来到这儿的人。我们是一块没有人知道的地方的发现者。别动！如果那些园丁看见我们，他们会开枪打死我们的。我们会像黄鼬一样被钉在马棚的门上。注意！别动。紧紧地抓住墙头上的蕨草。"

"我看见女主人在写作。我看见园丁们在扫地，"苏珊说，"如果我们死在这里，就不会有人来埋葬我们。"

"快跑！"伯纳德说，"快跑呀！那个长着黑胡须的园丁看见我们了！我们会被开枪打死的！我们会像X鸟一样被射死，然后钉到墙上去的！我们是在一个充满敌意的国家。我们必须逃到那片山毛榉树林里。我们必须藏到那些树底下。在我们来的时候，我曾经折弯了一根树枝。那有一条隐秘的小路。尽量把身子弯得低一些。跟上，不要往后看。他们会以为我们是狐狸呢。快跑！

"现在我们平安无事了。现在我们可以重新站直身子了。现在我们可以伸展我们的双臂了，在这高远的天空下，在这广阔的树林里。我什么也听不见。那只不过是空中的气浪在喁喁细语。那是一只斑鸠正在冲出那片山毛榉树树梢的隐蔽处。那只斑鸠拍击着空气;那只斑鸠用笨拙的翅翼拍击着空气。"

"现在你越说越玄,"苏珊说,"你老是编造华丽的辞藻。现在你像一根气球上的飘带腾空飞起,穿过层层树叶,越升越高,高不可攀。现在你落在我后面。现在你用力扯着我的裙子,往后看着,编织着漂亮的辞句。你已丢下我逃走了。这儿就是篱墙。在这儿的小路上,罗达正不停地摇晃在她那个紫色洗脸盆里飘浮着的那些花瓣。"

"我所有的船只都是白色的,"罗达说,"我不要蜀葵或是天竺葵的红色花瓣。我要当我把洗脸盆倾斜起来时可以飘动的白色花瓣。我现在拥有一支舰队正在漂洋过海。我要扔一根树枝儿进去,给一名落水的海员当救生筏。我要扔一块石子儿进去,然后看那些气泡从海底升上来。奈维尔已经走了,苏珊也已经走了;珍妮也许正和路易斯一起在菜园里采摘红醋栗。在哈德逊小姐把我们的作业本摊开在课桌上的时候,我享受了一段独处的短暂时光。我可以享有短暂的自由。我捡起所有落在地上的花瓣,让它们漂游。我把雨滴洒在几片花瓣上。我要在这儿设置一座灯塔,栽上一个'甜美爱丽斯'①的脑袋。呵,现在我要沿着边儿摇晃这个棕色的洗脸盆,以便我的船队可以破浪前进。有的船将会沉没。有的船将会撞碎在悬崖峭壁上。只剩一条船独自航行。那就是我的船。它驶入冰窟,那里有海熊在咆哮,钟乳石悬着碧绿的链条。海浪掀起来;浪峰弯下去;观看桅杆上的灯火。船只溃散;船只沉没,只剩下我的船

---

① "甜美爱丽斯",学名是香雪球,一种生长在沙地上、开白花的小草。

跃上浪峰,乘着飓风,漂到海岛,在岛上鹦鹉喋喋不休,而爬行的动物……"

"伯纳德在哪里?"奈维尔说,"他拿着我的小刀子。我们正在工具棚里造小船儿,苏珊走过门口。于是伯纳德丢下他的小船儿,带着我的小刀子,跟在她的后面走了。他就像一根摇来晃去的电线,一截破损的钟舌,说话的时候总是带着鼻音。他就像攀在窗外的海草,一会儿湿,一会儿干。他丢下我让我不知所措;他跟着苏珊走了;而且如果苏珊哭了,他就会拿着我的小刀子,向她编造一些故事。那大个的刀身是一位皇帝,那残缺的刀片是一个黑人。我憎恶悬荡的东西;我讨厌潮湿的东西。我憎恶游来荡去,把事情搅和在一起。现在铃响了,我们要迟到了。现在我们必须丢下我们的玩具。现在我们必须一块进去了。那些作业本已经一本挨着一本摆在蒙着绿呢子的课桌上了。"

"我是不会去列举动词变位的,"路易斯说,"我要等伯纳德先回答。我父亲是布里斯班①的银行职员,所以我讲话带有澳洲口音。我要等着,照抄一下伯纳德的答案。他是英国人。他们都是英国人。苏珊的父亲是一位牧师。罗达没有父亲。伯纳德和奈维尔都是有身份的人的儿子。珍妮跟她的祖母一起住在伦敦。现在他们给他们的钢笔吸墨水。现在他们卷起作业本,朝旁边望着哈德逊小姐,数着她的紧身上衣上的紫色钮扣。伯纳德的头发里有一片木屑。苏珊的眼睛有些红肿。他们俩都是脸色红润。而我却面色苍白;我全身整洁,我的灯笼裤用一条安着蛇形铜扣的皮带扎紧。我的功课均已烂熟于心。

---

① 澳大利亚的港口城市。

我知道的永远比他们知道的要多。我熟知格与性的变化。只要我愿意,我可以知道世界上所有事物。但是我不希望显得出类拔萃,去回答我的功课。我的根部串联成串,就像花坛里的根须一样,围着世界绕了一圈又一圈。我不想显得出类拔萃,由这座黄钟面的、老是滴答作响的大钟支配着生活。珍妮和苏珊,伯纳德和奈维尔,他们几个拧成一根皮鞭来抽打我。他们嘲笑我的整洁,嘲笑我的澳洲口音。现在我要试着模仿伯纳德的样子,轻轻地咬着舌头说一说拉丁语。"

"那些是白色的词语,"苏珊说,"就像人们从海边捡起的卵石。"

"我一说出它们,它们就左右摇摆它们的尾巴,"伯纳德说。"它们摇动尾巴;它们摇动尾巴;它们成群结队地在空中漂游,一会儿朝着这边,一会儿朝着那边,漫无方向地漂游,时而分散,时而聚合。"

"那些是黄澄澄的词语,那些是火红色的词语,"珍妮说。"我真希望有一套火红的礼服,一套黄灿灿的礼服,一套茶色的礼服,好在晚上穿在身上。"

"每个时态都有不同的含义,"奈维尔说,"在这个世界上有一种秩序;在这个世界上,有各式各样的特性,各式各样的差异;我则踏上了这个世界的边界。因为这仅仅是一个开始。"

"现在,"罗达说,"哈德逊小姐合上了书本。现在让人害怕的事情就要开始了。现在她拿着一截粉笔在黑板上写下几个数字,六,七,八,然后又打了个叉,接着又画了一道横线。答案是什么?别的人都看着;他们带着明白了的神情看着。路易斯动笔写了;苏珊写了;奈维尔写了;珍妮写了;现在就连伯纳德也已经开始写了。然而我却写不出来。我只看见几个数字。别的人开始交他们的答卷了,一个接着一个。现在轮到我了。可是我却没有答案。别的人都允许走了。他们砰地带上了门。哈德逊小姐走了。我被单独留下来寻找答案。现在那几个数字什么意义也没有。意义已经离去。闹钟滴嗒滴嗒地响着。那两根指针宛如两支正在沙漠里行进的车队。钟面上的那些黑线则是一片片绿洲。那枚长指针已经跋涉到前面去寻找水了。另一枚指针,正在沙漠中热烘烘的石头上艰难地踯躅前行。它就要死在沙漠里了。厨房间的门砰的一声关上了。野狗在远处吠叫。瞧。那圆圈一样的数字开始为时间所充满;它将世界包含在自身之中。我开始写下一个数字,于是世界就被圈在里面,而我自己则是在这个圆圈的外边;现在我把圆圈连通——就这样——封接起来,成为一个整体。世界就是一个整体,而我则在这整体之外,哭喊着:'啊,救救我,别让我被永远赶出在这时间圆圈的外边。'"

"在教室里,罗达坐在那儿,"路易斯说,"木木地睁着两眼望着黑板;而与此同时,我们逛来逛去,一会儿在这儿采一撮麝香草,一会儿在那儿掐一片青蒿叶,而就在这会儿伯纳德唠叨着他的故事。罗达的两个肩胛骨向后缩着,就像一只小蝴蝶的翼翅。而且在她呆望着那几个粉笔写的数字时,她的心也驻进了那些白色的圆圈里;它一步步地穿过那些圆形的曲线,走进一片虚空,孤零零的。对她来说,那些数字毫无意义。对它们她找不出答案。她不像别人那样,她没有任何身躯。而我,说话带澳洲口音,父亲在布里斯班干银行业,我不像害怕别人那样害怕她。"

"现在让我们,"伯纳德说,"爬到红醋栗的树叶形成的华盖下面,讲讲故事吧。让我们栖居在土地的下面。让我们占有我们那片秘密的国土,那片国土被那些像大大的枝形烛台架一样垂悬的红醋栗所照亮,一侧通红闪亮,另一侧晦暗无光。到这儿来,珍妮,如果我们蜷起身体挤紧点儿,我们就可以坐到红醋栗的树叶形成的华篷下面,瞭望香烟缭绕。这是我们的宇宙。别的人都沿着车道走过去了。哈德逊小姐和库丽小姐的长裙从旁边扫过,就像扑灭蜡烛用的拍子。那是苏珊的白色短袜。那是路易斯的洁净的沙土橡皮鞋,稳稳地在砂石上留下脚印。这里吹起一阵由枯枝败叶形成的热风。我们现在是在一片沼泽地;是在一片瘴气迷漫的丛林之中。这里有一头身上爬满白蛆的大象,已经被深深射进眼睛里的箭杀死了。那些活蹦乱跳的鸟——苍鹰、兀鹰的眼睛闪着亮光,其寓意是显而易见的。它们把我们当成倒掉的树。它们啄食一条蠕虫,——那是一条带头兜的眼镜蛇,让它身上带着一个乌黑腐烂的伤口,等着让狮子撕碎。这就是我们的世界,被新月和星光照亮;巨大的半透明的花瓣堵住了空隙,犹如紫颜色的窗户。每一样东西都是不可思议的奇妙。所有东西均显得既庞大又十分渺小。花茎粗得宛如橡树。树叶高得像大教堂的圆顶。我们躺在这里,是两个可以令森林颤栗的巨人。"

"在这儿是这样,"珍妮说,"此刻是这样。然而很快我们就要走了。很快库丽小姐就要吹响她的哨子了。我们就要开步走了。我们将会分手。你会去上学。你会有几位用白色领带挂着十字架的男老师。我会有一个东海岸学校里的女教师,老是坐在王后亚历山德拉①的一幅肖像下面。那儿就是我要去的

---

① 王后亚历山德拉(1844—1925),国王爱德华七世的妻子。

地方,还有苏珊和罗达。只有在这儿是这样的;只有此时是这样的。现在我们躺在醋栗树下面,每次微风吹过,我们浑身上下就会洒满斑驳的光点。我的手像蛇皮。我的膝盖像桃红色的漂浮的岛屿。你的脸庞像一棵下面张着网的苹果树。"

"丛林里的热气正在消散,"伯纳德说,"树叶在我们上方振动黑色的翅膀。库丽小姐已经在阳台上吹过哨子。我们必须从醋栗树叶形成的华篷底下爬出来,站直身体。你的头发里有些小树枝儿,珍妮。你的脖子上有一只绿色的毛毛虫。我们得排列成队,两人一排。在哈德逊小姐坐在她的书桌前登记成绩表时,库丽小姐要领着我们去轻松地散会儿步。"

"真没劲,"珍妮说,"老是沿着大路走,路边没有窗子可以观看,没有蒙眬眼睛似的绿玻璃可以透过它们望见里面的过道。"

"我们必须两人两人地排成队,"苏珊说,"整整齐齐地行进,不许拖拉着脚步,不许落在后面,让路易斯走在前面带队,因为路易斯是个机灵人儿,而不是好走神的家伙。"

"既然别人认为我太虚弱了,不能跟他们一起散步,"奈维尔说,"既然我那么容易疲劳,总是一副病歪歪的样子,我要利用好这段静寂的时间,利用好这段不必跟别人说话的时间,绕着这间屋子慢慢地转一转,并且再次爬到那架扶梯半中间的梯级,假如能够的话,再去回味一下昨天晚上当厨子反复调整火门的时候,我透过转门听到关于那个死人的事情而产生的感受。他被发现时,喉咙已经被割断。苹果树的叶子僵化在空中;月亮炫目地照射;我连抬起脚登上楼梯都无法做到。他是在水沟里被发现的。他的血汩汩地顺着水沟流去。他的下颌惨白得就像死掉的鳕鱼。我要永远把这件严酷、无情的事件称作'苹果园里的死'。天上飘着灰色的云；下面就是这棵难以宽恕的树；这棵裹着银灰色树皮的不可饶恕的树。我的生命的涟漪没有意义。我无法跨越。有一种障碍。'我无法越过这莫名其妙的障碍，'我说。而别人都已经跨越了。可是我们的命运，我们所有人的命运，均已被这苹果林、被这我们无法跨越的、不可饶恕的树注定了。

"现在这件严酷的、无情的事件已经结束；我要在这即将结束的下午，在这日落时分，继续在这座房子的周围进行我的察看；这时候，太阳把油毡布晒出了斑斑驳驳的油光，一束光线折落在墙上，照得椅子腿像是折断了。"

"当我们散步回来时，"苏珊说，"我看见福洛丽呆在厨房外面的花园里，她的四周晾着被风吹得鼓起来的衣服，睡衣呀，衬裤呀，长睡袍呀，全都被风鼓得紧绷绷的。恩斯特在吻她。他系着他的绿色粗呢围裙，在擦银器；他的嘴噘得像一只带褶皱的钱包，他隔着迎风鼓胀的睡衣牢牢地抓住了她。他像一条蛮牛一样莽撞，而她却急恼得晕了过去，脸色煞白，只有脸上的几条细细的血管还显示出一点红色。现在尽管他们正在传递着用茶点时吃的一盘盘面包、一碟碟黄油和一杯杯牛奶，我却看见地上有一道裂缝，热烘烘的水汽咝咝叫着冒了上来；还有茶壶吼叫着，就像刚才恩斯特那样吼叫着；而我，即便是在我的牙齿嚼着软和的面包与黄油时，我的嘴里报着甜丝丝的牛奶时，我就像那些睡衣裤，被风吹得鼓胀起来。我不害怕热，也不害怕严寒的冬天。罗达一边吮着浸过牛奶的面包片，一边做着梦想；路易斯一直用蜗牛似的绿眼睛凝视着对面的墙壁；伯纳德把他的面包揉成一个个小团团，并把它们称作'人民'。奈维尔已经用他那干脆利索的方式吃了点心。他卷起餐巾,把它套进那个银圈。珍妮在桌布上面很快地转动着她的手指,好像它们正在阳光下面翩翩起舞,做着脚尖立地的旋转动作。可是我既不害怕热天,也不害怕寒冬。"

"现在,"路易斯说,"我们都起身,站了起来。库丽小姐把那个过错记录簿摊开在管风琴上。每当我们唱起歌儿,每当我们称自己为孩子,祈求上帝保佑我们睡觉时平安的时候,要想抑制住眼泪是很难的。当我们忧心忡忡,因为恐惧而身上颤抖时,大家相互轻轻地依偎着,一起唱唱歌是甜美的;我靠着苏珊,苏珊靠着伯纳德,紧紧地握着手,各自心里担忧着很多事情:我为我的口音担忧,罗达为数字担忧;尽管这样,大家还是下定决心要克服这些难题。"

"我们像一群小马驹列着队登上楼梯,"伯纳德说,"一个跟着一个,跺着脚,喧嚷着,争先恐后地依次走进浴室。我们你捅我一下、我拍你一下,我们扭在一起打闹,我们在洁白的硬床板上蹦蹦跳跳。轮到我了。我马上就洗。

"康斯坦布尔夫人腰间围着一条浴巾,拿起她那块柠檬色的海绵,把它在水里浸了浸;它变成了巧克力似的棕褐色;它滴着水;她把它高高地举到我的头顶上——我在她身边浑身打着战——挤了挤。水顺着我的脊梁沟淌了下来。脊沟的两边产生了利箭射上来的感觉。我浑身皮肤暖烘烘的。我身上那些干燥的角落也湿淋淋的,我凉爽的身体变得暖和起来;它被冲洗得干净闪亮。水冲下来,把我像一条鳗鱼一样裹了起来。现在一条热乎乎的浴巾把我包裹起来,当我擦我的脊背时,它的毛糙搔得我的血液汩汩地流淌。丰富的强烈的感觉在我心灵的屋顶上涌现;这一天树林中的经历就像一阵阵雨似的倾盆而下,还有埃弗顿;苏珊和鸽子。沿着我的心灵的墙壁淌流而下,汇集在一起，这一天显得那么丰富，那么多彩。现在我把我的睡衣睡裤随随便便地穿上，然后躺在这条漂浮于稀微光影里的薄薄的被单下面，这条被单像被一个浪头激起的薄薄水雾，笼罩在我的眼前。透过它，朦胧而遥远地，我听到从很远、很远的地方传来合唱开始的声音：车轮声；狗吠声；人的嘈杂声；教堂的敲钟声；合唱开始了的声音。"

"当我折叠起我的罩衫和衬衣，"罗达说，"我也就放弃了使自己成为苏珊、成为珍妮的毫无希望的心愿。不过我要伸直我的脚趾，让脚趾尖碰到床头上的栏杆；我要通过脚趾尖抵住栏杆，让自己确信有种坚实可靠的东西。现在我不会沉没了；现在我也不会从薄薄的床单中陷下去了。现在我伸展身体躺在这张易损的床垫上，屏声静气。现在我是在大地上。我不再直立着身子；不再会被人打倒和毁灭了。一切都显得温和，顺从。墙壁和碗橱泛着白光，它们的黄色侧面弯曲扭转，顶上有一面泛白的镜子闪着亮光。现在我的心情可以尽情地倾诉出来了。我可以想一想我那正在乘风破浪前进的无敌舰队了。我避开了难以对付的接触和碰撞。我独自在白色山崖下面航行。哦，但是我沉下去了，我陷下去了！那是碗橱的角儿；那是儿童室的镜子。可是它们在展开，它们在伸长。我沉沦在一堆黑色羽毛似的睡梦里；它的厚重的翅膀压着我的眼睛。穿行于黑暗之中，我看见那些铺展开来的花床，而康斯坦布尔大人从蒲苇地的那个角落跑了出来，宣布说我的姑妈已经来了，要坐马车把我领走。我爬上车；我逃走；我凭着有弹簧鞋底的靴子跳过树梢。然而现在我又掉进了停在大门口的马车里，她坐在里面点着头，晃着黄色的羽毛，眼神犹如光滑的大理石一样冷酷。哦，从梦中醒来吧！瞧，这里有衣柜。让我从这些波涛中间拉出我自己吧。然而它们向我压了过来;它们将我卷在它们巨大的浪峰之间;我被弄得头上脚下,我被翻转了;我四脚朝天,躺倒在这些长长的光影里,这些长长的浪波里,这些没有尽头的道路上,同时有人在后面追逐,追逐。"

太阳正在升起。蓝色的海浪、绿色的海浪呈扇面状快速冲刷着海滩；它绕过海冬青的花穗，在沙滩上留下一片片浅浅的发亮的水坑。海浪退潮时在身后留下一道影影绰绰的边缘。那些一度显得朦胧迷离的礁岩，已经逐渐显示出轮廓，露出一条条红色的裂缝。

一道道格外清新的阴影横在草地上，在花心草尖上跳舞的露珠把花园变成一幅尚未彻底完成的、仅有一些亮斑拼成的镶嵌图案。那些胸脯上点缀着鲜黄及玫瑰红斑点的鸟雀，时而喧闹地鸣唱一两支曲子，就像一些滑冰的人手挽着手相互嬉闹，时而又轰然散去，留下一片阒寂。

太阳洒在房屋上的光斑越来越阔大。光线触到窗户角落里的不知什么绿色的东西，把它照成一块大个的绿宝石，一泓犹如无核水果一样的纯绿。阳光把椅子和桌子的边角轮廓照得格外分明，并且在白色桌布上编织出金色的线条。随着光线的增强，一朵朵蓓蕾在四周绽开，变成怒放的鲜花，带着绿色的脉纹，不停地颤悠，仿佛绽开时的努力导致它们一直在震颤，而且仿佛在它们纤嫩的铃舌撞击它们白色的铃壁时，发出了听不甚清的钟铃叮咚声。所有的东西都变得朦胧而没有定形，就像碟盘上的瓷在流动，而做成刀子的钢是液体一样。与此同时那些碎裂的海浪澎湃激荡，发出沉闷的轰鸣，就像倒塌的圆木，砰地落在海岸上。

"现在,"伯纳德说,"时间到了。重要的一天到了。出租马车停在门口。我的巨大的箱子压得乔治的罗圈腿外撇得更加厉害了。令人厌烦的仪式结束了,那些嘱咐,和在前庭里的告别。现在应是强忍着泪水和母亲告别的仪式,是跟我的父亲握手告别的仪式;现在我必须不停地挥手,不停地挥手,直到我们转过那个房角。现在那些仪式结束了。谢天谢地,所有的仪式都结束了。我成了独自一个人;我平生第一次要去上学了。

"所有的人做事情似乎都是为了当下这一刻;而且永远不会重复。永远不重复。当下这一刻的催迫是可怕的。每个人都知道我正要去上学,正要生平第一次去上学。'那个男孩正要生平第一次去上学了,'女仆一边擦着楼梯台阶一边说。我绝不能哭。我必须没事似的看着他们。现在到了张着大嘴的车站入口了;'那只圆面的大时钟凝视着我'。我必须不停地说些漂亮的辞藻,以便设置某些坚固的东西使我避开女仆们的注视,隔开时钟的注视,隔开那些注视的面孔,那些漠不关心的面孔,否则我会哭出声来的。那儿是路易斯,那儿是奈维尔,穿着长长的外套,提着手提包,就在售票处的一侧。他们显得镇静自若。然而他们看上去有些特别。"

"伯纳德来了,"路易斯说。"他很镇静;他很从容。他一边走一边摇晃着他的提包。我要紧跟着伯纳德,因为他对任何事情都不会觉得怯懦。我们被人流裹拥着走过售票处,来到月台上,就像河水挟带着树枝和草茬围着桥墩打旋。这儿是那只特别强大的、深绿色的火车头,没有脖子,全身只有脊背和大腿,喘着水汽。列车员吹响他的哨子;信号旗手已经打过信号;就像轻轻一推引发的一场雪崩,我们毫不费力,顺着势头,向前开动了。伯纳德铺开一张小毛毯,玩起了撼骨游戏。奈维尔在读书。伦敦渐渐显得零落散乱起来。伦敦渐渐显得起伏不平。出现了鳞次栉比的烟囱和高塔。一座白色的教堂;一根高出塔尖的桅杆。一条运河。现在出现了开阔的空地,上面有柏油路,奇怪的是这会儿那路上竟会有人在行走。出现了一座小山,上面是一排排红色的房子。有个人正在走过一座桥,身后紧跟着一条狗。现在那个穿红色衣服的男孩开始开枪射击一只野鸡,那个穿蓝色衣服的男孩把他推到了一边。'我叔叔是英国的最佳射手。我表哥是驯养猎狐犬的能手。'吹牛皮开始了。而我却不会吹牛,因为我父亲在布里斯班的银行里工作,我说话带着澳洲口音。"

"经过了这一切喧哗,"奈维尔说,"经过了这一切混乱和喧闹,我们终于到站了。这的确是一个非同寻常的时刻,——这的确是一个庄严神圣的时刻。我来了,就像一位爵爷来到他的讲究的府第。那位是我们学校的创办人;我们学校赫赫有名的创办人,他正抬着一只脚站在院子里。在这个肃穆的四方庭院里浮荡着一股高贵的罗马气派。各年级的教室里都已经亮起了灯光。那些也许就是实验室;那儿是图书馆,我将在那里钻研纯正的拉丁语,熟悉那些编织精美的辞句,朗诵维吉尔、卢克莱修斯写的那些清晰、响亮的六音步诗句;还要阅读那大部头的四开本大书,满怀激情、毫不含糊地吟诵卡图鲁斯写的爱情诗①。而且,我还要躺在遍地都是刺得人发痒的绿草的田野上。我要跟我的朋友们一起躺在高耸的榆树下面。

"瞧,那个校长。很遗憾,他不由得引起我的嘲笑。他太圆滑了,而且他也太光亮、太脏污了,就像公园里的那种雕像。在他的背心上,在他的绷得像圆桶似的背心的左侧,挂着一枚十字架。"

"老克兰,"伯纳德说,"现在站起身来对我们讲话了。老克兰,那个校长,长着一个像夕阳下的山峰似的鼻子;他的下巴上面有一道蓝色的裂口,仿佛是被某个游客点火烧过的覆满树木的沟壑。他轻轻地摇晃着身子,装腔作势地喷着夸张洪亮的大话。我喜欢夸张漂亮的辞藻。不过,他的大话讲得太热烈了,所以显得不够真诚。然而这一回,他确信它们是真诚的。而当他非常吃力地摇摇晃晃蹒跚着离开房间,撞开弹簧门走出去的时候,全体教师更为吃力地摇摇晃晃蹒跚着,一样地撞开弹簧门走了出去。这是我们离开姐妹们,在学校度过的第一个夜晚。"

"这是我离开父亲,离开我的家,在学校过的第一个夜晚,"苏珊说,"我的眼睛肿了;泪水使我的双眼发酸。我恨那松树和油毡的气味。我恨那遭受过风吹雨打的灌木和卫生间里的瓷砖。我恨那些令人发笑的玩笑和每个人油光发亮的面孔。我把我的松鼠和我的鸽子留给了男仆去照料。厨房间的门

---

① 维吉尔(70—19BC),古罗马诗人,作品有《牧歌》、《农事诗》、《埃涅阿斯记》等;卢克莱修斯(约94—55BC),古罗马诗人、哲学家,著作有《物性论》;卡图鲁斯(84?—55? BC),古罗马抒情诗人,最有名的作品是献给情人莉丝比亚的爱情诗。

砰的一声响,珀茜向乌鸦开枪的时候,枪声在树叶间嗒嗒地回荡。这儿的一切都是荒谬的;一切都是俗气的。罗达和珍妮穿着棕色哔叽呢衣服坐在远处,望着正坐在一幅亚历山德拉王后肖像下面朗读一本放在面前的书的兰波特小姐。那儿还有一件手工针织物,不知是哪个女人刺绣的。倘若我不是噘着嘴,倘若我不是拧着我的手帕,我保准会哭起来的。"

"兰波特小姐的戒指上的紫色光泽,"罗达说,"在祈祷书皓白的书页上的黑色斑点上面来来回回地闪过。那是一种美酒一般的颜色,那是一种含情脉脉的光泽。由于我们的行李已经在宿舍里安顿好了,我们便聚成一簇坐在世界地图下面。这里有课桌,上面有盛墨水的缸子。我们将用这里的墨水写我们的作业。可是在这里我什么也不是。我没有面孔。这一大群伙伴,全都穿着棕色的哔叽呢,剥夺了我的个性。我们全都是冷漠的,没有友情。我要想方设法扮演出一副面孔来,一副镇静自然的、非同凡响的面孔,我还要赋予它无所不知的神气,并且贴身戴着它,就像贴身戴着护身符一样,然后(我要对此发誓)我要在树林里找一处林荫遮蔽的幽谷,好让我在那儿把我的形形色色的稀世珍宝展示出来。我要对自己发誓做到这一点。所以我绝不能哭。"

"那个黑黑的女人,"珍妮说,"颧骨高高突出,有一套像贝壳一样带花纹的闪闪放亮的衣服,准备在晚上穿。这在夏天是不错的,可在冬天,我宁愿要一套薄点的衣服,上面镶嵌着红色的丝线,在炉火的光照下会熠熠生辉。这样当灯全部点亮后,我会穿上我的红色衣服,衣服将薄如轻纱,并且会紧裹在我的身上;当我用脚尖旋舞着走进房间里时,它还会飘扬起来。当我在房间的中央坐进一张描金的靠椅里时,我的红色衣服会张开成为一朵鲜花的形状。可是兰波特小姐却身着一套灰暗的衣服,当她坐在王后亚历山德拉的肖像下面,把一只雪白的手指用力地按在书页上时,她的衣服就从她那雪白的花边披肩下面像小瀑布似的垂下来。然后我们做起了祈祷。"

"现在,我们两人一排地向前行进,"路易斯说,"我们步伐整齐地列队走进小教堂。我喜欢当我们进入这座神圣的建筑物时突然降临的这种晦暗的光影。我喜欢步伐整齐地列队行进。我们两人一排地走进来;我们坐了下来。当我们进入的时候全都抛弃了各自的个性特点。谁也不突出。现在,当克兰博士略显蹒跚地——但仅只是由于他的势头所致——登上布道坛,照着摊开放置在铜鹰背上的《圣经》诵读出一段经文的时候,我喜欢这一切。我很喜欢;我的内心为他的高大、他的权威欢欣鼓舞。他平息了萦绕在我的震颤的、不光彩地纷乱的心上的灰暗乌云——那时我们围着圣诞树跳了舞,在分送礼物的时候他们把我给忘了,那个肥胖的女人则说,'这个小男孩还没有礼物呢,'随后就从树梢上取下一枚熠熠生辉的国旗送给我,而我则因为恼怒哭了起来——因为我被记起来是因为别人怜悯我。现在一切都被他的权威、他的十字架平息了。我感到浑身洋溢着一种感觉,大地就在我的脚下,我的根向下扎呀扎,直到它们缠附在地心深处的一种坚实的东西上。当他诵读《圣经》的时候,我恢复了我的完整,我成了列队行进的行列中的一个人物,正在旋转的巨大轮子上的一根辐条,最后这使我挺起身来,就在此时此地。我一直是存在于黑暗之中;我一直是隐藏着的;可是当这轮子旋转起来(在他诵读经文的时候),我就挺起身来进入这朦胧的光影里。在这里,我刚刚瞥见但不曾看清楚那些跪着的孩子们,那些圆柱和黄铜祭器。在这里,没有粗鲁的言行,没有突然的亲吻。"

"那畜生祈祷的时候,"奈维尔说,"总是对我的自由形成威胁。当那枚闪闪发亮的十字架在他的马甲上一起一伏时,他因为缺乏想象力而让人激动不起来的话语就像铺路的石头一样冷冰冰地向我砸来。那些权威性的话语总是被那些讲说它们的家伙糟蹋得一塌糊涂。我嘲笑这种糟糕透顶的宗教,嘲笑这些浑身颤抖、为悲伤所折磨的人们面若死灰、遍体鳞伤、沿着一条无花果树遮荫的道路行进;在路边上,有一些孩子匍匐在尘埃中———些赤身裸体的孩子;而那些因为装满酒而鼓胀的羊皮酒囊悬挂在小酒馆的门上。复活节时,我正在罗马跟我父亲一起旅行;满街的人都摇摇晃晃地佩戴着基督圣母的颤巍巍的画像;而且在街上,人们还抬着一个放置在玻璃匣子里的基督受难像走过。

"现在我要斜着身子装出挠挠大腿的样子,这样我就可以看见珀西瓦尔①。他坐在那里,笔直地坐在那帮小家伙中间。他通过他那笔挺的鼻子十分沉重地呼吸。他那双古怪的毫无表情的蓝眼睛含着异教徒的冷漠,凝望着对面的圆柱。他可以当一名令人钦佩的教会执事。他应当有一根桦树枝,去责打那些品行恶劣的小男孩,他就像那些黄铜祭器上镌刻着的拉丁文辞句。他什么也不看,什么也不听。他远离我们所有人,独自呆在一个异教的世界里。然而,瞧——他用他的手轻轻拍了拍他的后脑勺。为了这种动作,有的人会身不由己地终生陷入对某

---

① 这个名字与十五世纪英国作家托马斯·马洛礼爵士编写的《亚瑟王之死》中寻找圣杯的骑士珀西瓦尔的名字相同。

个人的爱情之中。达尔顿,琼斯,埃德加,还有贝特曼,都像这样用他们的手拍了拍自己的后脑勺。但是他们都没有成功。"

"咆哮的声音,"伯纳德说,"总算停止了。讲道结束了。他把门口那些白色蝴蝶的飞舞装腔作势地讲成了粉霰。他那粗俗难听的声音就像没有剃须的下巴。现在他像个喝醉的水手一样跟跟跄跄地回到他的座位上。这是一种其他所有教员都竭力想模仿的举止;可是,由于身体孱弱,由于穿着灰色的长裤显得松松垮垮,他们唯一能做到的就是把自己搞得滑稽可笑。我并不鄙视他们。他们的滑稽举止在我看来十分可怜。我把这事和其他许多事情记在我的笔记本里,供将来参考。等我长大以后,我会随身携带一本笔记本——一个有许多页的大厚本子,有条不紊地编排好字母顺序。我将记录下我的警句妙语。在 B 栏里,将出现'蝴蝶的粉霰'。若是在我的小说里我要描写投射在窗台上的阳光,我就查一下 B 栏,找到蝴蝶的齑粉。那将是很有裨益的。树'用绿茵茵的指头给窗户遮上阴影'。那将是很有裨益的。不过可惜!我这么快就被分散了注意力——被一束像拧成绳的糖果似的头发,被塞里亚那册带象牙色原光纸封面的《塞里亚祈祷书》。路易斯可以眼睛一眨不眨,一个钟头接一个钟头地观察大自然。我却很快就失败了,除非是跟它交谈。'我那未经桨橹搅碎的心灵之湖,轻柔地荡漾着,转而就沉入了油腻的困倦。'这一句也有用。"

"现在,我们走出这座冷清的庙宇,进入黄色的运动场,"路易斯说,"而且,由于今天是个半放假的日子(公爵的生日),因此在他们打板球的时候,我们就在长得高高的草地上滞留。如果我是'他们',我也会选择打板球;我会套上我的护胸，在击球手的最前面大踏步地走过运动场。现在，瞧，每个人都跟在珀西瓦尔后面。他是个笨重的家伙。他笨手笨脚地走出运动场，穿过高高的草地，走向那些高大的榆树耸立的地方。他所具有的宏大气派是中世纪的指挥官所具有的那种。有一道闪光的印迹遗留在他走过的草地上。望着我们这些追随他的人、他的忠诚的仆人，要像羔羊一样去任人宰割，因为毫无疑问，他将尝试完成某种几乎无望的事业并最终死在战场上。我的心肠变得难受起来；它像一把双刃锉刀，从两方面刺刮着我：一方面是我很羡慕他的宏大派头；另一方面是我鄙视他那懒洋洋的腔调——我实在是比他强很多——而且我实在是嫉妒他。"

"现在，"奈维尔说，"让伯纳德开始吧。让他滔滔不绝地给我们讲讲故事，而我们则懒洋洋地躺着不动。让他来描述我们大伙所看到的一切，好使它变得连贯起来。伯纳德说哪里都有故事。我是一个故事。路易斯是一个故事。有关于那个擦鞋侍者的故事，有关于那个独眼龙男人的故事，也有关于那个兜售滨螺的女人的故事。让他喋喋不休地讲他的故事吧，我则要仰面朝天躺着，透过这些微微颤抖的草叶观察那些戴护胸的棒球手两腿僵直地走路的模样。似乎整个世界都在浮动和卷曲——地上是那些树木，天上是那些云彩。我透过树丛望向天空。竞赛好像就在那上面进行。在那些柔和的白云中间，我隐约听到喊'跑'的声音，隐约听到'那是怎么回事？'的呼声。当柔风吹散了那些云彩，它们就会失去那团团白色。如果那片蓝色能够永驻不逝；如果那个空洞能够永久存在；如果此时此刻可以永远存在下去……

"可是伯纳德仍在不停地讲着。各式各样的形象化的比喻，它们像水泡似的直往上冒。'就像一匹骆驼'，……'一只兀鹰'。那匹骆驼是一只兀鹰；那只兀鹰是一匹骆驼；因为伯纳德是一个不安稳的家伙，散漫无束，却讨人喜欢。是的，因为，当他一谈起话来，当他编造起他那些愚蠢的比喻来，一股轻松的感觉就会传遍你的全身。你还会飘浮起来，好像你就是那泡沫；你会获得解放；你会感到，我摆脱啦。就是那几个胖墩墩的小家伙（达尔敦、拉朋特和贝克）也会感觉到这种无拘无束。他们觉得这比板球运动更令人喜欢。那些词句一冒出来，他们就立刻捕捉住了。他们让羽毛一样的小草刺痒他们的鼻子。而之后我们大家都觉察到珀西瓦尔昏昏欲睡地躺在我们中间。他的稀奇古怪的狂笑似乎是赞许我们的嬉笑。不过现在他已经摇晃着他的身体穿过长长的草地。我猜想，他嘴里正在咀嚼着一根草茎。他感到厌烦；我也觉得厌烦。伯纳德马上就会察觉我们的厌烦。我发现在他的语句中有某种竭尽全力的东西，某种过度夸张的东西，就好像他在竭力说：'瞧！'而珀西瓦尔总是回答说：'不。'因为他总是最先发觉别人的虚假；而且又总是不讲情面到了极点。所以一句话还没有讲完就吞吞吐吐地微弱下去了。是的，令人震惊的时刻终于出现，伯纳德的劲头消失了，说出的话再也没有一点连贯性，他情绪低落，勉强支支吾吾了几声就陷入了沉默，他张着嘴好像要哭出声来的样子。如此看来，在生活的种种磨难和破灭中还包含着这样的情形——我们的朋友甚至连讲完他们的故事都没有可能。"

"现在让我来试一试，"路易斯说，"在我们站起身来以前，在我们去喝茶以前，尽力用此时此刻来做一次最大的努力。这是可以行得通的。我们正在分手；有的人去喝茶；有的人去捕鱼；我去把我的作文交给巴克先生看。这总是可以行得通的。经历了不和，经历了怨恨（我蔑视卖弄想象力的人——我厌恶珀西瓦尔那种高涨的热情），我的破碎的心经由某种突然的省悟重新组合成了一体。我要让这些树，这些云朵，来证明我完全心情安定了。我，路易斯，我，这个将在这个世界上走过七十年的人，生来就是身心健全的，超越了仇恨，超越了不和。这儿，在这片圆形的草地上，我们曾经在某种内在强制力的巨大驱使下围坐在一起。树枝摇曳，浮云飘荡。这些独白应当被众人分担的时刻终于迫近。我们不能老是只发出一种声音，就像敲锣打鼓似的，敲了一下又一下。孩子们，咱们的生活一直就像是敲锣打鼓似的；吵吵嚷嚷和大吹大擂；为灰心丧气而哭泣垂泪；在花园里往后脖颈上吹热气。

"现在草和树，在蓝天里吹出空荡荡的间隙又使之重合、吹动树叶又使之恢复原状的漂游的空气，还有我们在这儿双手抱膝地围坐成一圈，都在暗示着另外某种不同的、更好的、能够永远体现一种理性的生活秩序。这是我在一刹那之间所领悟的，而且我将在今天晚上把它用语言表达出来，把它熔铸成一个铁质的圆环，虽然珀西瓦尔在一群小喽啰的俯首帖耳的追随下，践踏着草地，跌跌撞撞地走开之时，把这个秩序给破坏了。然而我所需要的正是珀西瓦尔；因为正是他启迪了这番诗意。"

"已经多少月，多少年了？"苏珊说，"不管是在冬天阴郁的日子，还是在春天寒冷的日子，我一直在不停歇地跑上这座楼梯。现在时令已是仲夏。我们上楼去换上白色上衣准备打网球——珍妮和我，还有罗达随后也一起去。当我登上楼梯的时候我数着每一级台阶,把每一级台阶当作某种已经完结的事情。同样地每天晚上我从日历上撕下已经过去的一天,并将它死死地揉成一团。我怀着报复的心情做着这些,当时,贝蒂和克拉拉正跪在那儿做祷告。我不做祷告。我对日子进行报复。我把我的怨恨发泄在它的象征物上。你现在死啦,我说,上学的一天,可憎的一天。它们已经消灭了六月份的所有日子——今天是二十五日——阳光明媚并且有条不紊,打铃,上课,遵照指令洗浴,换衣,做作业,进餐,井井有条。我们听自中国归来的传教士们的演讲。我们驾着四轮大马车沿着柏油路开进,到礼堂里去参加音乐会。我们参观美术展览馆,欣赏绘画作品。

"在家里,干草正在牧草地上飘飞。我父亲靠在栅栏上,抽着烟。房子里每当夏日的风吹过空荡的过道,屋门就会一扇接着一扇地砰砰关阖。也许某一幅年代久远的名画正在墙上摇晃呢。一枚花瓣从插在瓶里的玫瑰枝上坠落。农庄上的马车在矮树丛篱墙上蹭下一束束干草。每当我从楼梯平台上的那面镜子前经过时,珍妮走在前面,罗达慢吞吞地走在后面,我就会看见所有这一切,我总是看见。珍妮总是跳舞。珍妮老是在大厅里的难看的彩砖上面跳舞;她经常在草场上翻筋斗;她还经常不顾禁令采摘一些花儿,把花儿插在她的耳朵后面,致使珀瑞小姐乌黑的眼睛里溢满赞慕的神色,是对珍妮的赞慕,不是对我。珀瑞小姐喜欢珍妮;而我也可能曾经喜欢过她,但现在谁也不喜欢了,除了我的父亲,还有我那关在笼子里留在家中让小男佣照管的鸽子和松鼠。"

"我恨楼梯拐弯处的那面小镜子,"珍妮说,"它只能照见我们的头部;它把我们的头给切了下来。再说我的嘴长得太阔，而我的眼睛又靠得太近，当我笑的时候，我的牙床露得太多。苏珊的脑袋把我的脑袋比了下去，用它那凶恶的面孔，还有它那草绿色的眼睛——据伯纳德说，诗人就喜欢这样的眼睛，因为它们能适应做密实的白线针脚；甚至连罗达的痴呆愚蠢的面孔也是完美的，就像那些她习惯放到盆子里漂荡的白色花瓣。所以我总是越过她们匆匆地跑上楼梯，跑到下一个楼梯拐角的地方，那儿挂着一面长方形的镜子，我可以看见我的全身。我现在可以看见我的身子和头部连成了一个整体；因为即使穿着这件哔叽呢外衣，它们也是一个整体，我的身子和我的头部。瞧，当我摇我的头时，我的纤细的身子就从上到下摆动起来；就连我的瘦腿也会像风中的一株花茎开始颤动。我在苏珊的强硬面孔和罗达的痴呆相之间忽隐忽现；我像从大地的裂缝中迸出来的一股火焰一样跳跃；我摇摆；我舞蹈；我从未停止过摇摆和舞蹈。我就像曾经在灌木树篱中如同一个小孩一样晃动的那片树叶那样晃动不已，那片树叶曾经吓了我一跳。我就像炉火光在绕着茶壶跳跃一样，在这些围着黄色壁脚板的、斑驳陆离、杂乱无章的涂了胶画颜料的墙壁上跳舞。我甚至从女人们冷漠的眼神中捕捉到热情的光焰。在我读书的时候，一道紫色的光晕就会绕着课本的黑色页边蔓延。然而我却没法通过那些字词的变化对它们有所理解。我没法理解从古到今的任何思想。我不会像苏珊那样迷惘地站在那里，眼中噙着泪水想着家，或是像罗达那样，胡乱躺倒在羊齿草丛中，梦想着海底茂盛的花草，和鱼儿缓缓游行其中的礁石，而同时却把我那粉色的棉衣染成绿色。我从不做梦。

"现在让我们快一点。现在让我第一次脱下这些粗糙的衣服。这儿是我的洁白的袜子。这儿是我的崭新的鞋子。我用一根白色的丝带系住我的头发,这样当我跳过院子的时候,这根丝带就会一下子飘扬起来,但又绕着我的脖子,完美齐整地系牢在恰当的位置。绝不会有一根头发被吹乱。"

"那就是我的脸,"罗达说,"在镜子里,苏珊的肩膀后面。——那张脸就是我的脸。但是我要躲在她的身后,把脸藏起来,因为我并不在这里。我没有面孔。其他的人都有面孔;苏珊和珍妮有面孔;她们在这里。她们的世界是真正的世界。她们提起的东西都是沉重的。她们说'**是的**',她们说'**不**';而我却总是逃避、改口,并且总是一下子就被别人看透。每当她们碰上某个女仆,她看着她们从来不笑。可是她老是嘲笑我。如果有人对她们说话,她们知道该说些什么。她们真实地笑;她们真实地生气;而我却非得先观察一下,等到别人做了之后再学着别人的样子去做。

"现在你瞧,仅仅为了去打网球,珍妮穿袜子时的神情是多么非凡的镇定自信啊。这个我真羡慕。然而我更喜欢苏珊的做事方式,因为她行事更为果断,而且又比珍妮少那些想出风头的欲望。她们俩都因为我老是模仿她们的一举一动而瞧不起我;不过苏珊有时候也会教教我,比如,怎么打蝴蝶结领带,而珍妮虽然有她自己的见识,却只存为己有,从不与人分享。她们有可以坐在一起的朋友。她们有需要到角角落落去说的悄悄话。而我却只能依附于别的名字和面孔,并且把它们像祛灾避祸的护符一样深藏在心里。我可以在大厅最里面选中一张陌生的面孔,但是当我不知姓名的她走过来坐在我对面时,我却变得简直连茶也喝不成了。我感到窒息。我被自己强烈的激动情绪搞得身体摇摇晃晃。我想象着这些不知姓名的、完美无瑕的人就躲在灌木丛后面观察我。我高高地跃起,想引起她们的赞赏。到了晚上，躺在床上，我会引起她们无比的好奇。我时常被箭射中而死，以便赢得她们的眼泪。假使她们说过，或是我从她们的行李箱上的一张标签上看出，她们最近是在斯布卡罗度的假日，那么那整个小镇就会金光闪烁，所有街道都会光辉灿烂，所以我恨那些使我看见自己的真实面孔的镜子。独自一人时，我时常会陷入虚无之中。我必须小心谨慎地移动我的脚步，以免我会从世界的边缘失足坠入虚无。我必须用我的头去撞某扇坚硬的门，以便把我自己唤回我的肉体。"

"我们来得晚了，"苏珊说，"我们必须等着轮到我们时再上场去打球。我们要在这儿、这片厚茸茸的草地上掷掷球，并且要装出正在观看珍妮和克拉拉、贝蒂和玛维斯的样子。但是我们绝不会真的看她们。我恨看别人打球，我要找出我所讨厌的每一样东西的象征物，把它们全都埋葬在地底下。这块发亮的鹅卵石是卡洛夫人，我要把她埋得深深的，就因为她那些阿谀奉承的举动，就因为她为了我练习音阶时伸得平手指关节而奖励我的那六便士。我埋葬了她的六个便士。我真想把整个学校都埋葬了：那座健身房；教室；那个总是散发着肉味的餐厅；还有那座小教堂。我真想埋葬那些红褐色的瓷砖以及为了讨好那些老家伙——学校的赞助人、创办者——而画的肖像画。那里有一些我喜欢的树；那棵树皮上凝结着一块块树胶的樱桃树；还有一片从顶楼朝向远山那边的风景。除了这些，我真想把所有的一切全都埋葬了，就像我埋葬这些老是散布在有许多码头和游人的海滩上的丑陋石头一样。在家乡，海浪绵延达一英里。在冬天的夜晚我们听得见海浪的轰隆声。去年圣诞节，有个独自坐在自己马车里的男人被海浪淹没了。"

"兰波特小姐跟牧师一边说话一边走过的时候，"罗达说,"别的人都嘲笑起来,并且跟在她身后模仿她驼背的样子;然而所有的事物都发生着变化,而且变得越发灿烂光亮。当兰波特小姐走过去时,珍妮跳得实在是太高了。倘使她看见了那朵雏菊,事情就会不一样了。无论她走到什么地方,事物都在她看见后发生变化;不过,在她走过去之后,事物难道还会回归原样吗?兰波特小姐正在领着牧师穿过边门到她的私家花园里去;当她来到水池边时,她看见一只青蛙停在一片叶子上,而这些也会发生变化的。无论她站在哪儿,就像园林里的一尊雕像那样,一切都会变得肃穆,一切都会显得苍白。她任她那带穗穗的柔软披肩滑下来,只有她那紫色的戒指,她那葡萄酒色的戒指,她那紫水晶色的戒指,仍在闪烁着光泽。每当有人离开我们,他们就会留下这种神秘的东西。每当他们离开我们,我就能伴随着他们走向小水池,并把他们想象成庄严的样子。当兰波特小姐走过去时,她就使得雏菊发生变化;而所有的事物在她切牛肉的时候都会像一股股火焰一样发生变化。事物随着日月的流逝而逐渐失去它们僵硬的特性;就连我的肉体现在也任凭光亮照透;我的脊梁骨变得如同靠近烛火的蜡一样柔软。我总是梦想,总是梦想。"

"我赢了这场比赛,"珍妮说,"现在轮到你了。我要躺在地上喘口气。我因为来回跑动,因为胜利,搞得连气都喘不过来了。我的身体的各个部位由于跑动和胜利,简直就像散了架了。我的血一定变得鲜红鲜红的,而且被激发得热血沸腾,砰砰地冲击着我的胸腔。我的鞋底刺得我的脚生痛,好像铁丝圈断开了,刺进了我的脚底。我非常清晰地看到每一片草叶。但是脉搏在我的前额、眼睛后面跳动得那么厉害,以至于所有的事物都在跳动——球网、草地;你们的面孔像蝴蝶似的飘忽不定;那些树似乎正在上上下下地跳跃。在这个世界上,没有一样东西是恒久不变的,没有一样东西是永远固定的。一切都在波动,一切都在跳荡;一切都显得短暂匆忙,狂欢得意。只是,在我独自一人躺在这块坚硬的地上,观看你们比赛的时候,我才开始感觉到被单独挑选出来的愿望;被某个前来寻找我的人召唤、喊走,他是被我吸引过来的,他离不开我,就禁不住来到我的身边;我坐在我的镀金的椅子上,我的披风像一朵鲜花,在我身上飘拂。于是,我们就躲到一个凉亭里,或是单独坐到一个阳台上,交谈起来。

"现在潮水平息了。现在这些树又来到了地面;激荡我的胸腔的蓬勃浪涛摇荡得越来越轻柔了,我的心也入港抛锚,就像一只帆船的风帆徐徐地降落在白色甲板上。球赛结束了。我们现在得去喝茶了。"

"那些总爱吹嘘的小子们,"路易斯说,"现在已经结成一大帮打板球去了。他们一边齐声合唱,一边驾着他们的大四轮马车离开了。在月桂树丛附近的拐角那里,他们每个人的头都同时转了过来。现在他们正在自吹自擂呢。拉朋特的哥哥是牛津大学的足球运动员;施密斯的父亲在洛茨板球场①打出过一百分。阿契和休;帕克和道尔顿;拉朋特和施密斯;然后又是阿契和休;帕克和道尔顿;拉朋特和施密斯——这些名字总是不停地重复;总是这些一模一样的名字。他们是自愿团的成员;他们又是板球队的队员;他们还是自然史学会的理事。他们总是四人组成一组,帽子上戴着徽章,列队前进;每当经过

---

① 在伦敦的摄政王公园附近。

他们的会长身旁时,他们都会动作齐整地致以敬礼。他们有秩序的队列是多么庄严,他们对秩序的遵守是多么令人赞赏啊!如果我能够追随他们,如果我能够跟他们在一起,我宁愿献出我所知道的一切。但是他们也一样掐掉蝴蝶的翅膀,让它们瑟瑟地颤抖;他们把沾上血迹的脏手帕揉成一团丢进旮旯里。他们在昏暗的过道里弄得小孩子哭哭啼啼。他们长着红润的大耳朵,耳朵露在帽子外边。然而这就是我们愿意做的,奈维尔和我。我嫉妒地望着他们去了。我躲在窗帘后面窥视着,看到他们步调一致的动作,我心里感到欢欣鼓舞。如果我的腿能够通过他们而增加力量,那我的腿该会怎样地奔跑呀!如果我能够一直跟他们在一起,一同赢得比赛,一同划船参加大赛,并且一同整天骑马驰骋,那我该会是怎样在夜深的时候引吭高歌啊!那时,滔滔不绝的话语一定会从我的喉咙里涌泻出来的!"

"珀西瓦尔已经走了,"奈维尔说,"他除了比赛整天什么也不想。当大马车转过月桂树丛附近的拐角时,他从来也不挥挥手。他瞧不起我身体娇弱得连球也打不成(不过他对我的瘦弱总是充满了好意)。他瞧不起我若非他关心我我就不关心他们会不会赢得比赛或输掉比赛。他接受我的忠诚;他接受我提供给他的那种事实上掺和着对他的头脑蔑视的、怯生生的、毫无疑问下贱的帮助。因为他不会读书。但是,每当我躺在长长的草地上朗读莎士比亚或卡图鲁斯的著作时,他总能比路易斯理解得更深刻。不是指词语——可什么是词语呢?我不是已经懂了怎样去做诗,怎样模仿蒲伯、德莱顿①、甚至莎士比亚吗?

---

① 亚历山大·蒲伯(1688—1744),英国诗人和讽刺作家;约翰·德莱顿(1631—1700),英国诗人和戏剧家。

然而，我却做不到整天钻在太阳底下专注地看打球；我做不到通过我的身体来感觉球的飞行路线，而且一门心思只想着球。我将终身做一个依恋于词语表面意义的人。但是我做不到跟他生活在一起，忍受他的愚笨。他将会变得越来越粗俗不堪，而且睡觉时还会打呼噜。他会跟人结婚成家，吃早餐的时候还会发生一些温情脉脉的场面。但他现在还是个年轻人。当他赤身裸体，浑身燥热，躺在床上辗转反侧的时候，在他和太阳之间，在他和雨水之间，在他和月亮之间，不会存在一根线，不会存在一层纸。此刻，当他们坐在他们的大马车上沿着高速公路驰去时，他的脸上泛着红黄相间的斑点。他会丢开他的外衣，双腿叉开站定，手做好准备，眼睛盯着球门。他还会祈祷，'上帝啊，让我们得胜吧'；他将会只想着一件事情，那就是他们一定会得胜。

"我怎么能够做到和他们一起乘一辆大马车去打板球呢？只有伯纳德做得到跟他们一起去；但是伯纳德错过了时间，没法跟他们去了。他老是错过时间。他的不可救药的喜怒无常妨碍了他跟他们一起去。当他洗手的时候，他会停下来，说：'在那张蜘蛛网上有一只苍蝇。我是该搭救那只苍蝇呢，还是该让那只蜘蛛吃掉它呢？'他的心情总是被数不清的困惑混乱笼罩上阴影，否则，他一定会跟他们一起去打板球，一定会躺在草地上，望着天空，而且一定会在击中球的时候激动得跳起来。不过，他们一定会原谅他；因为他会给他们讲故事的。"

"他们驾着车走了，"伯纳德说，"而我却错过了跟他们一块儿去的时间。那些令人讨厌透顶、同时又那么漂亮可爱的小伙子们，那些你和路易斯、奈维尔都非常非常羡慕的小伙子们，已经驾着车走了，他们每个人的脑袋都整齐地转往同一个方向。不过,我对这些大出风头的事情并不在意。我的手指在钢琴的键盘上滑行,没有辨别清楚哪个是黑键哪个是白键。阿契毫不费力就能打出一百分;我偶尔侥幸能够得到五十分。但是,我们俩之间有什么差别呢?可是等一等,奈维尔;让我说下去。那些气泡冒了上来,就像从平底锅里冒上来的银白色气泡;一个比喻叠着另一个比喻。我没法像路易斯那样怀着极度顽强的意志坐到我的课本前面去读书。我得打开那扇小小的天窗,让那些成串的辞藻冒出来,借助这些辞藻,我把所有发生的事情都串联起来,从而使这些事情不是支离破碎、互不相关,而是可以看到游动的线条,多多少少把它们连接在一起。我要给你讲讲那个博士的故事。

"当克莱恩博士做完祷告,踽踽蹒跚走出弹簧门的时候,看上去他真的相信自己是非常高明的;但是实际上,奈维尔,我们都无法否认他的离去不仅使我们感觉到了轻松,而且还使我们获得一种摆脱了某种负担似的感受,就好像拔掉了一颗牙。现在当他费劲地穿过弹簧门走向他自己的住所时,让我们跟在他的后面。让我想象一下他在马厩那头他的私人房间里脱衣服时的情景吧。他解开他的吊袜带(让咱们讲得琐碎一些,让咱们讲得详尽一点)。然后用一个他所特有的姿势(要避免这些陈腐的字眼真是很难,而且就他来说,这些字眼在某种程度上还是很贴切的),他从他的裤袋里掏出银币,又掏出铜币,接着把它们放在那儿,那儿,放在他的梳妆台上。他把双臂摊开,搁在椅子的扶手上,陷入沉思(这是他私人独处的时间;我们正是应当在这种地方看清他):他会走过桃红色的桥去到他的卧室里呢,还是不过桥?这两个房间被克莱恩夫人床头柜上的台灯玫瑰色的光亮所形成的一道桥连接在了一起,克莱恩夫人就躺在那张床上，头发披散在枕头上，正在读一本法文的自传。她一边读着书，一边用一种自暴自弃的沮丧绝望的姿势伸手抹了抹她的前额；她把自己跟某个法国公爵夫人作着对比，叹息地说：'这就完了吗？'现在，那个博士说，再过两年我就要退休了。我要在西部某座乡村花园里修剪紫杉树篱。我原本可以当个海军上将；或者当一个法官；而不是一个教师。究竟是什么力量，把我弄到这个地步的呢，他问道，一边凝视着煤气取暖器，他的双肩耸得比我们平时所看到的样子还要厉害（记住，他只穿着衬衫，没穿外衣）。究竟是什么力量？他一边思索，一边回头越过肩膀望着窗户，驰骋着他那些庄严的辞句。那是一个暴风雨之夜；栗子树的树枝波荡起伏。星星在树杈里闪烁。是什么善与恶的巨大力量把我引到了这里？他一边追问，一边伤心地发现他的椅子在紫色地毯的绒面上磨出一个不大的洞。他就这样坐在那里，让他的背带晃来晃去。不过，讲述一个人走进他自己的房间是有困难的。我没法把这个故事讲下去了。我正在想方设法地掉花腔；我正在我的裤兜里掂弄着四五枚硬币。"

"伯纳德的故事在开始的时候使我觉得很有趣，"奈维尔说，"可是当故事荒唐可笑地越说越没声，而他张口结舌地捻弄着一截绳子的时候，我就想起我自己的孤独。他总是看到每个人的阴晦的一面。所以我就不能跟他谈起珀西瓦尔。我不能把我的荒唐而激烈的感情向他富于同情心的理解力敞开。那也一定会变成一个'故事'的。我需要这样一个人，他的头脑面对任何问题都能迎刃而解；对他来说，荒唐透顶也是卓越的，一根鞋带也是可爱的。但我能向谁表露我这迫切的热情呢？路易斯太冷淡，太不着边际。没有一个人——在这儿，在这些灰暗的拱门、哀泣的鸽子、令人振奋的运动、传统的活动和竞赛中间,所有这一切都那么巧妙地组合在一起,以避免有人感到孤单。然而当我偶尔碰上一些预示着有事情就要发生的意外征兆时,我仍然会感到震惊。昨天,当我经过那个通向那所私人花园的敞开的门扉时,我看见冯维克正举起他的球棍。在草地中央,茶壶正冒着热气。那里还有成簇成簇的蓝色鲜花。那时,一种莫名的、神秘的崇敬心情,一种战胜了混乱的完美感觉突然降临到我的身上。当我站在那个敞开的门口,谁也没有看见我那凝神专注的神态。谁也没有猜想到我当时所怀有的愿望,即:将我自己的生命奉献给某位神祇,然后死去,销踪匿影。他的球棍落了下来;幻影破灭了。

"我应当去寻找某一棵树吗?我应当丢开这些班级教室和图书室,以及我在上面读到卡图鲁斯作品的发黄的大开本书,去换取树林和田野吗?我应当到山毛榉树下面去散散步,或是沿着那树木的倒影像恶人似的在水中相依相拥的河岸,闲步而行吗?可是大自然太呆板单调,太枯燥乏味了。她所拥有的只是崇高和无限,水流和树叶而已。我开始了对火光、独处以及某个人的肢体的渴望。"

"我开始了对即将来临的夜晚的向往。"路易斯说,"当我站在这里,手搁在威克汉姆先生仿橡木的房门上时,我想象自己是黎塞留①的朋友,或是正在把鼻烟盒呈送给国王本人的圣西门公爵。这是我特殊的荣幸。我的连珠妙语'像野火一样

---

① 法国历史人物,系法国国王路易十三的国务秘书兼御前会议主席(1624—1642),枢机主教,擅权巩固专制统治,剥夺胡格诺派政治特权,镇压贵族叛乱与农民起义,对外参加三十年战争,扩张法国势力。

在宫廷里传播'。公爵夫人出于赞赏,从她的耳坠上扯下绿宝石——不过这些缤纷的烟火只有当我处在黑暗之中,在夜晚我的小卧室里才会放射得最为精彩。现在我只不过是个带有殖民地口音的男孩,正在用指关节敲着威克汉姆先生的带橡木纹的房门。这一天是饱受耻辱而且为了怕人嘲笑而加以掩饰的胜利的一天。我是全学校中最优秀的奖学金获得者。然而当黑夜降临时,我摆脱了这具不值得艳羡的躯体——我的大鼻子,我的薄嘴唇,我的殖民地口音——而栖居遨游于无垠的天地。那时我就成了维吉尔的游伴,成了柏拉图的同行者。那时我就成了法国某个名门望族的最后一代苗裔。不过我也是这样的一个人,一个可以强制自己舍弃这些虚无缥缈的、犹如月光一样不切实的王国,舍弃这些午夜时分的遐思漫游,勇敢面对这个拥有仿橡木房门的人。我要在我的一生中做到——愿上帝恩准这一天不会太遥远——在这两种我认为存在着惊人明显的矛盾的事物之间,建立某种巨大的联合。为了我所受的苦难,我要做到这一点。我要敲门。我要进去。"

"我已经撕下了五月份和六月份的所有日子,"苏珊说,"还有七月份的头二十天。我把它们撕下来,揉成一团,好让它们已不复存在,只除了是我身边的一个负担。它们全都是萎靡不振的日子,就像翅膀萎缩、无法飞行的蛾子。只剩八天了。八天过后,六点二十五分,我就要走下火车,站在月台上了。那时我的自由将展开翅膀,而所有这些让人皱眉蹙额、束手无策的限制——钟点、秩序和纪律,以及在规定时间准时到这儿到那儿——都将土崩瓦解。当我打开马车的门,看见我的父亲戴着他的旧帽子,穿着有绑腿的高统靴子时,那样的日子就会终于到来了。我会发抖。我会流泪。然后次日早晨我会在天刚亮的时候就起床。我会让自己通过厨房的门走出去。我会到荒野上去走一走。那些影子骑士们的尊贵骏马的蹄声将在我的身后响起,并随后突然停止。我会看见燕子掠过草地。我会匍匐在河岸上,观察鱼儿在芦丛中游来游去。我的手心里将会留下松针刺的印痕。在那里我要掏出并扔掉所有我在这里得到的东西;那些令人难以忍受的东西。因为在这里,冬去夏来,在楼梯上,在卧室里,有某种东西已经在我的体内长成。我并不想别的人在我走进去的时候都带着爱慕的神情抬起头来。我想要献身,被人献身;我需要孤身独处,从而解脱掉我所具有的东西。

"那时,我将穿过在胡桃树叶搭成的拱篷下光影摇曳的通道走回家去。我会遇见一位推着一辆装满柴枝的童车走路的老妇人;还有一个牧羊人。但是我们不会交谈。我会穿过厨房外的花园走回家来,看见沾满露珠的卷心菜卷曲的叶子,看见花园里那间每扇窗户都挂着窗帘的屋子。我将上楼走进我的房间,翻翻我自己的那些被小心爱护地锁在衣橱里的物件:我的贝壳呀;我的鸟蛋呀;我的奇花异草呀。我要喂一喂我的鸽子和松鼠。我要到我的狗舍那儿,给我的长毛狗梳梳毛。就这样我会逐渐把在这里生长在我体内的令人难以忍受的东西全部祛除。但是这会儿铃声响了;又得没完没了地拖着脚走了。"

"我恨黑暗、睡觉和夜晚,"珍妮说,"我恨躺在那儿盼着白天来临。我渴望一个星期能够成为没有分割的一个整天。当我一早醒来——当鸟鸣弄醒我的时候——我躺在那儿,望着碗柜上的铜把手渐渐变得清晰起来;接着是水盆;然后是毛巾架。随着卧室里的每一样东西变得越来越清晰,我的心脏也跳动得愈来愈快了。我感到我的身体变得僵硬了,而且变成了桃红色,变成了黄色,变成了茶褐色。我的手掌滑过我的双腿和身子。我感觉着它的曲线,它的纤弱。我喜欢听铃声响彻整个房间,接着骚动开始——这儿砰嚓一声,那儿叭嗒一声。房间的门砰砰地响;水哗哗地流。又是一天来了,又是一天来了,我一边双脚落地,一边大喊大叫。这可能是倒霉的一天,不完美的一天。我经常受到责骂。我经常因为懒惰、因为爱笑而丢人现眼;然而,即使在马修小姐嘟嘟囔囔地抱怨我轻率粗心的时候,我也会一眼望见有什么东西在动——也许是一幅画上的一抹阳光,抑或是一头驴子正在拉着割草机穿过草地;抑或是在月桂树叶丛中穿过的一片风帆,因此我从来没有垂头丧气过。谁也阻挡不了我一边跟在马修小姐身后去祈祷,一边用脚尖跳旋转舞。

"现在,我们将要离开学校,可以穿长裙子的日子就要到了。我要在晚上戴着项链,身上穿一套白色的无袖礼服。在明亮的屋子里将会举行晚会;一个男人会选中我,向我讲述他从未对任何人讲过的事情。他会喜欢我胜过喜欢苏珊或罗达。他会在我身上发现某种品质,某种特殊的东西。但是我不会让我自己只跟一个人缠乎在一起。我不希望被固定起来,受到约束。随着新的一天即将到来,我双腿垂着,坐在床沿上,那时,我会颤抖,哆嗦,就像树篱上的那片树叶。我有五十年要过,我有六十年要过。我还没有打开我的宝库。现在正是开始。"

"还得熬好几个钟头,"罗达说,"那时我才能熄灯,躺在我的床上,就像悬浮在世界的上空;那时我才能让这一天结束,那时我才能抚育我的树成长,让它在我头顶上空的碧蓝穹隆下颤巍巍地生长。可是在这儿我却无法抚育它生长。老是有人把它碰倒。他们总是问这问那,他们总是打搅,他们总是把它碰倒。

"现在我要去浴室,然后脱掉我的鞋子,去洗一洗;但是在我洗浴的时候,在我低头俯在洗脸盆上的时候,我要让俄国女皇的面纱落在我的肩上。皇冠上的钻石在我的额头前熠熠闪耀。当我漫步走到阳台上时,我听见那些满怀敌意的暴民们的大声鼓噪。现在,我用劲擦干我的手,以便那个我忘记了她的姓名的小姐不至于怀疑我是在向一群狂怒的暴民挥舞拳头。'我是你们的女王,你们这些老百姓。'我的态度充满了蔑视。我无所畏惧。我要征服。

"然而这只是一种脆弱的梦想。这只是一棵纸做的树。兰波特小姐吹口气就能把它吹倒。甚至她那走过走廊时的身影也能将它吹成齑粉。它不是牢固的;它没有使我获得满足——这做女皇的梦。既然它已然破灭了,它就把我遗弃在这儿,在这个过道里,更确切地说是丢下我在这里浑身打着冷颤。一切都显得苍白黯淡。现在我要到图书馆里,去取出一本书,翻翻,读读;然后再翻翻,读读。在这儿有一首关于一道篱墙的诗。我要沿着它去漫步,采摘一些鲜花,绿色的牵牛花和月光色的山楂花,野玫瑰和蜿蜒曲折的常春藤。我要用我的手把它们紧紧握住,把它们放到课桌的发光的桌面上。我会坐在颤悠悠的河岸上,望着那些舒展而明朗的睡莲;它们身上犹如月光一般清冷的光辉,把垂覆在树篱上的橡树映照得熠熠闪光。我要采摘花朵;我要将花儿扎成一顶花冠,紧紧抓住它,把它献给——哦!献给谁呢?在我生命的流淌中似乎存在着某种阻碍;一股深沉的潜流拥塞在某种障碍前面;它痉挛;它挣扎;

在它的中心似乎有一个顽冥不化的结。唉,这真是痛苦,这真是苦恼!我晕倒了,我失败了。现在我的身体消融了;我获得了解脱;我浑身散发出炽热的白光。现在那股潜流犹如汹涌的暗潮泻出,冲开闸门,冲退阻力,畅通无阻地奔腾起来。所有这些正从我那温暖的、松软的躯体中涌泻而出的东西,我应当献给谁?我要采集我的花儿,把它们扎成一束,献给——哦!献给谁呢?

"水手们成群结队地游来逛去,还有成双成对的情侣;公共汽车沿着海滨大道轰鸣着驶向城里。我要奉献;我要充实;我要把这种美还给世界。我要把我的花束扎成一个花环,我要双手伸出,跨步向前,把花环献给——哦!献给谁呢?"

"现在我们已经接受了,"路易斯说,"因为这是最后一个学期的最后一天——奈维尔的、伯纳德的和我的最后一天——不管我们的老师们曾经非得教给我们什么东西。已经作过了介绍;世界也已被描述过。他们留下;我们离去。那位了不起的博士,所有人当中我最崇敬的人,步履蹒跚地走过每一张课桌,向每一个人分发装订好了的贺拉斯诗集,丁尼生诗集,以及济慈全集和马修·阿诺德全集①,上面都写着措辞贴切的题辞。我尊敬赠送这些书的这只手。他怀着绝对的自信讲话。对他来说,他的话是真实的,虽然对我们来说并非如此。他讲话时满腔激动,用粗哑的声音,既激烈又温柔地告诉我

---

① 丁尼生(1809—1892),英国桂冠诗人;济慈(1795—1821),英国浪漫派诗人;马修·阿诺德(1822—1888),英国诗人、批评家。

们,我们就要走了。他祝愿我们'行动要像大丈夫'①(不管是引自《圣经》上的话,还是引自《泰晤士报》上的话,只要到了他嘴里,似乎全都显得铿锵有力)。有些人将要干这个;还有些人将要干那个。有的人将不会再见面。奈维尔、伯纳德和我,将不会再在这里见面了。生活会把我们分开。但是我们已经建立了一些联系。我们孩子气的、无忧无虑的时光结束了。但是我们之间已经建立了一种纽带。首先,我已经继承了传统的东西。这些铺路的石板已经经历了六百年的磨损。在这里的墙上刻写着一些军人、政治家的名字,和一些不幸诗人的名字(我的名字也一定会列在他们中间)。愿上帝保佑所有的传统,保佑一切安全规定和限制吧!我十分感激你们这些身着黑色长袍的人,也十分感激你们这些已故的人,感激你们的引导,感激你们的守护;但是归根结底,问题依然存在。那些分歧依然没有解决。鲜花在窗户外面摇曳它们的身姿。我看见野生的鸟儿以及比最野的鸟儿更为狂野的冲动,正从我的野性未驯的心中冲出来。我的眼神是野的;我的嘴唇紧闭着。鸟儿在飞翔;花儿在舞蹈;而我却总是听到海浪沉闷的轰鸣;还有带着锁链的野兽在海滩上蹬脚的声音。它在蹬呀,蹬呀,不停地蹬着。"

"这是最后的仪式,"伯纳德说。"这是我们所有仪式中的最后一次。我们被心里各种奇异的感觉征服了。举着旗子的列车员就要吹响他的哨子;喷着水汽的列车过一会儿就要开动。有的人想要说几句与这种场合正好相宜的话,体验一下在这种场合才会有的感受。有的人脑子里塞满了东西;有的人嘴

---

① 语出《旧约》中的《撒母耳记》(上篇,第四章)。

唇嗫了起来,快要张开了。就在这时候一只蜜蜂闯了进来,绕着那位将军的太太——汉普顿夫人嗡嗡地打转;汉普顿夫人为表示她对献花道贺的人的感谢,不停地闻那束鲜花。这只蜜蜂会叮她的鼻子吗?我们刚才全都被深深感动了,然而有些不敬;然而有些懊悔;然而有些急于结束;然而有些恋恋不舍。这只蜜蜂分散了我们的心思;它漫不经心的飞翔似乎是在有意嘲弄我们的强烈情感。它捉摸不定地嗡嗡飞来飞去,忽而掠向这边,忽而掠向那边,最后栖落在一朵康乃馨上面。我们中的许多人将再也不会见面了。当我们以后可以随意地上床睡觉,或是多坐一会儿,当我再也不需要偷偷地藏起一截蜡烛头来读淫秽作品,那时,我们就再也享受不到某些乐趣了。现在,这只蜜蜂绕着那位了不起的博士的脑袋嗡嗡地旋转。拉朋特、约翰、阿契、珀西瓦尔、巴克以及施密斯——他们我都曾极度喜欢过。我只认识过一个疯疯癫癫的小子。我只厌恨过一个小气刻薄的家伙。我很喜欢回想我在校长的餐桌上吃过的那几顿别扭死了的早餐,吃的是吐司和果酱。只有他没有去注意那只蜜蜂。即便它落在了他的鼻子上,他也会用优雅的姿势轻轻地将它拂去。现在他已经讲完他的空话;现在他的声音差不多已若断若续,可也没有完全停止。现在我们——路易斯、奈维尔和我——已经永远地放学了。我们拿到了我们那几本非常精美的书,上面全都有用细小难辨的草体字写的幺奥的题辞。我们起身,我们散去;压力已经消除。那只蜜蜂已经变成一个无足轻重的、无人理睬的小昆虫,它穿过敞开的窗户,不知飞到哪里去了。明天我们也要离开了。"

"我们就要离去了,"奈维尔说,"行李箱就在这里;出租汽车就在这里。戴着宽边毡帽的珀西瓦尔就在那边。他准会忘了我。他准会把我写的信随便丢在猎枪和猎狗当中,一个字也不回复。我将来会写诗赠送给他,而他也许会回赠我一张带风景的明信片。但是正是为此我才爱他。我将提出一些会面计划——在某座钟表下面,划着十字;而且我将等候,而他却不会来临。正是因为这样我才爱他。由于他是那么的健忘,由于他差不多是完全的无知无觉,他一定会从我的生活中消失的。而我,虽然看起来似乎难以置信,却一定会走向另外的生活;这也许只不过是一场儿戏、一段序曲而已。尽管我忍受不了博士那套浮夸做作的表演和装腔作势的激动,我却已经感觉到,那些我们曾经只是隐隐约约地预见到的东西已经临近了。我将会自由地进入冯维克举起他的球棍的那个小花园。那些曾经瞧不起我的人将会承认我的至高无上的权威。但是凭着我生命中某些不可思议的法则,仅仅得到至高无上的权威和拥有权力还是不够的;我要永远推开帷幕,闯入秘境,我要独自偷听别人的窃窃私语。因此我要向前走,虽然犹豫不决,但却意满志得;虽然对难以忍受的痛苦顾虑重重;然而我却感到,在历险的道路上,我一定会在经过巨大磨难之后战胜一切;毫无疑问,最后,我一定能够找到我所渴望的目标。在那儿,最后一次,我看见我们那位道貌岸然的建校者的雕像矗立在那里,鸽子在他的脑袋周围飞旋。它们会伴随着小教堂里风琴的呜咽,永远在他的脑袋周围盘旋,使它呈现为一片雪白。喏,我也去找我的座位吧;等我在我们预订好了的列车隔间的角落找到我的座位,我要用一本书遮住我的眼睛,掩饰住淌出来的一珠泪滴;我要遮住我的眼睛,好去观察别人;偷偷地看看别人的面孔。今天是暑假第一天。"

"今天是暑假第一天,"苏珊说,"但是这一天还没有展开。在我晚上走下列车、踏上月台之前,我不会去考察它。甚至在我闻到从田野送来的冷飕飕、绿阴阴的气息之前,我将不会去嗅闻它。不过,这里已不再是学校的田野;这里已不再是学校的篱墙;在这里的田野上,那些人正在干着真正的劳动;他们的大车装着真正的干草;这里的奶牛也是真正的奶牛,而不是学校里的牛。然而,走廊上的碳酸味和教室里的粉笔味,仍然滞留在我的鼻孔里。那些企口板①闪烁、发亮的模样,仍然在我的眼前萦绕。我必须等待着那一片片的田野和灌木树篱,那一片片树林和田地,那一道道点缀着荆豆丛的铁路边陡峭的路堑和停在旁轨上的一节节货车车厢,还有一道道隧道以及一座座女人们正在晾洗衣服的城郊小花园,接着又是田野和孩子们扒在门上悠来荡去的情景,等待着这些景象把那些东西掩盖,把它们深深地掩埋,——这个我已经恨透了的学校。

"将来,我绝不会把我的孩子送到学校里,也绝不想在我的一生当中再在伦敦过上哪怕一夜。现在,在这个空旷的车站上,所有的东西都散发着空洞的轰鸣和回声。灯光如同遮凉棚里的光,黄澄澄的。珍妮住在这里。珍妮常带着她的狗在这里的人行道上散步。这里的人都是默不作声地在街道上匆匆穿过。他们的眼睛除了盯着商店的橱窗看看,别的什么也不看。他们的头扬起和低下时差不多总是一样高。这里的街道都被电线连接在了一起。这里的房子全都安装着玻璃门窗,全都安装

---

① 企口板是一种建筑材料,一侧有凹槽,另一侧有凸榫,可用作地板等;使用时,根据需要,平行、垂直或以一定的角度把预制好的一块企口板的凸榫对合另一块的凹槽,即可连接成为整体。

海浪 | 051

着花彩窗帘,全都是圆柱和洁白的台阶。但是现在我继续往前走,又到了伦敦城外;又开始看到田野、房屋、晾洗衣服的妇女,以及树木和农田。伦敦这会儿变得模糊不清了,消隐了,支离破碎了,完全看不见了。石碳酸和油松的气味开始渐渐淡去。我闻到了谷物和芜菁的气息。我打开一个用白色棉线系着的纸袋。鸡蛋壳从我的两膝之间滑落到地板上。现在我们停过了一个车站又一个车站,打开了一瓶又一瓶罐装牛奶。现在妇女们互相吻一吻,然后就拿出篮子来吃东西。现在我要把身子探出车窗。风立刻灌进我的鼻子和喉咙——凉飕飕的风,带着咸味的风,其中还混杂着来自芜菁的气息。啊,我的父亲已经在那儿了,他正转过背去,跟一个农夫谈话。我浑身颤抖。我哭了起来。我那穿着带绑腿的高筒靴子的父亲就在那里。我的父亲就在那儿呢。"

"我舒舒服服地坐在我的角落里,乘着这列轰隆轰隆的快车,向北而去,"珍妮说,"它虽然开得还不够平稳,却使那些灌木树篱显得像是平坦的一片片,使得那些小山丘在连绵不绝地向前延伸。我们使那些信号塔一闪而过;我们使大地轻微地震颤晃动。远处的景物不停地汇聚过来,成为一个点;而我们又不断地使远方开阔地铺展开来。那些电线杆连绵不断地突然冒出来;一棵刚刚隐没,另一棵又随即冒出来。现在我们呼啸着晃晃悠悠驶入一条隧道。这位先生拉开了窗子。我从镶嵌在隧道墙壁上的闪光的镜子里看到我的影子。我看见他放下他的报纸。他冲着我的映照在隧道墙壁上的影子笑了笑。在他的注视下,我的身体立刻自动地摆出一副臭架子。我的身体过着它自己的生活。现在黑黢黢的车窗又变得发绿了。我们驶出了隧道。他读起了他的报纸。不过我们已经交流了对彼此身体的欣赏。这会儿这里聚集着大群的身体,而我的身体已经向大伙介绍过了;我的身体刚才走进了这间摆着描金坐椅的车厢。瞧——所有城郊别墅的窗户和它们那白色纱帐似的窗帘全都在舞蹈;那些头上扎着蓝色头巾、坐在麦田里的树篱底下的人们也都像我一样,感觉到了暑热和兴奋,有个人在我们经过时挥了挥手。在这些城郊别墅的花园里都有树荫和凉亭,而且一些只穿着衬衣的年轻人正爬在扶梯上修剪玫瑰。一个男人骑着一匹马慢步跑过田野。他的马在我们经过时猛地往前冲了起来。而骑马的人转过头来望了望我们。我又一次呼啸着在黑暗中穿行。我仰身躺在椅子上;我让自己沉浸在兴奋和欢乐之中;我想象到了隧道的尽头,我会进入一间灯火通明、摆着坐椅的房间,我会在其中的一张椅子上坐下来,受到众人深深的钦慕,我的礼服绕着我的身体飘动。然而瞧,我一抬头竟遇上一个愠怒女人的目光,她猜到了我的兴高采烈的心情。我的身体傲慢地在她面前合拢起来,就像一把阳伞似的。我可以随心所欲地敞开或是合拢我的身体。生活开始了。现在,我正在打开我的生活的宝藏。"

"今天是暑假第一天,"罗达说,"现在。当火车驶过这些红色的岩石,驶过这片蓝色的大海时,已经结束了的这个学期才在我身后以一个完整的具体形象呈现出来。我看见它的颜色。六月是白色的。我看见田野上到处都是白灿灿的雏菊和白颜色的衣裳,网球场上也画着一道道白色的线条。而且有过一阵风,响过一阵猛烈的雷。一天夜里,有一颗星星划过天空,我对那颗星星说:'毁灭我吧。'那是在仲夏,在那次游园会之后,在我于那次游园会上蒙受了耻辱之后。大风和暴雨渲染着七月的色彩。还有,当我手里拿着一只信封去给别人送信的

海浪 | 053

时候,那个死气沉沉的、令人望而生畏的灰楚楚的烂泥坑,就横卧在院子的正当中。我走到那个烂泥坑跟前。我没法走过去。我不知所措。我们真是不中用,我这么说,然后就倒了下去。我就像一根被狂风舞荡的羽毛,我被吹送进了坑道。之后,非常小心谨慎地,我迈步跨了过去。我一只手扶在砖墙上面。我提心吊胆地跨过那个灰色的、死气沉沉的大泥坑,十分艰难地返回我的房间。这就是我那时注定要过的生活。

"因此,我特别把那个学期分离出来。生活翻腾着阴暗的浪涛从大海中浮现,断断续续发生一些令人震惊的事件,像猛虎的腾跃一样突如其来。我们没法摆脱这种境遇;我们为这种境遇所束缚,就像身体被困在野性的马背上一样。不过我们还是发明了一些方法来弥补这些裂纹,掩饰这些缝隙。检票员走过来了。这儿是两位男人,三个女人;篮子里有一只猫;还有我自己,胳膊正放在窗沿上——这就是此时这儿的一切。我们穿过沙沙低语的金色的麦田,驶近一个地方,又驶离一个地方。田野里的妇女们惊奇地被我们丢在了身后,在那里锄着草。现在火车笨重地蹬着腿,呼噜呼噜地喘着气,不停地向上爬坡。终于,我们抵达荒原的最高处。这里只生活着寥寥几头野山羊,寥寥几匹毛发蓬乱的矮种马;然而让生活舒适的东西,我们应有尽有,有桌子可以放报纸,有杯套可以把玻璃杯放稳。我们随车携带着这些设备,来到荒原的最高处。现在我们来到了顶峰。寂静将在我们身后汇聚。只要越过那顶秃脑袋回头望望,我就会看见寂静已经笼罩在那里了,云彩的阴影也正在荒原上空彼此追逐;寂静笼罩着我们已经走过的短暂旅程。我此时所说的就是眼前的时刻;这是暑假的第一天。这是我们无法摆脱的那个正在浮现的怪物的一部分。"

"现在我们出发了,"路易斯说,"现在我悬浮在空中,不受任何约束。我们不知道自己身在何处。我们正乘坐一列火车穿过英格兰。英格兰的景物在车窗外面飞逝而过,那些景色不停地变换,从山丘变换成树林,又从河流、垂柳变换成城镇。而我并没有稳固的立足之地可以前往。伯纳德和奈维尔,珀西瓦尔、阿契、拉朋特和巴克要去牛津或者剑桥,要去爱丁堡、罗马、巴黎、柏林,或是美国的某所大学。而我却没有明确的方向,生财之道也模糊渺茫。因此有一种令人心碎的阴影,一种强烈的色调,笼罩着这些金色麦芒,笼罩着这些芙蓉红的原野,这片此起彼伏的麦浪——波纹涌至田边,却永远不会溢出麦地的界埂。今天是新生活开始的第一天,是正在旋转的车轮上的又一根轮辐。可是我的身体却像一只飞鸟的阴影一样飘忽不定。我必定如同草地上的光影一样倏忽变化,快速消退,快速变暗,消失在那边草地与树林毗连的地方,倘若不是我的头脑清醒的话;我强制自己,即使只用一行未曾写出来的诗句,也要把眼前这一刻记录下来;把自从埃及、自从妇女们带着红色的水罐到尼罗河畔取水的法老时代就已开始的漫长、漫长历史当中的这一小段,记录下来。我好像已经生活了数千年。然而如果我此时闭上我的双眼,如果我没能认识到,我所乘坐的这节坐满回家度假的孩子们的三等车厢乃是过去与现时的交汇之所,人类的历史必定会被漏掉一个阶段的景象。它那能够看透我的眼睛就会合上——假如我现在由于马虎懒散,或者怯懦,让自己沉浸在过去,沉浸在黑暗之中,长眠不醒;或者像随波逐流的伯纳德讲故事那样,去随波逐流地讲讲故事;或者像珀西瓦尔、阿契、约翰、华尔特、拉多姆、拉朋特、罗玻、施密斯总是吹牛皮那样吹吹牛皮——这些人名永远也不会改变,永远都是这几个爱说大话的孩子的名字。他们全都会吹嘘,全都爱夸夸其谈;只有奈维尔例外,他时不时会悄悄地看两眼法文小说,并总是因此溜进那些炉膛里有火、椅子上有坐垫的房间,与许多书籍和某个朋友呆在一起;而那时,我却正在一个柜台后面,歪斜着身子,坐在一把办公椅里。所以我会变得满腹怨言,对他们冷嘲热讽。我会妒忌他们能够在老紫杉树的树荫里继续沿着那安闲自在的旧路逗留,而那时我却不得不跟那些伦敦佬和小伙计们一起相处,在那座城市的街头没完没了地奔波。

"不过,现在我正六神无主、无所羁绊地穿行在茫茫原野上——(这儿是一条河;一个男人正在钓鱼;这儿是一座尖塔,这儿是一条乡村街道,街上有装着凸肚窗户的小旅馆。)——对于我来说,一切都是迷梦一般的,晦暗朦胧的。这些苦涩的念头,这种妒忌,这种满腹怨言,全都和我格格不入。我是路易斯的魂影,是短暂的过客,内心只有幻梦,只有清晨花瓣飘浮于无底深渊上和鸟儿鸣啭啾啁时分花园里飘浮着的各种气息。我要用清澈的童年之水喷淋我自己。它的稀薄的面纱起了微澜。但是,那头戴着锁链的野兽正在海滩上不停地蹬呀,蹬呀。"

"路易斯和奈维尔两个都默不作声地坐着,"伯纳德说。"两个人都陷入了沉思。两个人都觉得其他人的在场就像一道将他们分开的墙。但是,如果我发现自己是跟他人在一起的话,辞藻就会立刻像吐烟圈一样喷涌而出。——瞧,一串串妙语是如何立刻从我嘴里流泻出来的。那就像划燃一根火柴;就像某种东西在燃烧。现在,一个上了年纪的、显然很富裕的男人,一位旅行者,上了车。我立刻就渴望去跟他结交;我本能地不喜欢那种由他一个人冷淡地、不与他人融合地置身于我们中间的感觉。我不喜欢离群索居。我们都不是独自一人生活在世界上。而且我希望给我对人生真谛的宝贵观察的积累增加内容。我的著作一定会卷册浩瀚,包括所知的各式各样不同类型的男人和女人。我把我在一个房间或者一节火车车厢里碰巧遇上的各式各样的人和事,统统塞进我的脑子,就像从墨水瓶里灌满一支自来水笔一样。我有一种不可改变的永不餍足的渴望。现在,凭着种种我现在尚难以解释、但以后必定会讲得清楚的细微的迹象,我感觉出他的抵抗就要消解了。他的沉默独处显示出就要爆发的征兆。他送过来一句议论乡村房屋的谈话。一缕烟圈从我嘴里吐出来(谈论庄稼的话),在他的身边缭绕,把他带入交往接触之中。人的声音有一种消除隔阂警戒的力量——(我们都不是独自生活在世界上,我们都是世间的一分子)。随着我们交换了这么几句虽然简短、但却亲切的关于乡村房屋的议论,我使他焕发起了精神,并且变得踏实起来。他是一个待人宽厚但并不见得忠实的丈夫;是一个使唤着几个雇工的小建筑商。在当地社会,他是一个重要人物,已经当上了地方参议员,而且兴许有朝一日还会当上市长。他身上佩戴着一件硕大的装饰品,样子像一对连根拔起的牙齿,用珊瑚制作,挂在他的表链上。华尔特·丁·特伦勃尔之类的名字倒是挺适合他。他在美国呆过,带着他的太太为小一些生意上的事情旅行,在一家小小的旅店开了一套房就花去他整整一个月的薪水。他的门齿处镶着一颗金牙。

"其实,我只是略微有些爱好思索。我要求一切都实实在在。就是全凭这一点,我才能够抓住这个世界。不过,对我来说,一句绝妙的辞藻似乎有其独立存在的价值。可是我想,最

海浪 | 057

妙的辞句很可能是在离群索居的时候造出来的。它们需要某种最后的冷却处理,这是我所难以做到的,因为我总是在温暖的言辞化成的热水里趟着玩耍。不过,我的方法比起他们的,却是自有其长处。奈维尔厌恶这位特伦勃尔的粗里粗气。路易斯呢,则像一只高傲的仙鹤,眼睛斜视,抬高了脚步走路,仿佛用方糖夹钳夹糖似的挑拣着字眼儿。的确,他的眼神——粗野,含着微笑,然而绝望得孤注一掷的眼神,却表达了某种我们所不曾估量到的东西。奈维尔和路易斯,他们俩每人身上都有一种精确细密、一丝不苟的东西,那是我所钦慕但永远不会具有的品质。现在我开始意识到,该是采取行动的时候了。我们正驶近一个铁路交会站。我要乘坐一列开往爱丁堡的车。我没法精确无误地弄清这件事——他就像一枚钮扣、一枚小小的硬币一样,模糊不清地夹杂在我的各种思绪里。那位兴高采烈的查票的老兄过来了。我有一张票——我当然有一张票啦。但是这不要紧。问题是我要么能把它找出来,要么找不出来。我仔细翻过了我的皮夹子。我摸遍了身上所有的口袋。经常发生这类事情,总是阻挠我设法按照我一直竭力想做的那样,找到一些恰当的、十分切合当下这种场合的辞藻。"

"伯纳德走了,"奈维尔说,"连一张票都没有。他一边说着漂亮的辞句,一边挥着手,撇下我们走了。他跟那个饲马员或是那个管道工谈起话来,就像跟我们谈话一样毫不费力。那个管道工对他极为热心中意。'要是他有那么个儿子,'他准在想,'他会想方设法把他送进牛津大学。'但是,伯纳德对那个管道工又是怎么想的呢?难道他唯一所想的,不就是把他自己从来没有讲完的那个故事,继续不断地讲下去吗?在他还是一个经常把面包揉搓成小弹丸的小孩子的时候,他就开始讲了。这个小弹丸是一个男人,那个小圆球是一个女人。我们全都是小圆球。我们全都是伯纳德讲的故事里的漂亮辞藻,全都是他记在笔记本里的事情,有的记在了A栏,有的记在了B栏。他几乎无所不知、无所不晓地讲着关于我们的故事,只除了不知道我们最关心的是什么。因为他根本不需要我们。他从来不受我们支配。他就在那儿,在月台上挥着手。火车开走了,他却没有上去。他弄丢了他的车票。但那没关系。他会去跟那个酒吧间的女招待大谈所谓人类命运的本质问题。我们离开了;他已经忘了我们;我们渐渐走出了他的视野;我们继续赶路,心里充满萦绕不去的感触,一半苦涩,一半甘甜,因为他真有点让人同情,弄丢了车票,他只好去凭着他那半吊子的漂亮辞藻闯荡世界了;当然,他也是讨人们喜爱的。

"现在,我又装模作样地读起书来。我举起我的书,让它差不多遮住我的眼睛。但在这些饲马员和管子工们面前,我根本没法读书。我不具备欺骗自己的本领。我不欣赏那个人;他对我也不欣赏。让我至少做个诚实的人吧。让我谴责这个废话连篇、无聊懒散、洋洋自得的世界吧;谴责这些用马鬃制作的座椅,这些拍自各式码头和各式广场的彩色照片吧。我简直想要大声疾呼地谴责这种沾沾自喜的自满情绪,谴责这个世界的平庸无聊,这个世界会繁殖出这些表链上挂着珊瑚饰物的马贩子。在我心里,有那么一种东西简直可以将他们彻底消灭。我的笑声会使他们瑟缩在他们的座位上,会逼得他们在我面前号哭。哦,不;他们是不变的。他们永远是胜利者。他们会让我无法做到永远在一节三等车厢里朗读卡图鲁斯的诗歌。他们会在十月份逼迫我躲进一所大学,我将在那里当一名教师;还要跟着学校里的男教师一起去希腊;还要作关于巴泰农神殿遗址①的报告。住在那些红色的城郊小屋当中的一所里面,养养马,这样总是胜过老像一条蛆虫似的在索福克勒斯和欧里庇得斯②的颅骨里钻来钻去,娶一位品格高尚的夫人,那些大学女士当中的一位。然而,这样的话,我的命运将会如此被注定。我将会吃苦头。在十八岁的时候我就已经是愤世嫉俗,以至于那些马贩子们都会恨透我。那就是我的胜利;我绝不让步妥协。我并非缺乏自信心;我并不带口音。我并不像路易斯那样吹毛求疵,总是担忧有人会想到'我父亲是布里斯班的一个银行职员'。

"现在,我们正驶近文明世界的中心。那儿是那些熟悉的煤气罐。那儿是那座公园,有一条沥青小路横穿其中。那儿是那些不知羞耻地嘴贴着嘴、躺在枯萎的草地上的情侣。珀西瓦尔现在差不多已经到达苏格兰了;他乘坐的火车正穿过那红色的荒原;他看到了那道由边界小山丘形成的连绵不断的边界线,和那道罗马式的城墙。他正在读一本侦探小说,而又了解所有的事情。

"当我们接近伦敦这个中心时,列车慢了下来,缓缓地向前爬行,而我的心也因为惶恐、因为狂喜而膨胀起来。我将要遭遇的——会是什么呢?在这些邮车、搬运工和密密麻麻的招呼出租车的人群当中,会有什么令人惊讶的奇迹等着我?我感到有些微不足道,有些茫然不知所措,同时又有些欢欣鼓舞。我们的车轻轻地震动了一下,停了下来。我要让别人先下车。

---

① 在雅典卫城的最高处。
② 索福克勒斯(496—406BC)和欧里庇得斯(480—406BC)是古希腊的两大悲剧诗人。

我要先安静地坐一会儿,然后再投身到那一片混乱的人流中。我不会去预测将会遭遇什么。巨大的喧闹声充斥着我的耳朵。它在这玻璃屋顶底下像汹涌的浪潮,轰鸣,击荡。我们带着自己的旅行包给卸在了站台上。我们被挤散。我的自尊心差不多变得无影无踪;还有我的羞耻感。我被卷进了人流,一会儿被挤倒在地,一会儿又被举到了半空。我下了车,到了月台上,手里紧紧地抓着我所拥有的唯一的东西——一只提包。"

太阳升起来了。黄色绿色的缕缕光线洒落在海边,给饱经风霜的小船的舷板镀上了金色光辉,而且使海滨刺芹和它那披着铠甲似的叶片像钢铁一样闪烁着蓝光。当海浪呈扇形迅速涌上海滩时,阳光几乎映透了那些迅捷的薄薄浪花。那个刚才摇头晃脑并使她所佩戴的各种珠宝——黄玉,蓝宝石,以及散射着火花般光影的水晶宝石——全都跳荡不停的女郎,如今露出了她的眉毛;她张大双眼,用目光在浪波上开辟出一条笔直的道路。海浪原来那种犹如颤动的鱼鳞似的闪耀光影变得暗淡起来;它们麇集在那里,幽绿的波谷显得又深又暗,而且很有可能成群的游鱼正在那里来回游动。每当浪潮迸溅起来又退落下去,它们就在海滩上抛下一层黑乎乎的树枝儿和树皮,还有烂草和木棍,仿佛有一只小船沉没了,船帮碎裂,而驾船的人却已游上陆地,跳上崖岸,撇下他的容易损坏的货物任凭浪潮冲上海滩。

在花园里,拂晓时分曾在那棵树上和那片灌木林里时起时落地、纷乱不齐地啾鸣的小鸟儿,这会儿啁啾合鸣成了一片,尖锐而又刺耳;它们时而齐声合唱,好像意识到自己有一些同伴;时而又独自鸣啾,仿佛是在朝着淡蓝色的天空鸣叫。当那只黑猫在灌木丛里悄然潜行时,当厨娘把煤渣抛到煤灰堆上惊动了它们时,它们会哄然飞起,慌忙逃开。在它们的鸣叫声里夹杂着恐惧,包含着害怕受到伤害的不安,和渴望当即就被捕获的激动。而且,在早晨清洁的空气中,它们还争强好胜地鸣叫啁啾,一会儿高高地飞过榆树梢头,一会儿又一边相互追逐,一边齐声鸣唱。它们追逐,逃避,时而相互叼啄,时而翻飞着冲向蓝天。等到厌倦了追逐与飞翔,它们就欢快地翻飞下来,它们优雅地向下降落,回到地面,安静地栖落在树枝上、墙头上,机灵的眼睛左顾右盼,同时小小的脑袋也不停地扭来转去,意识警醒,小心提防,全神贯注地注意着某件东西,尤其是某个目标。

也许那是一枚蜗牛壳,矗立在草丛中俨然一座灰色的大教堂,一座向上耸立的楼房,上面带着一圈圈烧焦的暗淡痕迹,而且在草丛的映衬下,泛着绿影。或者,那些小鸟儿是看见了那在花坛上投下一片飘忽不定的紫色阴影的鲜花上的光辉;在鲜花丛中,由紫色阴影所形成的一条条灰暗通道在花茎间移来移去。或者,它们自己专注的目光投在那些小小的浅色苹果树叶上面;那些树叶正摇摇摆摆,欲坠又止,倔强地在瓣尖粉红的苹果花之间闪耀着光辉。或者,它们看见了那颗悬挂在树篱上的、老也不掉下来的雨珠,在雨珠里面,瑟缩着完整的房屋和那些高耸的榆树的阴影;也或者,它们一直在目不转睛地凝视着太阳,小小的眼睛变成了金光闪闪的珠子。

现在,它们一边东张西望,一边望向更深的地方,望向那些花朵下面,透过那些晦暗的通道向下探视积满败叶落花的没有亮光的世界。接着,它们当中有一只以优美的姿势往下俯冲,准确地落下来,一口啄穿了那条无助的毛毛虫的又大又软的身体;它啄了又啄,尔后就丢下那条毛毛虫,随它自己去腐烂。在那些花朵凋谢腐烂的根茎四周,飘浮着阵阵死亡的气息;在那些霉烂发胀的东西膨胀的表层,渗出点点滴滴的水珠。腐烂果子的皮烂裂了,渗出来的东西稠腻腻地凝滞在上面。黄澄澄的分泌物就像鼻涕虫似的流溢出来,还时不时地有一条两头都长着脑袋的难以名状的东西缓缓地左右蠕动。眼睛闪着金光的小鸟们冲进绿叶丛中,好奇地察看那些脓液,那些水珠。有时,它们会用它们的尖嘴狠狠地戳进那些黏糊糊的混合物里面。

此时,正在升起的太阳的光线照到了窗户上,触到那镶着红边的窗帷,而且映照出一个个圆圈和一道道条痕。接着,在逐渐变强的光线中,窗帘的白色投映在盘碟上;刀锋聚敛起它的亮光,愈加耀眼夺目。椅子和碗橱影影绰绰地躲在后面的暗影里,尽管它们各自是独立的,看上去却好似浑沦难解的一大片。镜子投射在墙壁上的反光显得愈发白亮。放在窗台上的那些真花都有虚幻的花影陪伴着。然而那些幻影也是花的一部分,因为每当有一朵花蕾自然地绽放时,镜子里颜色浅淡的那朵花儿也会同样地绽放开一朵花蕾。

起风了。浪波擂鼓似的拍击着海岸,就像有一群缠着头巾的战士,一群头上裹着布巾、手里握着涂了毒汁的长矛的人,正在高高地挥舞着他们的武器,向着正在吃草的畜群,向着那头白色的绵羊发起攻击。

"事情的错综复杂变得越来越紧迫了,"伯纳德说,"在这儿,在大学里,生活的忙乱和紧迫达到了极点,单单日常生活的骚乱就一天天变得越来越令人应接不暇。每时每刻都有一些新东西从这个巨大的摸彩袋里暴露出来。我算个什么？我问自己。是这个吗？不，我是那个。特别是在这会儿，当我离开了一所房间，而别人正在聊天，石子路上回响着我的孤单的脚步声，同时我看见月亮正在古老的小教堂上空庄严地、冷漠地冉冉升起——这时一清二楚的是，我并非单纯的一个人，而是复杂的很多个人。伯纳德，在大庭广众的场合，总是滔滔不绝，有些轻狂；而在私底下独自一人时，却又总是沉默寡言，掩掩遮遮。这一点恰好是他们所不了解的，因为毫无疑问他们此刻正在议论我，说我总是回避他们，说我总是闪烁其词。他们不了解我必须作出各式各样的转换；必须为轮番地扮演伯纳德这个角色的那些个互不相同的人的出场与退场遮遮掩掩。我对所处的环境异乎寻常地在乎。在火车车厢里，我若是不先问一问——他是个建筑师吗？她是不是有点不愉快？我就根本没法在那里看书。我今天敏感地注意到可怜的西默斯，他脸上长满了粉刺，万分痛苦地感到要给比莉·杰克逊留下好印象对他来说是太没希望了。我为此感到痛苦，就热情地邀请他一起吃晚饭。这件事，他会认为是我对他有好感，虽然实际并非如此。这是真的。然而，'尽管近乎女人似的多愁善感'（我这是在引用给我写传记的人的话），'伯纳德却具有男人所拥有的那种逻辑清晰的冷静头脑'。所以，凡是给人留下头脑单纯的印象的人——这大体上讲是件好事（因为头脑单纯看起来自是一种美德）——总是那些在激流中保持安稳不动的人。（我即刻就看见了一条鱼儿，它的鼻子冲着的方向与河水奔流的方向正好相反。）甘农，莱赛特，彼得，霍金斯，拉朋特，奈维尔——全都是激流中的鱼儿。不过你懂得，你，我那总是招之即来的自我（光是召唤而没有人来，肯定是一种折磨人的体验；那会使午夜变得空虚，还会昭示出总呆在俱乐部里的老人们的表情是怎么回事——他们已经放弃了召唤那永不再来的本我的希望），你懂得我今晚所说的这些只能勉强地表达出我自己。在内心里，当我是全然不同的另一个人时，我同样是完整如一的。我会热情奔放地表露同情；我也会像钻在洞里的癞蛤蟆一样，无论发生什么事情都漠然以对，无动于衷。你们这些正在议论我的人当中，没有几个像我这样具有既能感受又能思考的双重能力。莱赛特，你们瞧，他就知道追猎野兔。霍金斯总是在图书馆里度过一个个相当勤奋刻苦的下午。彼得在流通图书馆里有一个年轻女友。你们全都忙忙碌碌、全神投入，深陷其中，而且简直使出了你们全身的力量——只有奈维尔除外，他的头脑太复杂了，不会被任何单项活动所激动。我也同样是太复杂了。在我身上总是有一些东西保持着飘忽不定、独立不羁的状态。

"现在，有一件可以说明我对环境非常敏感的事情，就是，此刻当我走进我的房间，开亮灯，看见桌子，纸张，和我随手搭在椅背上的睡衣，我发现我就是那种既有冲劲又喜欢沉思的人，就是那种莽撞而且危险的角色，那种人总是随随便便地抛开自己的外套，抓起笔，立即给他热恋着的姑娘匆匆写下这样一封信。

"是的，一切都很顺利。我这会儿情绪正佳。我可以一气呵成地写出我已经很多次下笔却没有写成的这封信。我刚刚走进我的房间；我扔下帽子和手杖；我匆匆写下脑子里出现的第一件事情，连纸张都顾不上摊平。这将是一篇才华横溢的随笔，她一定会认为这是毫不停顿，毫不删改，一气呵成的。瞧瞧这封信，多么潦草——这儿有一块因为粗心大意而弄上去的墨渍。应当不顾一切而只求快速和不拘小节。我要用一种快捷、潦草、细小的字迹来书写,夸张地把'y'的下面一划拉得很长,把't'的横着的一笔像这样——划成一个破折号。日期要只签上十七日,星期二,接着是一个问号。但是与此同时我还必须给她留下这样的印象,就是尽管他——因为这并不是我自己——写得如此不假思索,如此潦草随意,其中却包含着某些亲密和敬重的微妙意味。我必须隐约地提到我们俩在一起时谈到过的一些话——重现某些记忆中的情境。但是我必须做到让她觉得(这一点非常重要)我是以世界上最随心所欲的方式随便提到一件又一件事情的。我要随便提到我是怎么救助那个落水的人的(对此我有一个绝妙的词藻可以描述),提到莫法特太太和她的言论(我有记录),还要随便提到一些关于我读过的某一本书、某一本罕见的书的想法,这想法很明显是偶然冒出来的,可是又十分深刻(深刻的评论常常是碰巧写出来的)。我要让她在梳头发或熄灭蜡烛的时候会忽然说:'我是在哪儿读到这些话的呢?啊,是在伯纳德的来信里。'我所需要的就是这种敏捷、热烈、融化人心的效果,就是这种语句连着语句、洋洋洒洒、奔泻而出的风格。我心目中想着的是谁呢?当然是拜伦①。在某些方面,我确实非常像拜伦。也许稍稍品味一下拜伦的文字会有助于我酝酿情绪。让我来读上一两页吧。不;这样太乏味了;这样显得太杂乱无章了。这样稍微有些太过刻板正经了。哦,我就要抓住其中的诀窍了。现在我正在我的心里捕捉他的节奏(韵律乃是写作中最主要的东西)。

---

① 乔治·戈登·拜伦(1788—1824),英国浪漫派诗人,主要作品有《唐璜》、《恰尔德·哈罗尔德游记》等。

好啦,我要趁着灵机一动,毫不拖延,立刻下笔……

"然而预想的效果并未达到。期望完全落空。我无法振作起足够的精神去完成这种转变。我的真实的我与我假装出来的我脱了节。假如我重新写的话,她会觉得'伯纳德是在装腔作势,故意作出一副文学家的模样;伯纳德是在想象他的传记作者'(这倒是真的)。不,我要在明天一吃过早餐,就立刻写这封信。

"现在,让我用想象中的情景来填充我的脑子吧。让我来设想,我被邀请到雷斯托夫——距离朗利车站三英里的拉夫顿皇家御庄去逗留。我在暮色苍茫中抵达那里。在那座虽然破敝失修但却气势非凡的宅第的庭院里,有两三条长腿狗悄悄地溜了过来。大厅里铺着已经褪了色的地毯;一位军人气派的先生一边抽着烟斗一边在阳台上踱来踱去。整个格调显示着一种高贵不凡的清贫和与军界的种种联系。写字桌上搁着一只猎马的脚蹄——一匹备受宠爱的马。'你骑马吗?''是的,先生,我热爱骑马。''我女儿正在客厅里等候我们呢。'我的心在我的胸口里怦怦地跳动起来。她正站在一张矮矮的桌子旁边;她刚刚打过猎;她像一个带着顽皮男孩子气的姑娘,大口大口地用劲嚼着夹心面包。我给上校留下了极其好的印象。我不算太聪明,他感到;但也不算太稚嫩。我还会打台球。这时那位已经在这个家里呆了三十年的漂亮女用人走了进来。餐具上的图案是那种东方特有的长尾巴鸟儿。壁炉上方挂着她母亲的身穿薄纱服装的肖像。在一定限度内,我可以十分容易地描绘出周围环境的细节。可是我能够使它产生预想的效果吗?我能不能听到她的声音——那种只有我们俩单独在一起的情况下,她叫我'伯纳德'时所带有的声调语气呢?

"说实在的,我需要其他人的激励。单独一个人,因为我自己灰暗的生命之火,我会经常发现自己故事中的薄弱环节。真正的小说家,头脑绝对单纯的人,倒能够毫无定限地幻想下去。他不会像我这样心口如一。他也不会有这种像熄灭了的火炉中的暗淡死灰一样让人灰心丧气的感觉。在我的眼前浮动着一层障翳。一切都变得模糊不清。我再也不去胡编乱造了。

"让我振作起精神来吧。总的说来,今天是不错的一天。夜间凝结在心灵屋顶上的露珠是圆润的,绚丽多姿的。早上过得好极了;下午散步消遣。我喜欢眺望灰暗田野上的那些尖塔。我喜欢越过人们的肩膀之间空隙瞥上一眼。种种事情不断在我头脑里闪现。我想象丰富,感受敏锐。晚饭之后,我喜欢戏剧性表演。我把我们平常在我们共同认识的朋友身上模模糊糊察觉到的许多事情,捏合为一个具体的形象。我毫不费力地实现着自己的转换。不过现在还是让我坐下来,坐在这个里面的黑煤毫无遮蔽地露着黝黑棱角的暗淡炉火旁边,向自己提出那个决定性的问题吧:这些人物当中的哪一个才是真正的我呢?这在极大程度上取决于这个房间。当我对自己叫一声'伯纳德',进来的是谁呢?是一个忠诚的、爱嘲讽人的人,尽管幻想破灭,却并未怨恨满怀。是一个没有确切年龄或职业的人。是我自己,仅此而已。或者是他,这会儿正拿着火钳,嘎啦嘎啦捅着煤渣,让它们从炉箅上纷纷落下。'上帝,'他望着纷纷落下的炉灰,自言自语地说,'多么大的灰呀!'接着他抑郁不乐却又颇为自慰地补充说:'莫法特太太会来把它们打扫干净的……'我想象着,将来我在一生中这儿捅捅,那儿敲敲,一会儿撞在马车这一边的挡板上,一会儿又撞在马车另一边的挡板上,那时我一定会经常自言自语,重复这个警句:

'哦,是呀,莫法特太太会来把它们打扫干净的。'重复完了就上床睡觉。"

"在一个由此时此刻构成的世界中,"奈维尔说,"为什么要去辨别,区分呢?没有什么事物有必要被取个名字,除非我们这样做可以使它们有所改变。让它们去存在吧,这河岸,这美景,而我在这短暂的一刻是浑身欢畅的。阳光灼人。我看到了河。我看到了树在秋天的阳光下呈现出斑驳枯黄。小船悠悠地漂过,穿过了一片红色,又穿过一片绿色。远处敲响了钟声,但不是为死亡而敲的丧钟。钟声也有为生命而鸣的。一片树叶落了下来,是出于欢乐。哦,我真是热爱生活!瞧那棵柳树怎样把它美丽的小树梢刺向天空!瞧那只小船怎样从柳树丛中穿过,上面坐满了懒懒散散、无忧无虑、身体强壮的青年人。他们正在听留声机;他们正在吃装在纸袋里的水果。他们抛着香蕉皮,让它们像黄鳝似的沉入水中。他们的一举一动都是那么优美。他们身后放着各种盛作料的瓶子和各式各样的饰物;他们的房间里塞满了船桨和油画复制品,但他们使一切都显得很美。那只小船从桥下驶过。接着又来了一只。随后又是一只。那是珀西瓦尔,他正懒洋洋地躺在椅垫上,安如磐石,特别泰然。不,这只不过是他的一个追随者,在那儿模仿他安如磐石、泰然自若的气派呢。只有他一个人未发觉他们玩的恶作剧,即便他当场抓住了他们,他也只是心情愉快地用自己的拳头揍他们几下。他们也从桥下划了过去,穿过了'喷泉似的垂柳',穿过了它们那黄一道紫一道的美丽光影。轻风吹拂;窗帘摇曳;我看见树叶后面那座庄严肃穆却永远令人愉快的建筑,它看上去显得有些松散,然而并不臃肿;虽然坐落在古老的泥炭地上已经悠悠无数年,但却依然光彩悦目。现在,那熟悉的韵律开始在我心里回响；一直处于休眠状态的语词如今又开始了运转，又扬起它们的头颅，反复地时而高昂，时而低沉。没错，我是一个诗人。我毫无疑问是一个出色的诗人。小船儿和青年人消逝了，还有远处的树，'喷泉似的垂柳'。我全都看见了。我全都感觉到了。我充满了灵感。我的眼里噙满了泪水。然而即便是我感觉到了这一切，我依然热情有加地鞭策我的狂热。它冒出了汗水。它变得矫揉造作，虚假伪善。语词，语词，一连串的语词，它们奔驰得多么快捷——它们是怎样猛烈地甩动它们的鬃毛和尾巴啊，可是由于我自身的一些毛病，我怎么也无法投身到它们的背上；我无法使女人和网兜化为乌有，跟着语词一起飞翔。在我身上有一些缺点——一些致命的犹豫不决，只要我一不注意，它们就会变得装腔作势，肆无忌惮。但是要说我不会成为一个杰出的诗人，那是难以置信的。倘若我昨夜写的东西不算好诗，那它又是什么？我是不是过于酣畅，过于敏捷了？我不知道。有时候我自己也不了解自己，或者说不知道该怎样去估量、命名以及清点那些使我成之为我的种种品质。

"现在，某种东西离开了我；某种东西撇下我与那将要到来的人相会去了，而且还要使我相信，我不看也知道那是谁。如果一个人增添了一位朋友，即使他在远方，这将使他发生多么奇怪的变化啊。当朋友们记起我们的时候，他们的帮助对一个人来说该是多么有益啊。然而当一个人被他人记起，被他人安慰，使他的自我被掺了假，被搅混乱，变成了他人的一部分，这又该是多么痛苦啊。随着他的临近，我变得不再是我自己，而成了奈维尔和某个人的混合体——和谁呢？——和伯纳德吗？是的，和伯纳德，而且我正是要向伯纳德提出这样一个问题:我是谁?"

"多么奇怪啊,"伯纳德说,"这棵柳树看上去好像是我曾经和谁一起看见过的。我曾经是拜伦,这棵树曾是拜伦的树,眼泪汪汪,洒落如雨,悲伤哀叹。现在咱们正一起看着这棵树,它拥有一副浑然一体的模样,每一根树枝都那么整齐分明,在你那清晰头脑的强迫下,我要告诉你我所感受到的东西。

"我感受到了你的责难,我感受到了你的力量。跟你在一起,我成了一个邋里邋遢、感情容易冲动的人,我的印花大手帕上总是沾着烤饼的油腻。是的,我一只手拿着格雷的《挽歌》①;我用另一只手抠出那浸足黄油、粘在盘子底上的最后一块烤饼。这使你很反感;我敏锐地感受到了你的苦恼。受此刺激,又急于要重新获得你的好感,我就开始跟你讲我是怎样硬将珀西瓦尔从床上拽起来的;我描绘着他的便鞋,他的书桌,他的淌满烛油的蜡烛;当我掀掉他脚上的毛毯时他那乖戾、抱怨的腔调;当时他就像一个巨大的蚕茧,钻在毛毯下面。我如此这般地描绘着所有这一切,尽管你的内心里充满了个人的伤心事(因为总有某种隐蔽的情况左右着我们的相遇),你终于还是投降了,你大笑着,又喜欢起我来。我的魔力和滔滔不绝的话语,那些话语发自自然又出人意料,也使我自己感到高兴。当我用连我自己都说不清楚有多么丰富、多么无穷的辞藻,去揭开遮蔽事物的幕纱时,我自己也感到惊讶。我曾经观察过。当我一边述说的时候,各种各样的想象就会像气泡一样滚滚不绝地从我脑海里冒出来。这个,我对自己说,正是我

---

① 指英国诗人托马斯·格雷(1716—1771)的著名诗篇《墓园挽歌》。

所需要的;我自问,为什么我不能写完我正在写的那封信?因为我的房间里总是凌乱地摊放着未写完的信。每当与你在一起的时候,我就会猜想自己大概是属于最有天分的人之行列的。我浑身充满了青春的欢悦,充满了潜力,充满了对即将发生的事物的敏感。我仿佛看见自己正莽莽撞撞却劲头十足地绕着花儿营营乱转,哼哼嗡嗡钻进绯红的花萼,使得蓝色的烟囱里回响着我那巨大的隆隆声。我将会多么丰富多彩地享受我的青春啊(是你使我有了如此感受)。还有伦敦。还有自由自在。但是住口吧。你没有在听。你以一种无法形容的随随便便的姿态让自己的手在膝盖上滑来滑去,从而表示出某种异议。我们可以从此类迹象中推断出我们那些朋友心中的不快。'在你丰富充实的时候,'你似乎在说,'请不要撇下我不管。''住口吧,'你说。'来问问我有什么痛苦吧。'

"那就让我来把你塑造一下吧。(你曾经对我这样做过。)你躺在这热乎乎的河岸上,在这令人愉快的、正在渐渐萧索却依然灿烂的十月的日子里,观望船儿一只接着一只地驶过那棵枝杈减少的柳树。而且你希望成为一个诗人;你还希望成为一个恋人。然而你那无比清醒的头脑,和你那无情诚实的明智(这些拉丁语句我应该谢谢你;你的这些品质使得我感到有点不自在,并且看清了我的资质中残缺不全的、衰弱的地方)却使你感到迟疑。你从不醉心于故弄玄虚。你从不让玫瑰色或黄色的迷雾蒙住自己的眼睛。

"我是对的吗?我正确读懂你那左手的微妙手势了吗?如果是,就把你写的诗给我看看;把你昨天夜里写下的那几张纸交出来吧,你写的时候是那样灵感勃发,以致你现在感觉有那么点难为情。因为你不相信什么灵感,不管是你的还是我的。

让我们一起回去吧,跨过那座桥,穿过那片榆树荫,回到我的房间里去吧;在那儿,墙壁围绕着我们,窗上拉着红色哔叽窗帘,我们可以避开这些分散人的心思的嘈杂声,避开酸橙树的香味和各种气息,以及种种其他的生命活动;这些服装整齐而又时髦、走起路来傲气十足的女店员,这些步履拖拉、心情沉重的老妇人;这些由一个隐隐约约出现、后来突然消失不见的人影鬼鬼祟祟投来的目光——那个人影可能是珍妮,也可能是苏珊,或者是罗达走过林荫道,不见了?哦,从你身上一些轻微的颤抖,我猜得出你的感觉;我从你身边逃开了;我就像一群永无止境地漂泊的蜜蜂,嗡嗡叫着走开了,丝毫不具备你那种坚定地专注于某个单独对象的耐性。但是我会回来的。"

"每逢看到这样的建筑物,"奈维尔说,"我就无法忍受这里竟然有女店员。她们嗤嗤的傻笑,她们嘀嘀咕咕的闲言碎语,总是让我恼火,总是搅乱我的宁静,而且在我正沉浸于最最纯洁的欢悦中的时候,总是搞得我想起我们的堕落。

"不过现在,跟那些自行车、酸橙的气息以及在令人心烦意乱的街上闪过的人影做短暂的接触之后,我们返回自己的领地。在这儿,我们是宁静和秩序的主人,是辉煌传统的继承人。灯光开始在广场上投下一道道狭长的光影。河上升起的雾霭,正渐渐布满这些古老的地方,并且温柔地依附在这些古老、灰白的石头上。此时,乡村小巷里的树叶朦胧依稀,绵羊在潮湿的田野上打着干咳;不过在这儿,在你的房间里,我们是干燥的。我们悄悄地聊着天。火焰时而升腾,时而黯淡,映得某个门上的球形捏手闪闪发亮。

"你一直在读拜伦。你把那些似乎与你本人的性格相一致的篇章都作了记号。我在所有那些看上去表达嘲讽然而激烈性情的诗句旁边都发现了记号；那是一种飞蛾式的急躁性情，直往坚硬的镜子上面瞎撞。当你用你的铅笔在那些地方划着的时候，你在想：'我也是那样丢开我的斗篷的。我也是面对命运啪啪地弹弹我的手指的。'可是拜伦从来不会像你这样煮茶，你把茶壶灌得满满的，结果，你一盖上壶盖茶水就溢了出来。那儿的桌子上有一汪褐色的水——正在你的书和纸当中流过。现在，你用你的手帕笨手笨脚地将它抹干。接着，你把你的手帕塞回你的口袋——这绝不是拜伦的做法；这是你的做法；这种做法是那样地说明你的禀性，以致二十年后，当我们俩都已成了名人，患了痛风病并且难以忍受，那时，只要我想起你，我想到的一定是这幕情景；而且如果你死了，我肯定会哭泣落泪。你曾经是托尔斯泰的年轻信徒；现在你是拜伦的年轻信徒；也许你还会成为梅瑞狄斯①的年轻信徒；那时，你会在复活节假日去游览巴黎，归来时打着一条黑领带，就像一个谁也没有听说过的可憎的法国佬。到那时，我就不再理睬你了。

"我就是一个人——我自己。我绝不会模仿我所崇拜的卡图鲁斯。我是那种最最缺乏创造性的学生，这儿搁一本词典，那儿放一个笔记本，我把过去分词各种稀奇古怪的用法都记在里面。可是，一个人是做不到永远拿着把刀子去精雕细刻这些古老的铭文的。我能做得到总是拉着红色的哔叽窗帘，像块大理石似的呆着不动，在灯光下脸色苍白，只顾读我的书吗？那样倒也算是光辉灿烂的一生：沉溺于对完美的追求；沿着词句的曲径探究下去，无论它会将你引向什么地方，进入沙漠，陷

---

① 梅瑞狄斯（1828—1909）：英国小说家、诗人，著有长篇小说《利己主义者》等作品。

入沙流,对于诱惑和勾引都将视若无睹;满足于永远清贫和不修边幅;甘心在皮卡迪利大街①上充当笑柄。

"然而我太紧张了,没法很好地说完我的话。我一边来来回回踱着步,掩饰我的激动,一边快速地说着话。我厌恶你那些油腻腻的手帕——你会把你的《唐璜》弄脏的。你没在听我说。你在编造关于拜伦的种种废话。而正当你用你的斗篷、你的手杖做着各种姿势的时候,我则准备向你揭示一个从未对任何人讲过的秘密;我想请你(当我背朝你站着的时候)把我的生命握在你的手里,然后告诉我,我是不是命中注定总要遭受我所爱的人的反感。

"我忐忑不安地背对你站着。不,我的双手现在是绝对镇静的。我在书橱里弄出一个位置,准确地把《唐璜》插了进去;瞧,好啦。我宁愿被人喜爱;我宁愿出名,也不愿通过沙子去追求完美。但是我命中注定要遭受别人的反感?我是不是诗人呢?相信吧。那种拥挤在我的嘴唇后面、像铅一样冰冷、像子弹一样致命的欲望,那种我试图从女店员、妇女身上得到的东西,那种装腔作势,那种生活里的粗俗行为(因为我爱好这种粗俗),随着我抛起我的诗——请接住——全都向你射来。"

"他像一支箭似的从房间里冲了出去,"伯纳德说。"他给我留下他的诗。哦,友情!我也同样想把鲜花夹在莎士比亚十四行诗集的书页中间!哦,友情!你的箭是多么锐利——刺穿了这儿,这儿,还有这儿。他朝我转过身来,看看我;他把他的诗交给了我。笼罩在我生活里的所有迷雾全都消散了。这

---

① 伦敦一条位于秩市广场和海德公园角之间的繁华街道。

样的信赖,我要珍藏着,直到我死去的那一天。他就像一道长长的海浪,就像一股滚滚的波涛,从我头上席卷而过;他那压倒一切的气派——迫使我敞开自己,把我心灵之岸上的那些卵石全部暴露。这实在令人羞愧;我像是变成了一些微小的石子。所有的假象全都消失了。'你不是拜伦;你只是你自己。'受另一个人的感染,而与他融合为一个生命——这是多么奇异的事情啊。

"感觉到那条从我们身上吐出的丝线,将它美妙的细丝穿过横亘其间的那个世界的充满迷雾的空间,延伸出去,这该是多么古怪啊。他走了;我站在这儿,手里拿着他的诗。连在我们之间的是那条丝线。不过现在,感觉到那疏远的神态不见了,那详细探究的目光黯淡和掩没了,这令人多么惬意,多么安心啊!拉上窗帘,不让别的人在场;感到自己从那些阴暗的角落——他们,那些寒酸的寄居者,那些熟悉的伙伴,被他用强大的威力逼迫得躲躲藏藏,曾经在此躲避栖身——脱身回来,这是多么令人庆幸呀。现在,那些爱好嘲弄、观察力敏锐的精灵——他们甚至在被刺伤的、危急的关头仍然为我守护操心——又成群结队地回来了。有了他们的加入,我就是伯纳德;我就是拜伦;我就是这个人,就是那个人,等等。他们黑压压地聚成一片,一如从前,用他们的滑稽动作和评头论足来充实我,并且使我在一时的激动中所拥有的美妙而单纯的感受黯然失色。因为我有比奈维尔所想象的更多的自我。我们并不像我们的朋友为了满足他们的需要所希望的那样单纯。然而爱是单纯的。

"现在我的那些寄居者、那些熟悉的伙伴又回来了。现在,奈维尔用他那令人吃惊的美妙之剑在我的防御壁垒上刺伤的裂口又修复了。我现在差不多又是完整无缺的了;而且将奈维尔在我身上所忽略了的能量全都发挥出来,这使我发现自己是多么兴高采烈啊。我一边拉开窗帘,从窗口向外望去,一边心想:'那是不会让他快活的;但却可以让我欢欣鼓舞。'(我们总是把自己的朋友作为参照,来测量我们自己的身高。)我的视野总能包容奈维尔所无法企及的东西。他们在路的那边高声唱着狩猎歌曲。他们带着小猎兔犬正在举行某种表演。在四轮大马车驶过拐弯处的时候,那些总是同时掉转头去的戴制服帽的小伙子们,正在互相拍着肩膀夸夸其谈。但是奈维尔,却娇里娇气地避开干扰,如同一个阴谋家,偷偷摸摸地匆匆溜回他的房间。我看见他一屁股坐在他的矮矮的椅子上,两眼凝视着此时此刻被假想成一座坚固建筑物的炉火。他在想,要是生活能够维持这种恒久,要是生活能够具有这种秩序——因为他最最渴望的就是秩序,而最最嫌恶我的拜伦式的邋遢凌乱;这样想着,他拉上了他的窗帘,闩上了他的门。他的双眼(因为他陷入了爱情;爱情的不祥阴影主宰了我们刚才的会面)充溢渴念;噙满泪水。他抓起火钳,猛地一捅,捣毁了在燃烧的煤火中瞬间闪现的坚固之物。一切都在变化。包括青春和爱情。小船已经驶过垂柳形成的拱门,现在到了桥洞下面。珀西瓦尔、托尼、阿契,或是别的人,将会去印度。我们将不会重逢。想到这些,他伸手拿来他的笔记本——用颜色斑驳的纸整整齐齐装订成的一册——然后用他此时此刻最最钦慕的某个诗人的风格,狂热地写下一行行长长的诗句。

但是我想继续呆下去;我要倚着窗台;我要倾听。那边嬉闹的合唱声又传了过来。这会儿他们正在打碎瓷器——这也算是他们的习惯。他们的合唱,像一股迸溅着越过岩石、粗暴地撞击老树的激流,以非凡壮观的恣肆无束,奔放向前地冲过了悬崖峭壁。他们乘着车大摇大摆地前进;他们飞奔不止,跟在猎狐犬后面,跟在足球后面;他们紧贴着船桨,像几个面粉袋似的,猛升猛降。所有的差异都不见了——他们做的就像是一个人。在总是起风的十月,风一阵喧闹一阵寂静地在庭院里吵吵闹闹地刮着。现在他们又在打碎瓷器了——这就是他们的习惯。一个步履不稳的老妇背着一个口袋,摇摇晃晃地经过被火光映红的窗前,往家走去。她有些害怕它们会落下来砸在她身上,使她跌倒在街沟里。然而她停下来,仿佛想在那如流的火花迸射、烧焦的纸屑飞腾的篝火上烤烤她那骨节突出、患风湿病的双手。这个老妇人靠着火光照耀的窗户流连不去。这是一个对照。这情景我看到了,而奈维尔没有看到;这情景我感受到了,而奈维尔没有感受到。因此,他将达到完美,而我将一事无成,并且在死后我除了留下一些泥沙混杂的、不完美的辞句,留不下任何别的东西。

"我现在想起了路易斯。对这个萧索的秋夜,对这种打碎瓷器和高唱狩猎歌曲的行为,对奈维尔、拜伦以及我们在这儿的生活,路易斯会用什么样幸灾乐祸、但一针见血的言辞来形容呢?他的薄薄的嘴唇微微地噘了起来;他的脸颊苍白;他在一间办公室里全神贯注地看一些复杂难解的商业文件。'我的父亲,布里斯班的一个银行家'——由于为此感到羞耻,路易斯老是谈到他——破产了。所以,路易斯,学校里最优秀的高材生,只好坐在一间办公室里。但是我在寻求对比的时候,常常会感到他的目光正在望着我们,他那嘲弄的眼神,他那无礼的目光,把我们当作他老是在办公室里审核的某笔大宗账目中一些无足轻重的条款,累加在一起。将来有那么一天,他会拿起一只细笔尖的钢笔,在红墨水里蘸一蘸,把结算完成;我们的总额将会一目了然;可是这还不能算完。

"梆!他们现在把一张椅子摔到墙上。那么我们是不可救药的了。我的情况也毫无把握。我不是正沉湎在毫无来由的感触中吗?是的,当我将身子探出窗外,把我抽的香烟往下一扔,让它轻轻旋转着落到地面上,我感到路易斯甚至正在瞧着我的香烟。而且他会说:'这倒还有点儿意思。可究竟是什么意思呢?'"

"人们继续来来往往地走过,"路易斯说,"他们络绎不绝地从这家饮食店的窗前走过。汽车,大篷货车,公共汽车;接着又是公共汽车,大篷货车,汽车——它们不断地从窗前开过。在远处,我看见一座座商店和一幢幢房屋;还有一座是教堂灰蒙蒙的尖顶。在近旁,是那些摆放着一盘盘小面包和一盘盘火腿三明治的玻璃货架。从茶水壶里冒出来的水汽,把所有东西都变得朦胧难辨。一股由牛肉和羊肉、香肠和马铃薯泥散发出来的油腻腻、潮乎乎的气味,像一张潮湿的网似的悬浮在饮食店中央。我把我的书竖着靠在一个伍斯特沙司瓶子上,竭力要显得跟周围的人没有差别。

"可是我做不到。(他们继续来来往往地走过,他们继续熙来攘往地经过这里。)我无法看我的书,也无法充满自信地点我要的牛肉。我反复地念叨:'我是一个普普通通的英国人;我是一个普普通通小职员。'然而,我却始终望着那些坐在邻桌的小个子男人,以便确信我能做得跟他们一个样。他们一脸温和相,面皮打着皱纹,总是随着多变的心情而抽搐,像猴子似的紧缠不放,面对眼前的特殊场合显得特别圆滑;他们正在打着各式各样的手势,讨价还价地拍卖一架钢琴。那架钢琴挡住了大堂的通道;所以他宁愿只要十英镑就把它出售。人们继续来来往往地走过;他们继续在教堂尖顶的背景下,在火腿三明治的盘子前,来来往往。我的意识的飘带摇曳不定,不断被他们的嘈杂纷乱所打断,所困扰。所以我没法一心一意地吃我的饭。'我宁愿只要十英镑。钢琴架子很漂亮;但是它挡住了大堂的通道。'他们就像浑身羽毛油光水滑的海鸥,在水中潜入潜出。任何超出那个定价的付出都是虚荣的表现。那就是卑贱;那就是平庸。与此同时,一顶顶帽子晃来晃去;门不停地推开关上。我对骚动、对纷乱十分敏感;对幻灭和绝望十分敏感。如果这意味着一切,那这便毫无意义。然而,我同时又感觉到了饮食店里的这种节奏。它就像一支华尔兹舞曲,曲调时高时低,回旋往复。那些女招待平稳地擎着托盘,一阵儿风似的进进出出,转来转去,传递着一盘盘蔬菜、一碟碟杏脯和果冻,把它们准确及时地送到顾客的桌子上。这些平庸的男人把她们的节奏跟自己的节奏配合起来('我宁愿只要十英镑;因为它堵在大堂的通道里。'),他们享用着他们的蔬菜,享用着他们的杏脯和果冻。那么,在这连续不断的过程中,有什么不连贯的地方呢?有什么裂隙让人从中可以看出不对头的地方呢?这种循环是连续不断的;这种和谐是完美无缺的。此乃核心节奏;此乃支配一切的主发条。我注视着它伸展,回缩;接着又一次伸展。可是我却没有被容纳进去。要是我开口说话,模仿着他们的口音,他们就会竖起他们的耳朵等着我再讲,以便能辨别出我来自哪里——如果我是来自加拿大或者澳大利亚,那么我,这个最渴望被别人爱的怀抱接纳的人,就会永远是一个异乡人。我,一个渴望感受到平常人呵护的浪涛将自己淹没的人,凭眼角的一瞥就会看见远处的景象;

海浪 | 081

就会注意到那些在持续不断的混乱中晃来晃去的帽子。那彷徨、烦恼的心灵的怨诉（有个牙齿残缺的妇人正在柜台前畏畏葸葸地诉说），仿佛是冲着我说的：'求主把我们，把这些乱糟糟地来来往往、晃晃悠悠地在眼前摆满盛着火腿三明治盘子的橱窗旁徘徊的人，全都带回羊栏里去吧。'是的；我要使你们获得秩序。

"我要读读这本靠在伍斯特沙司瓶子上的书。它里面有一些金属般的音调，一些完美无缺的表述，字数寥寥，却诗意盎然。你们，你们所有的人都忽略了它。这位死去的诗人所说的话，你们已经全忘了。可是我却没法给你们翻译出来，好让它那摄人魂魄的力量吸引住你们，让你们明白你们是毫无目的的，那种节奏是粗俗而没有价值的；而这样就会消除堕落，否则如果你们对自己的毫无目的无知无觉，这种堕落就会浸透你们，使你们衰老，即使你们正当年轻。翻译这首诗歌，让它容易读懂，是我未来的使命。我，柏拉图和维吉尔的知心朋友，将去敲那扇漆着斑纹的橡木门。我反对这种流行一时的熟铁做的捅火棍。我绝不会容忍这种无聊的、流行的宽边低顶毡帽和洪堡式毡帽①，也绝不会容忍那些带翎羽的、五彩斑斓的女人头饰。（苏珊，我所敬重的人，在夏天只戴一顶朴实无华的草帽。）还有那种死读书，那凝成大小不等的水珠、沿着窗格玻璃淌下来的水汽；那些公共汽车急促刹车和猛然开动的声音；那种在柜台前面犹豫不决的神态；以及那些乏味无聊、拖长声调讲的毫无人之意趣的连篇累牍废话；我要让你们获得秩序。

---

① 洪堡，德国的一个城镇；十九世纪与二十世纪之交，欧洲特别流行这个地方生产的一种软帽。

"我的根须深深地穿过地下的铅矿和银矿,穿过散发着各种气味的潮湿的、沼泽般的地域,延伸到一个当中由橡树的根须纠结成一团的树根疙瘩里面。尽管封闭未露而且幽暗难辨,尽管泥土堵塞了我的两耳,我却听到了关于战争的传闻,也听到了夜莺的鸣唱;我感觉到一批批人流,成群结队地满世界奔走寻求文明,就像一群群候鸟定期迁徙追寻夏天;我还看见成群的女人提着红色水罐走向尼罗河河畔。我在一个花园里醒来,因为我的脖子后面被什么东西碰了一下,那是一个热吻,珍妮的热吻;我铭记着这个吻,就像一个人牢记着一次半夜大火灾中那些慌乱的呼喊、摇摇欲坠的梁柱和红一束黑一束的光影。我一直在睡睡醒醒。我一会儿睡,一会儿醒。我看到了那个微光闪烁的茶壶;那些盛满淡黄色三明治的玻璃格盘;那些高踞在柜台前的高脚凳子上的、身穿宽大外衣的男人;在他们身后,我还看到了永恒。那是一个戴着头巾的男人用一根烧红的烙铁在我哆嗦的皮肉上烫下的烙印。我看到这家饮食店耸立着,它背后紧靠着的是羽毛蓬松但却被包扎起来的、仍然在振动但却已经合拢的往事之鸟的翅膀。因此,我噘起嘴唇,我显得病弱苍白;我心怀憎恨,满腹牢骚,露出一副令人厌恶和讨厌的脸色,转过身去望着正在紫杉树下逍遥闲逛的伯纳德和奈维尔;他们继承了祖上传下来的安乐椅;他们拉严房间的窗帘,让灯光正好照亮他们的书本。

"苏珊,我非常敬重;因为她坐在那儿做着针线活。她坐在一间屋子里,借着寂静的灯光缝缝补补,庄稼在窗户的近旁发出簌簌的声响,赐给我安全的感觉。因为我是她们所有人当中最弱最小的一个。我是一个眼睛总是盯着自己的脚板、盯着河水在砾石滩上冲成的小河沟瞧的孩子。我说,这是一只蜗

海浪 | 083

牛；那是一片树叶。我喜欢蜗牛；我喜欢树叶。我老是最小的，最天真无知的，最容易轻信别人的一个人。你们每个人都有依靠。我却是孤立无助的。当那个头发盘成辫子的女招待扭着腰肢走过来时，她立刻就把你们要的杏脯和果冻递了上来，就像一个姐姐似的。你们则是她的兄弟。可是当我掸掸马甲上的面包屑，站起来时，却把一笔太大的小费，一个先令，悄悄地塞到盘子底下，好让她在我离开之前不至于发现它；这样，当我走出弹簧门以后，她一边哈哈笑着一边把它捡起来时所流露的那种轻蔑，才不至于将我戳痛。"

"现在风掀起了窗帘，"苏珊说，"那些粗糙无光的碗、罐，和那些已经有了破洞的旧安乐椅，现在都已清晰可辨了。平常消退不见的黯淡条纹又散布在了糊墙纸上。鸟儿的大合唱已经结束，只有一只鸟儿此时正在卧室的窗前啾唧而鸣。我要穿上长袜子，悄悄地迈出卧室的门，然后下楼穿过厨房走出去，从花房旁边穿过花园走到田野上去。这会儿还是大清早。沼泽地上大雾笼罩。天气萧索而又僵硬，俨然一块裹尸的麻布。不过，它会变得柔和起来；它会变得温暖起来。此时此刻，在这个大清早，我感到我就是这田野，我就是这谷仓，我就是这一棵棵的树；这一群一群的鸟儿是我的；还有这只小野兔，在我差点一脚踩在它身上的一刹那跳开的这只小野兔，也是我的。那只懒洋洋地伸展宽大翅膀的苍鹭是我的；那头一边一步一步地往前挪动、一边嘎吱嘎吱地大声咀嚼着的奶牛是我的；还有那只迅疾飞掠而下的燕子；那片挂在天际的淡淡的红晕，和红晕消退之后跟着出现的蓝茵茵的光影；还有这寂静，这钟声，和那个正在田野里牵驾车之马的男人的呼唤；——这一切全都是我的。

"谁也不能将我分裂或是将我一分为二。我曾经被送进学校；我曾经被送到瑞士去完成我的学业。我憎恶亚麻油毡；我憎恶冷杉树和山。让我此刻扑倒在这片平坦的土地上，躺在片片云彩正缓缓漂游的灰白的天空下吧。马车沿着大道向这边驶来，显得越来越大了。羊群麇集在田野当中。鸟儿聚集在大路中央——它们还不需要飞起来。木柴烧出的烟冉冉上升。拂晓时分的清冷感也随之消散了。现在白天已经开始。色彩已经复苏。白天藉着它的各种谷物掀起层层金黄的波浪，大地沉甸甸地悬在我的脚下。

"然而我是谁，我，靠在这扇门上用猎狗似的鼻子警惕着四周的人是谁呢？我觉得有时候（我还不到二十岁）自己不是一个女人，而是洒落在这扇门上、这片土地上的亮光。我就是四季，有时候我想，是元月，五月，十一月；是泥泞，迷雾，清晨。我不能任人摆布，也不能温雅地随波逐流，或是与别的人融合相处。但是现在，当我靠在这儿，直到门框在我的胳膊上压出印子，我便感觉到我身上所增加的体重。在学校的时候，在瑞士的时候，我身上已经增加了某种东西，某种实实在在的东西。那不是叹息和大笑，也不是绕圈子和随口乱说；不是罗达的眼光越过我们的肩头、望向我们身后时，她脸上出现的那副奇怪表情；也不是珍妮那种身子和四肢浑然连成一体的脚尖立地的旋转舞。我的一举一动都是凶猛的。我不能和其他人搅混在一起，轻轻地飘来飘去。我最喜欢的是路上相遇的牧羊人的那种凝视；是在壕沟里的一辆大车旁边给孩子喂奶的吉卜赛女人的那种凝视，将来我也会那样给我自己的孩子喂奶。因为过不了多久，在蜜蜂围着蜀葵花嗡嗡嗡地飞舞的燠热的正午时分,我的情人就会来到。他将站在那棵雪松下面。他对我说一句话,我就回答他一句话。我要把我身上所形成的东西全部交给他。我会生孩子;我会拥有扎着围裙的女用人;拥有手持干草叉的雇工;拥有一间厨房,在那儿,他们会把生病的羔羊抱进来,放在筐子里暖和暖和;在那儿,一根根火腿悬挂着,一棵棵大葱闪着亮光。我会像我的母亲,围着蓝色围裙,不声不响地锁上食品柜。

"现在我觉得饿了。我要唤来我的塞特狗。我心里想着摆放在一间明亮房间里的干面包片、新鲜面包、黄油和一个个洁白的盘子。我要穿过田野回家去。我会沿着这条长满草的小径,迈着坚定有力的大步走去,时而转个弯避开一个泥坑,时而轻轻地跳上一个土堆。我的粗布衬衫沾上了湿漉漉的水珠;我的鞋子变得柔软而且发黑。白天丢开了僵硬的面孔,不时变幻着灰暗、碧绿和赭褐色的光影。那些鸟儿早已不再在大路上麇集了。

"我走回来,就像一只猫咪或一只狐狸回到窝里,皮毛上蒙着一层白花花的霜,脚爪上因为沾满了粗硬的泥土而变得有些麻木。我穿过白菜地走回来,脚碰得菜叶子咯吱咯吱直响,使叶子上的露珠四溅散落。我坐下来等候我父亲的脚步声,他就要沿着小径慢吞吞地走来,手里捏着一簇采摘的药草。我一杯接一杯地冲着咖啡,尚未绽开的花直挺挺地竖立在餐桌当中,周围是果酱罐、面包和黄油。我们都沉默着,谁也不说话。

"然后我走到食品柜跟前,拿出几袋滋润可口的无核葡萄干;我把沉甸甸的面粉袋提起来放在擦得干干净净的厨房桌子上。我又是揉,又是拽,又是拉,我把两只手插进暖乎乎的面团里面。我让冷水呈扇形地从我的手指缝里流过。炉火呼呼地燃烧;苍蝇营营地翻飞。我把那些葡萄干、大米、银色的和蓝色的口袋,全都又锁进了食品柜。肉块竖在烤炉里;面包蒙着干净的毛巾,像一座平坦的圆屋顶似的鼓起来。下午,我沿着河边漫步。整个世界都在养育繁衍。苍蝇从一片草地飞往另一片草地。每朵花儿都饱含着花粉。天鹅排列有序地在小溪里逆流前进。云朵,此时已变得暖洋洋的,透出了斑斑日影;它们从小山上飘过,把溪水和天鹅的颈项映得金光熠耀。那些牛悠闲地嚼着草,慢腾腾地在田野上往前踱着。我分开草丛寻找着白色蘑菇;我采下它们的茎盖,和它们附近的兰草,连着根上的泥土放在蘑菇旁边。然后我就回到家里,为我的父亲把水壶烧开,放到茶桌上刚刚绽露出红色的玫瑰花中间。

"但是夜幕降临了,灯都点亮了。而一旦夜幕降临,灯点亮,常春藤就会蒙上一层明亮的黄灿灿的光影。我坐在桌子旁边,做着针线活。我想起了珍妮;想起了罗达;并且听见石板路上响起了辚辚的车轮声,在田里干活的马拉着车回来了;我听见晚风中传来车辆行人的嘈杂声。我望着颤抖的树叶在黑黢黢的花园里瑟瑟地摇曳,心想:'他们正在伦敦跳舞呢。珍妮正在吻路易斯呢。'"

"多么奇怪啊,"珍妮说,"人得睡觉,人得熄灭灯,走上楼梯。他们脱掉身上的衣服,穿上白色的睡衣。在所有这些房间里,灯火全无。一排耸立的烟囱仿佛直顶着天空;一两盏街灯亮着,就像在没有人需要的时候屋里却点着灯似的。街上仅有的人迹是那些匆匆忙忙来去的穷人。这条街上没有一个人来往;白天结束了。街角零星站着几个警察。不过夜幕已经降临。我感觉到自己在黑暗中熠熠闪光。绸衣紧贴着我的膝盖。

我的双腿像绸缎似的光滑地互相摩擦着。项链上的宝石凉丝丝地贴着我的脖子。我感觉到鞋子有些夹得脚痛。我身子笔直地坐着,免得我的头发碰到椅子的靠背。我全身盛装,做好了准备。这是暂时的寂静;是黑暗的时刻。小提琴手们已经举起了他们的弓弦。

"现在汽车滑行着停在一个站上。人行道上的窄窄的一道线被照亮。门打开,关上。人们纷至沓来;他们没有做声;他们都匆匆忙忙地进来。大厅里响起一片脱下斗篷的窸窣声。这是序曲,这是开始。我环顾四周,我悄悄察看,我扑上点粉。所有事情都按部就班,准备停当了。我的头发卷成大波浪形。我的嘴唇涂得鲜红。我已经准备好即刻上楼,加入那些地位身份和我相当的男男女女中间。我走过他们身旁,任凭他们注视,仿佛他们全都属于我似的。我们的目光像闪电一样相互一瞥,但却不动声色或是做出互相熟识的表情。我们用身体相互传情达意。这是我的天职。这是我的世界。一切都已安排停当,准备就绪;使役们恭敬地站在这儿、那儿,听我报了姓名,我那还是生疏的、不太为人所知的名姓,他们就在我前面扬着声调通报。我走了进去。

"在这儿,这些空荡荡的、静候来客的房间里摆着涂金漆的椅子,靠着墙壁摆满盛开的碧绿、雪白的鲜花,比那些长在地里的花儿显得更为恬静,更为端庄。一张小桌上放着一本精装的签名簿。这正是我梦寐以求的;这正是我早已料想到的。我天生就属于这儿。我举止自然地走在厚厚的地毯上面。我轻松自如地飘然走过磨得锃光发亮的地板。我现在在这香风四溢、富丽堂皇的环境中欢畅地舒展开来,就像一株正在伸开叶子的羊齿草一样。我停下脚步。我审视这个世界。我向这群不认识的人望去。望着这些像男人似的身子笔挺,浑身闪着碧绿、粉红、珠灰色彩的女人们。她们全都是千篇一律的;她们在自己的服装的掩盖底下像是一些长年流淌在固定沟槽里的深深的小溪。我又回想起那条隧道映照在窗玻璃上的影子;它在移动。当我探身向前注视时,那些千篇一律的陌生男人也在望着我;我转身去瞧着一幅画时他们也转过身去。他们心绪不宁地伸手去摸摸自己的领带。他们摸摸自己的背心和手帕。他们年纪很轻。他们都急于想给人以好的印象。我觉得自己身上涌出了千百种潜力。我时而狡黠,时而欢乐,时而阴沉忧郁。我既端庄又灵活。我神采飞扬、伶俐活泼地对这一个说:'来呀。'又阴沉别扭地对另一个说:'不行。'有一个断然离开他已经在玻璃橱窗前站了好一会儿的那个位置。他走近来了。他正在向我走来。这是我从未经历过的最激动的时刻。我局促不安。我忐忑忑忑。我像一棵在河里漂游的小草,一会儿漂向这儿,一会儿漂向那儿,但身子岿然不动,使他好继续向我走来。'来吧,'我说,'来吧。'那个正在走近的人面色苍白、头发乌黑,显得神态忧郁、罗曼蒂克。而相反,我却既狡狯,淘气,又应付自如;因为他是忧郁的,是罗曼蒂克的。他就在这儿;他就站在我的身边。

"现在,如同一只帽贝挣脱了岩壁,我身子轻轻一拧,离开原地;我和他一起陷了进去;我被卷走了。我们汇入了这股徐缓的潮流。我们在这缠绵的音乐中进进出出。礁岩不时地阻断这股舞蹈的潮流,使它显得不协调,显得支离破碎。经过一番进进出出,现在我们终于被卷进了这个宏大的舞阵;它使我们紧紧地靠在一起;使我们无法从它那蜿蜒、缠绵、陡峭、严实的围墙里挣脱出来。我们的身体,他的坚实,我的飘逸,在舞阵的整体中被紧紧地挤在一块;它使我们紧贴着对方;接着它又伸延出去,在平缓流畅和蜿蜒起伏中,使我们在它中间不停地旋转。突然间,音乐停止了。我的血液仍然在沸腾,而我的身体却定定地站住了。整个房间都在我的眼前旋转。它停了下来。

"那么,来吧,让我们头晕目眩地走到金漆椅那边去。这个舞阵比我想象的要厉害得多。我头晕得出乎我的意料。我不在乎世上的一切。我不在乎别的任何人,只除了这个我还不知他叫什么名字的男人。月亮啊,难道我们不是挺可意的一对吗?我们这一对,我穿着绸缎,他穿着千篇一律的那一套,难道我们不是非常愉快地坐在一起吗?与我身份相同的那些人现在尽管望着我吧。我也毫不闪避地回望着你们,你们这些男男女女。我是你们当中的一名。这是我的世界。现在,我端起这只高脚杯呷了一口。酒有股辛辣的药味儿。我一边喝一边禁不住做做鬼脸。这是把香味和鲜花、辉煌和闷热,全都提炼在这种强烈的黄色液体里了。原先藏在我的两肩后面的一个刻板乏味、全身警惕的家伙,现在慢慢地阖上了眼睛,渐渐沉入了梦乡。这可真是让人喜出望外,真是叫人如释重负。我喉咙里的那个闸门打开了。话语源源不断地成堆成串地涌出,一句接着一句。究竟是一些什么话都无关紧要。它们推推搡搡,争先恐后地往外挤。一个字眼跟另一个字眼结成团伙,滚翻在一起,然后又生化出很多来。我究竟在说些什么毫无关系。在成堆的话里,有一句话像一只展翅飞翔的鸟儿,飞越我们两个当中的那个空间,停在他的嘴边。我又斟满我的杯子。我喝了下去。我们中间的那道帷幕消失了。我被接纳进另一个心灵的温暖与隐秘的所在。我们两个就像正一起站在高耸的阿尔卑斯山的一道山口。他忧郁地站在山路的最高处。我弯下身子,采摘一朵蓝色的鲜花,踮起脚尖,把它插在他的外套上。好啦!这是我心情欢畅的时刻。现在,它已经过去了。

"现在,慵懒乏味的感觉侵入我们中间。别的人在一旁匆匆走过。我们已经失去我们的身体在桌子下面挨在一起的感觉。我同样也喜欢那些金发碧眼的男人。门打开了。门一直在不停地开了又开。现在我想,当下次门再打开时,我的整个生活就一定会发生变化。谁来啦?哦,只不过是一个送酒杯来的侍者。那儿来了一个老头——跟他在一起我只能算是小孩子。那儿又来了一位贵妇人——在她面前我得装装样子。那儿有一些年龄与我相仿的姑娘,对她们,我感到一种因为体面的敌视而产生的剑拔弩张的气氛。因为她们是一些跟我身份地位相同的人。我天生就属于这个世界。这是我打的一次赌,这是我所冒的风险。门打开了。哦,来吧,我对这一个说,从头到脚洋溢着喜气。'来吧。'于是他朝着我走了过来。"

"我要在他们后面走得慢一点,"罗达说,"就好像我看见了一个熟人。但实际上我不认识任何人。我要拉开窗帘,望一望月亮。若干次的忘却将会平息我的焦躁不安。门打开了;老虎扑了过来。门打开了;恐惧冲了进来;恐惧连着恐惧,对我紧追不舍。让我偷地去察看一下我独自藏起来的珍宝吧。在世界的另一边有一些池塘,水里映出大理石圆柱的影子。燕子用翅膀点着幽暗的池水。可是在这儿,门打开了,人们走了进来;他们朝着我走了过来。他们故意做出淡淡的微笑以掩饰他们的残酷、他们的冷漠无情,他们抓住了我。燕子用翅膀点着池水;月亮孤单地越过蔚蓝的海洋。我必须握住他的手;我必须做出回应。可是我该做出怎样的回应呢?我被推挤着站在这里,为自己这具笨拙的、不匀称的身体而羞惭发热;我得承受他那箭矢似的冷漠和蔑视;我,一个憧憬着世界另一边的大理石圆柱和燕子在那儿用翅膀掠水的池塘的人。

"在那些烟囱帽上面,夜幕已经缓缓地扩延开了一些。我越过他的肩膀向窗外望去,看见一只泰然自若的猫,它没有淹没在灯光里,也没有束缚在绸缎里,它可以想逗留就逗留一会儿,想伸伸懒腰就伸伸懒腰,想走动走动就走动走动。我厌恶个人生活的所有细枝末节。但是我被钉在这里,被迫去听。在我身上压着一种巨大的压力。如果不能卸掉那数世纪的重压,我就没法移动一步。无数支利箭将我射穿。蔑视和奚落将我刺穿。我,一个敢于挺胸面对暴风雨、甘愿被冰雹窒息而死的人,却被钉死在这个地方;无处藏身。猛虎扑了过来。各种各样的闲言碎语像鞭子似的落在我身上。它们灵活地、不间断地轻轻抽打着我的全身。我只得支吾搪塞,用谎言来挡开它们。有什么护身符能使我避开这种灾难呢?我又怎么好意思在这种热辣辣的劲头面前装得若其事呢?我想起了那些箱子上的姓名;想起那些裙子从张开的两膝间垂下的母亲;想起那些与起伏不平的山坡相毗连的林中空地。把我藏起来吧,我哭喊着,救救我吧,因为我是你们当中最小的、最柔弱无告的人。珍妮能够像一只海鸥乘风破浪,机灵地东瞧瞧西望望,说说这说说那,什么都实实在在的。而我却总是说谎;总是支吾搪塞。

"独自一人的时候,我就摇晃我的洗脸盆;我是那支舰队的女主人。但是在这儿,在窗前,我拧着我的女主人花缎窗帘上的穗穗时,我是支离破碎的;我不再是一个完整的人。那么珍妮跳舞的时候,她究竟有什么成竹在胸?苏珊在灯下安静地俯身用白棉线穿进针眼时,她怎么会有这样的自信?她们会说，是的；她们会说，不；她们甚至会举起拳头砰的一声砸在桌子上。而我却总是疑虑重重；总是浑身发颤；总是看见那疯狂的荆棘树在荒野中摇曳它的阴影。

"现在我要假装有什么事儿的样子，穿过房间，走到有遮篷的阳台上。我望见天空中弥散着突然光辉灿烂的月亮的缕缕清辉。我还望见广场那边的栏杆，和两个看不见脸部的人，他们就像两尊塑像，背映着天空，斜倚在栏杆上。那么，是有一个永恒不变的世界存在着了。这间客厅里扑动着许多条利舌，像刀子似的刮割着我，致使我说话口吃，致使我总是说谎。当我穿过这间客厅走出来时，我看到一些轮廓不清、美感全无的面孔。那对情侣蜷缩在那棵梧桐树下面。那个警察正在街口站岗。一个男人走了过去。那么，是有一个永恒不变的世界了。可是我，尽管小心翼翼地站在炉火旁边，仍旧被那灼人的热气给烫伤了，唯恐那扇门一打开，那只猛虎就会扑过来，所以我仍然没法足够镇静地说出一句话。我说的每一句话都会遭到人家的驳斥。每次门打开，我的话就会被打断。我还不到二十一岁。我会被毁掉的。我终生都会被别人嘲弄的。在这些男男女女中间，我会像波涛起伏的大海上的一个软木塞，颠上颠下；他们每个人都有一张抽搐的脸，都有一个撒谎的舌头。每次门打开，我就会像一棵小草似的被远远地抛到一边。我是一堆泡沫，白花花地飘浮着，附着在天涯海角的礁石边缘上；我又是一个姑娘，在这儿，在这个房间里。"

升起来的太阳已不再留连那绿色的床褥,它所投射的闪烁不定的光线映透了那些水晶晶的宝石,它展露出自己的面容,垂直地俯瞰着波涛起伏的海面。浪涛伴随着有规则的砰砰声坠落下来。它们坠落时的声音就像无数匹骏马的蹄子在赛马场上踏出的震响。它们溅起的层层浪花就像骑手在头顶上方挥舞的长矛和标枪。它们闪烁着钢铁般的蓝光和钻石般的水花冲过海滩。它们汹涌地翻腾着,就像一台机器在反复吞吐它的能量。阳光洒落在庄稼地和树林上面。河水变得发蓝并且显出层层褶皱;朝水边倾斜过来的草地变得绿莹莹的,恰似鸟儿微微竖起的羽毛。座座小山就像肌肉弓起的肢体一样显得曲折和皱缩,仿佛有一些皮带将它们捆绑住了;在小山的侧面,壮观地覆盖着一片片树林,看上去就像马脖子上被修剪过的短短的鬃毛。

在树荫浓密地遮住花坛、池塘和暖房的花园里,一只只小鸟沐浴着热乎乎的阳光啾啁歌鸣。有一只在卧室的窗前歌唱;另一只在紫丁香树丛中最高的那棵树枝上;还有一只是在墙头的边沿上。每一只鸟儿都在热情奔放地尖声鸣唱,似乎它们只顾着让歌声冲口而出,而不管刺耳的不和谐声音是否搅乱了别人的歌唱。它们的圆眼睛鼓鼓的,明亮闪闪的;它们的脚爪牢牢地抓着树枝儿或栏杆。它们毫不隐蔽地在空气和阳光中歌鸣,漂亮地披着崭新的羽毛,羽毛上面有贝壳似的纹理或亮闪闪的铠甲,这儿有一条条浅蓝,那儿有一点点金黄,有的则布满由同一色彩的、闪闪的羽毛所组成的条纹。它们歌鸣着,仿佛这歌鸣是因为它们受到清晨的驱使而不由自主发出来的。它们鸣叫得就好像生命的刀锋被磨利了,需要砍斫,需要劈开那柔和的青绿色光芒,那潮湿土地上的潮气;还有那厨房里弥漫蒸腾的油烟;那羊肉牛肉热腾腾的腥膻味;那糕点水果的扑鼻甜香;那泔水桶里潮渍渍的杂碎和菜果皮,这些东西倒在垃圾堆上会散发出一阵阵水汽。它们伸着它们那干脆利落、残忍无情的尖喙,突如其来地降落在各式各样浸泡过的、潮湿发霉的、湿得起皱的东西上面。它们忽然从紫丁香树枝或者围栏上飞扑而下。它们发现一只蜗牛,接着衔起蜗牛壳往石头上磕去。它们猛烈地、有条不紊地磕着,直到蜗牛壳被磕碎,从破壳里流出一种黏糊糊的东西来。它们迅捷地飞起,滑翔,直入云霄,伴随着喊喊喳喳的短促的尖叫,然后栖落在高处的树梢上,俯瞰下面的树叶和尖塔,还有芳草如茵、白花遍地的田野,以及像击鼓催动一整队插着羽毛、扎着头巾的士兵前进一样隆隆轰鸣的大海。时不时地,鸟儿们的歌鸣汇成一片急促的音响,就像一条山涧中的流水,错综交织,泡沫飞溅,混合成一股激流,沿着河床,擦着两岸连绵不断的树叶,愈来愈急速地奔腾而下;但是一旦碰上了岩礁,它们就会分道扬镳。

阳光像尖锐的楔子射进了房间。光线触到的不论什么东西,都被赋予了迷幻般的存在。一只盘子仿佛成了一片白色的湖水。一把餐刀看上去就像一把冰冷的匕首。突然,那些平底玻璃杯看上去像是被一道道光线举了起来。桌子和椅子好像原来是沉在水底,现在浮出水面,并且继续上升,朦胧地笼罩着深红、橘黄、淡紫,仿佛那熟透的水果皮上的红晕。瓷器上的熠熠光泽,木头上的条条纹路,垫席上的丝丝缕缕,全都变得越来越清晰精致了。无论什么东西,都不带影子。一个水罐颜色碧绿,人的目光仿佛被它的强烈光彩通过一只漏斗给吸了过去,如同帽贝似的牢牢黏附在上面。接着,物体的形状纷纷呈现出其主体和棱角。这儿是一把椅子上的雕饰;那儿是一个体积庞大的碗柜。之后,随着光线愈来愈强烈,就会有片片阴影被驱赶着从它们面前移过,聚成一团,重重叠叠,笼罩在它们后面。

"多么漂亮,多么古怪啊,"伯纳德说,"这个到处都是圆顶和尖塔的伦敦,在迷蒙蒙的雾中闪闪烁烁地横亘在我的眼前。当我们来到近旁时,她正在煤气塔和工厂烟囱的守卫下沉睡呢。她把这庞大的蚁群拥抱在自己的怀里。一切叫喊,一切喧闹,都被悄悄地包裹在一片寂静之中。就是罗马也不会比她显得更为庄严。不过,我们的目的就是要到她这里来。她那慈母般的沉沉睡意已经有些惊醒了。密密麻麻的房屋从雾中浮现出来,连绵的屋脊仿佛长上了翅膀。工厂、教堂、玻璃圆屋顶、各种公共机构和一座座剧院,全都耸立起来。从北方开来的早班列车像一颗炮弹似的向着她猛冲而来。当我们路过这些景物时,我们拉开了一扇窗帘。每当我们隆隆地驶过一个个车站的时候,总有呆板的带着期望神情的面孔凝视我们。每当我们携带着死亡的威胁从他们身旁像风一样掠过时,那些人就会把他们手中的报纸稍稍捏得更紧一些。而我们则继续呼啸着向前奔驰。我们就好像要在这座城市的胁腹部爆炸似的,如同一颗炮弹就要击中一头庞大的、慈母般的、庄严的动物的腰窝。她正哼着小曲儿,喃喃细语;她正等待着我们到来。

"与此同时,当我站在车窗旁边眺望外面时,我古怪而又确切地感受到正是由于自己极大的快乐(已经订下了婚约),我才变成了这种飞快的速度、这颗射向这座城市的炮弹的一部分。我已经麻木到了宽容和默认这一切的程度。我会说,亲爱的先生,你为什么要惶惶不安地取下你的箱子,把戴了整整一夜的帽子塞进去呢?我们无论干什么都是徒劳的。我们全都被笼罩在一种壮丽的协调之中。我们仿佛插上了硕大无朋的鹅的灰色翅膀(这是一个晴朗而又乏味的早晨),全都变得高大、庄严、齐整划一,因为我们只有一个愿望——到达目的地。我不愿意火车咣当一声停下来。我不愿意我们面对面坐了一整夜所形成的这种关联一下子就中断。我不愿意感到仇恨与敌意重新支配一切;还有形形色色的欲望。我们在疾驰的火车上坐在一起,只抱着一个共同的愿望,就是到达尤斯顿路①,这一共同点是难能可贵的。可是你瞧!这一切都结束了。我们已经实现了我们的愿望。我们已经停在了月台边。急切,慌乱,希望第一个走出大门、挤上电梯的心情,全都暴露无遗。不过,我并不希望第一个走出大门,去承当人生活的重负。自从星期一——她接纳了我那天起,我的每一根神经都充满了自尊感,要是我不先叫一声'我的牙刷呢',我就没法在玻璃杯里看见我的牙刷;但是现在,我却宁愿一松手把我的行李丢下,只管站在这儿的街道上——事不关己地望着这些公共汽车,无所欲

---

① 伦敦的一条街道名。

求,也无所艳羡——心中怀着对人类的命运所持的无限好奇,如果说这对我的智力尚有一些吸引力的话。可是根本没有。我已经到了,被接纳了。我一无所求。

"就像婴儿吃饱以后吐掉乳头、心满意足地入睡一样,现在,我可以随心所欲地深深沉浸到这种被人们所忽略的、无所不在的普通生活之中了。(顺便说一下,裤子的作用真是重要;聪明的头脑常常会因为褴褛的裤子而被搞得到处碰壁。)你可以经常看到人们在电梯门前所表现的那种荒唐的迟疑不决。是该乘这一座电梯,还是乘那一座,抑或乘其他的电梯呢?接着人的个性显露出来。他们匆匆地各走各的路去了。他们的行为全都是在某种必要的驱使下进行的。比如必须去践个约,或是得买顶帽子之类的糟糕事儿,就会使这些一度是那么一致的可爱人类分道扬镳。就我自己而言,我毫无目标;也毫无野心。我宁愿自己随波逐流。我脑子里的东西全都是匆匆而过的,就像一条有什么就反映出什么的灰色溪流,什么也留不下。我总是记不住我过去的事情,记不住我的鼻子,记不住我的眼睛的颜色,或是我对我自己大体上有些什么看法。只有在紧急情况下,在十字路口,在街道边,需要保护自己身体的欲念才会跳出来,紧紧将我抓住,使我在这儿、在这辆公共汽车面前止住脚步。看来,我们是一心想要活着的。但随后,漠不关心又冒了出来。往来行人车辆的嘈杂,从眼前走过的许多无法辨别的面孔——有往这边的,有往那边的,使我沉浸在昏昏欲睡的臆想;眼前的一张张面孔开始变得眉眼模糊不清。人们简直就要踩着我的身体走过去了。而且,此刻到底是什么时间,我发现自己被束缚住的这个特殊日子,到底是什么日子?行人车辆的喧嚣也可能是别的什么东西在喧哗骚动,比如森林中的树木的呼啸，或是野兽的怒吼。时间已经踌踌蹒跚地往回倒退了一两英寸；我们往前所走的短短的几步，算是白走了。我还想到我们的身体实际上是赤裸着的。我们只是被一层薄薄的扣着扣子的衣服遮掩着；而在这些人行道的下面，则是贝壳、骨头和寂静。

不过，真的，我的臆想，我的踌躇不前的摸索——就像一个人被不由自主卷进了一条河的下面，老是被一些仿佛在睡梦中一样飘忽不定的自发任性、毫不相干的好奇、贪婪和欲望的冲动所搅扰、破坏，弄得支离破碎。（比如，我竟然对那只手提包起了觊觎之心。）不，我还是希望深入下去；希望去探究那隐秘的深处；偶尔锻炼一下我的天赋能力，不能总是行动，而是要去探索；去倾听朦胧、古老的树枝坼裂的声息和猛犸的吼叫；去想入非非地沉湎在对那些一味行动的人来说无法做到的事情——包罗万象地理解世界的冲动中。当我散步的时候，难道说我不是因为一种奇怪的震颤不宁的同情心而激动得浑身直打颤吗？这种同情心，就像我诞生于某种秘密的存在一样，无所约束地升上来，促使我去理解这些满怀热望的人群，这些睁大着眼睛到处走动的人，这些供差遣的童仆，和这些对自己的命运浑然不觉、一味窥视商店橱窗的鬼鬼祟祟、心神不宁的姑娘们。然而，我却清醒地了解我们朝生暮死的生命历程。

"不过，真的，我无法否认这样一种感觉：如今生命对于我来说是被神秘莫测地拖长了。这是否意味着我可能会生儿育女，可能会随心所欲地广传后裔，拥有比起这一代人——这些尽管在劫难逃、但却为了永无完结的竞争而在大街上你推我搡的芸芸众生——更为兴旺的后裔呢？我的女儿们将会在某些暑假来到这里；我的儿子们将会开辟新的天地。所以我们并不是在风中一吹就干的雨滴；我们会使花园繁盛，树林喧闹；我们会以不同的方式成长延续，永世不绝。那么，这就是我之所以信心十足并且内心坚毅的原因所在了，不然当我身处这条拥挤不堪的大街上的人流之中时，我总能在比肩继踵的人群里为自己开出一条通道，总能把握住安全的时刻穿过马路，岂不全都成了荒诞不经的怪事。这绝非自高自大的虚夸，因为我根本没有什么虚荣之心；我并不记得我所拥有的特殊禀赋，特殊气质，或是我身体上——眼睛、鼻子或嘴巴——所具有的那些特征。在目前这个时刻，我并不是我自己。

"然而瞧，它又回来了。一个人是没法消除他所固有的气质的。它通过某条缝隙，不知不觉地潜入一个人的特殊构造——他的性格——之中。我并非这条街道的组成部分——不，我只是在观察这条街道。所以，人是分裂的。譬如，在那边后街上，有一位姑娘正站在那儿等人；等什么人？一个罗曼蒂克的故事。在那家店铺的墙上安装着一架小型的升降机；我就问，是因为什么这架升降机安装在了那儿？并且设想在六十年代的某个时候，一位衣着时髦、装腔作势的高贵夫人，被大汗淋漓的丈夫从一辆四轮马车里拽了出来。真是荒唐无稽的故事。这就是说，我天生是一个杜撰家，天生是一个逮住什么事情就会胡诌一气的家伙。另外，在自然而然地随意做出这些观察的过程中，我会精心设计我的自我，让我显得与众不同，并且在我闲溜达的时候总会听到有个声音在说："注意！快把那个记下来！"我会想象，在某个冬天的夜晚，有人要求我讲出我的所有观察的意义何在——那将是一段为人们相互传颂的名言，一份圆满结束的最后总结。但是，一味地在后街上自言自语，很快就会让人觉得无聊腻烦。我需要有个听众。这便是我堕落的原因。由于这个原因,那份最后的总结老是搞得卷边折角,怎么也形不成文字。我不能日复一日地总是坐在一家邋里邋遢的小饭馆里,总是要上同样的一杯酒,使自己完全浸泡在一种液体——如此的生活——之中。我编织好我的华丽辞藻,然后就带着它跑到一间陈设着家具的房间里;在那儿,它会被几十支蜡烛照亮。我需要有很多眼睛注视着我把这些花里胡哨、故意渲染的东西展示出来。要完成我自己(我注意到了这一点),我需要有其他人的眼光来启发,因此我常常不能完全弄清楚我自己究竟是什么样的人。而像路易斯、罗达,他们身份的真实性完全可以从他们的孤身独处中得到确认。他们讨厌别人对他们的启发和描绘。他们把别人有一次给他们绘制的画像正面朝下抛在了野地里。路易斯的言辞仿佛覆盖着厚厚的冰层。他的言辞是经过挤压、经过浓缩的,非常牢靠持久。

"所以,我希望在经过了这阵沉沉昏睡之后,我可以在朋友们脸上光辉的照耀下神采焕发,光彩耀目。我曾经在默默无闻、暗淡无光的领域里摸索探究。一个古怪的地方。在短暂的宽慰时刻,在暂时忘却一切的心满意足的时刻,我曾经听到过从这个光辉灿烂、恣意喧闹的圈子里泄漏出来的时隐时现的浪涛的叹息。我曾经有过一个无限平静的短暂时刻。那也许就是幸福。现在,我却被一些刺痛的感觉,被好奇心、贪得无厌(我感到急不可耐)以及难以克制地想要表现自我的愿望,搞得沮丧不堪。我想起那些我还可以跟他们谈谈事情的人:路易斯、奈维尔、苏珊、珍妮和罗达。跟他们在一起的时候,我会显得多才多艺。他们会把我从阴暗的心境中拯救出来。我们今天晚上就要见面了,感谢上帝。感谢上帝,我不必再孤身一人地呆着了。我们将在一块吃晚饭。我们将跟准备到印度去的珀西瓦尔告别。时间尚早,但是我仿佛已经看见那些先驱,那些前导,那些不在眼前的朋友们的身影。我看见路易斯,石头雕塑般的棱角分明;奈维尔,剪刀剪出来的,显得一丝不苟;苏珊的两只眼睛犹如两颗晶莹剔透的水晶;珍妮则如同一团火,在干燥的土地上狂热地舞蹈;而罗达,那个泉水仙女①,身上总是湿漉漉的。这些都是幻想中的图画——这些都是虚构的影子,这些不在眼前的朋友们的影像显得膨胀和怪诞,只要真人的鞋尖一碰,就会消失得无影无踪。然而它们的鼓舞使我觉得精神饱满。它们把这些愚蠢的幻想一扫而光。我开始对孤独感到厌倦——不愿意感觉到它的层层帷幕闷热而又讨厌地笼罩着我。哦,快扯掉它们,活跃起来吧!无论什么人都可以。我不爱挑别。清扫街口的人可以;邮差可以;这家法国餐馆的侍者可以;那个亲切友好的老板同样也可以,他那亲切友好的态度就像是预先为自己准备好了的。他在亲手为某位特殊的贵客调拌色拉。哪一位是这个特殊的贵客呢,我问,他为什么是特殊的?他跟那个戴耳环的太太又正在说些什么?她是一位朋友,还是一个顾客?我在一张餐桌旁刚一落座,就立刻感觉到那蜂拥而至的纷乱、不宁以及种种可能性和种种期望。形形色色的幻想瞬时滋生出来。我为自己的想象力如此丰富而颇感窘迫。我可以毫不费力地运用丰富的词汇来描绘这儿的每一把椅子、每一张桌子和每一个进餐的人。我的头脑时而这儿、时而那儿地忙忙碌碌,给每一样事物披上一层辞藻的薄纱。甚至,对侍者说上一句有关酒的话,也会导致一场爆炸。一枚火箭会立刻

---

① 在希腊神话中,仙女阿瑞图萨为了摆脱河神阿尔甫斯的追求,救助于女神雅典娜,雅典娜把她变成了一股水泉。

腾空而起。它那金黄色的微粒洒落在我的想象力的肥沃土壤上，使其更加肥沃多产。这爆炸所具有的完全不能预测的特色——就是人们进行交往的乐趣所在。我，这个与一位陌生的意大利侍者混在一起的人，到底是谁？在这个世界上，没有固定不变的事物。谁能断定每一件事情究竟蕴藏着什么含义？谁又能预测一句话最终会落向何方？它就像是一只掠过许多树梢的气球。谈论知识是枉费心机的。一切都只是试验和冒险。我们永远都是和一些未知数搅在一起的。将会发生什么？我不知道。但是当我放下酒杯，我想到：我已经订婚了。我今晚要跟朋友们共进晚餐。我是伯纳德这个人。"

"现在是八点差五分，"奈维尔说，"我来得很早。我提前十分钟坐在了我的位置上，为的是充分体会一下每一分钟期待的滋味；为的是瞧着门打开，并且说上一句：'那是珀西瓦尔吗？不，不是珀西瓦尔。'在说'不，不是珀西瓦尔'的时候，我心里会滋生一股病态的快乐。我已经瞧着那门打开关上不下二十次了；每一次都让充满悬念的心情变得愈发强烈。这儿是他将要来的地方。这儿是他将要来坐在旁边的桌子。在这儿——看来似乎不可置信——他本人的实实在在的身体将会出现。这张桌子，这几把椅子，这个里面插着三株红色鲜花的金属花瓶，马上就要发生极大的变化。此刻，这所房间，连同它的那些弹簧门，那些堆满了水果和大块冷肉的桌子，全都蒙上了一种恍惚不定的、虚假的外貌，如同一个你一边等待一边期望着发生点儿什么事情的地方。所有的东西都在摇摇晃晃，好像根本就不存在。白色桌布上的空荡荡的样子特别显眼。其他正在这儿进餐的人的敌视、冷漠的气氛使人感到压抑。我们对视了一下；明白我们彼此并不认识，就白白眼，并且转过身去。这样的对视如同鞭笞。从中我感受到了人世间所有的残酷和无情。如果不是他要来,我简直就没法承受这一切。我会离开的。不过现在一定有人已经看见他了。他准是坐在一辆出租马车里面;他准是正在经过一家店铺。而且,他好像每一分钟都在向这个房间倾注这种刺目的光线,这种强烈的存在感,以至于每一样事物都似乎失去了它们正常的用途——这把刀刃仿佛只是一道闪光,而不是用来切割东西的器具。正常的标准似乎都被取消了。

"门打开了,可是他没有来。来的是在门口犹犹豫豫的路易斯。这正是他那种自信与胆怯的古怪结合。他进来时在镜子里照了照;他捋了捋他的头发;他对自己的外表感到不满意。他常说:'我是一位公爵——一个古老家族的末代后裔。'他说话尖刻,性情多疑,盛气凌人,不易与人相处(我是拿他跟珀西瓦尔相比)。而同时他又很难对付,因为他的眼睛里总是含着嘲弄的神气。他已经看见我了。他走了过来。"

"苏珊来了,"路易斯说,"她没有看见我们。她没有打扮,因为她鄙视伦敦的浮华。她在弹簧门前左顾右盼地站了片刻,像一只被灯光照得目眩的动物。现在,她开始移动脚步了。她的动作(即便是在桌子和椅子当中穿行)具有某种野兽似的既悄无声息又信心十足的神气。她仿佛凭着本能就摸到了路,在这些小桌子中间穿来穿去,碰不着任何人,对那些侍者也不加理睬,但却径直走向我们订在角落里的桌子跟前。她一看见我们(奈维尔和我),脸上就露出一副深信不疑、令人颇感恐慌的神气,仿佛她已经找到她要找的东西。要是被苏珊爱上了,那简直就像是被一只鸟用尖利的嘴给刺穿,被钉牢在谷仓的门扇上一样。然而有时候,我倒宁愿被一只鸟嘴刺穿,宁愿被钉牢在谷仓的门扇上,实实在在地,一劳永逸地。

"罗达现在也来了,她不知是从哪儿来的,正当我们没有张望的时候,她悄悄地溜了进来。她肯定是绕了一个大圈子,一会儿藏在某个侍者身后,一会儿躲在某根装饰性的柱子后面,好尽可能地推迟见面时的激动,好多抓住片刻工夫去摇晃她水盆里的那些花瓣。我们会惊动她。我们会使她遭受折磨。她害怕我们,她鄙视我们;然而,她还是畏畏葸葸地朝我们走了过来,因为无论我们多么残酷无情,总还有那么几个名字,总还有那么几张面孔,这几张面孔会含着喜悦的神色相迎,会照亮她的道路,使她继续充满美好的梦想。"

"门开了,门老是开了又开,"奈维尔说,"可他还是没有到来。"

"珍妮来了,"苏珊说,"她站在门口。一切都好像凝滞不动了。那个侍者停下脚步。在靠近门口的桌子那里,正在用餐的几个人也停下来,望着她。她仿佛成了一切的中心;一张张桌子,一连串的门、窗、天花板,全都围着她放射光芒,就像一颗映在打碎的窗户玻璃上的星星,四周闪烁着光芒。她使所有的事物都汇聚于一点,变得秩序井然。现在她看见我们,移动脚步,于是所有的光芒都随之在我们的头顶上开始晃悠飘移、起伏波动,掀起一阵簇新的情绪高潮。我们都开始发生变化。路易斯伸手摸了摸自己的领带。奈维尔紧张不安地坐在那里等待,心神不宁地将他面前的刀叉竖着摆了摆。罗达吃惊地望着她,仿佛在遥远的地平线上有一团火在熊熊燃烧。而我呢,虽然我竭力让脑子里塞满潮湿的青草、润湿的田野、落在屋顶上的雨声和撼动房屋的冬季大风等等,好让我的心灵可以抵御她,但我还是感到她的揶揄悄无声息地围住了我,她的嘲笑的火舌卷住我,毫不留情地衬托出我的寒酸的装束,我的粗笨的指甲;我慌忙将手掩藏在桌布下面。"

"他一直没有来,"奈维尔说,"门开了,但他依然没有来。来的是伯纳德。不出所料,当他脱下大衣时,他的腋窝缝里露出里面的蓝色衬衣。同时,不像我们其他人,他不用手推门就闯了进来,根本不去想他是在闯进一间坐满了陌生人的屋子。他连镜子也不照一照。他的头发乱蓬蓬的,但他对此毫无觉察。他丝毫没有觉出我们与他有什么不同,也没有想这张桌子正是他要来的地方。他在来这儿的路上一直犹豫不决。那是谁呢?他问自己,因为他对一位穿着演歌剧用的斗篷的女人有点认识。他对所有的人都有点认识;但他其实对谁也不认识(我是把他跟珀西瓦尔比较)。然而现在,他一瞧见我们,就和蔼可亲地打了个招呼;他的宽厚大度、热爱人类的神气,(同时携带着对所谓'热爱人类'这种无聊事情姑且容忍的态度),简直势不可挡;结果,若不是为了珀西瓦尔——他使所有这一切变得虚幻缥缈起来,你简直就会觉得——有人已经这么觉得了:这是我们的节日;我们现在全都聚集在了一起。但是缺了珀西瓦尔,就没有实在感。我们简直就是在虚无中朦胧移动的影子,空洞无物的幻象。"

"弹簧门在不断地开了又开,"罗达说,"不断有一些陌生的人走进来,一些我们今后再也不会遇见的人。他们带着一副满不在乎的冷淡神气,令人讨厌地擦着我们身旁走过,使我们感到:即使没有了我们,这世界也将继续存在。我们绝不会销声匿迹,我们绝不会忘记自己的面孔。就连我,虽然没有自己的面孔,虽然走进来时对他人没有产生任何影响(苏珊和珍妮进来时曾使他人的身体和面孔都起了变化),无所归属,无所依托，跟什么都合不到一块儿，甚至没法使自己变成一片空白、一种自然的延续或一堵无声无息的墙，好作为背景让这些人影在上面移动，但我同样也感到坐立不安。这都是因为奈维尔和他那种忧伤的缘故。他那种忧伤的强烈劲儿，搞得我心乱如麻。什么也安定不下来；什么也平静不下来。每一次门被推开的时候，他就死死地盯着桌子——他不敢抬起头来，之后就探求地望着邻座说：'他还没有来。'不过他终于来了。"

"现在，"奈维尔说，"我的树开花了。我的心情振作了。所有的郁闷全都消失了。所有的障碍全都扫除了。笼罩着我们的沉闷气氛结束了。他使一切恢复了正常的秩序。餐刀又开始用起来了。"

"珀西瓦尔来了，"珍妮说，"他没有特意打扮自己。"

"珀西瓦尔来了，"伯纳德说，"他捋了捋头发，不是因为虚荣（他没有照镜子），而是为了谋求体面之神的好感。他是一个普通人；他是一位英雄。那些小伙子曾经跟在他身后列队穿过运动场。他擤鼻子的时候，他们也跟着擤鼻涕，但却擤不出来，因为他是珀西瓦尔。现在，当他就要离开我们到印度去的时候，所有这些琐碎的事情全都浮现出来。他是一位英雄。哦，真的，这是无法否认的。而且当他在他喜欢的苏珊旁边坐下来时，事情也就圆满了。我们这些从前像一群互相乱咬的豺狗一样汪汪叫的家伙，这会儿都像士兵在长官面前那样做出一副规矩而又沉着的模样。我们这帮人，曾经因为年轻而各行其是（年龄最大的也还不到二十五岁），曾经像性急的鸟儿一样各唱各的调，怀着青春年少时的那种残酷无情的、野蛮的自私心理猛砸过我们各自的蜗牛壳，直至将它砸得粉碎（我也参与过的），或是曾经独自高踞在卧室窗外，歌唱那对于一只

海浪 | 107

羽翼未丰、雌黄未退的雏鸟来说特别珍贵的爱情、荣耀以及其他的种种个人体验;而如今,我们变得互相亲近起来了,并且当我们在这家饭店里坐下来的时候,我们相互贴得更近了,因为在这家饭店里每个人的趣味不尽相同,车辆行人的络绎不绝搅得我们总是分心,镶着玻璃的大门总是不断地开了又开,把各种各样的诱惑强加给我们,对我们的自信心构成伤害与破坏,所以一起坐在这里使我们愈加彼此相亲相爱,愈加相信我们承受诱惑的忍耐力。"

"现在让我们从孤独的阴影中挣脱出来吧,"路易斯说。

"现在,让我们痛痛快快地、直截了当地说出我们心里正在琢磨的事情吧,"奈维尔说。"我们孤身独处、埋头学业的日子一去不复返了。那些我们相互之间掩掩藏藏、躲躲闪闪的偷偷摸摸的时日,那些我们在楼梯上泄露秘密、时而胆战心惊时而欣喜若狂的时刻,全都一去不复返了。"

"年迈的康斯坦布尔夫人举起那块海绵,于是暖流就传遍了我们的全身,"伯纳德说,"我们好像披上了一身焕然一新、感觉舒坦的用皮肉做的衣服。"

"那个穿长统靴的小伙子正在菜园里和那个帮助洗碗的女佣谈情说爱,"苏珊说,"在那些被风吹拂着的晒洗衣服下面。"

"风儿吹拂的声音像是一只老虎在喘息。"罗达说。

"那个人脸色青黑地躺在水沟里,有人割断了他的喉管,"奈维尔说,"结果上楼梯的时候,我都没有力气抬起脚来去踢那棵让人无法忍受的苹果树,它那银白色的叶子僵硬地挺竖着。"

"树篱上的那片叶子,尽管无人向它吹气,却在瑟瑟地抖动。"珍妮说。

"在那个太阳晒得灼热的角落里，"路易斯说，"许多花瓣正在浓绿中浮游。"

"在埃尔维顿，园工们拿着他们大扫帚扫了一次又一次，而那个妇女坐在桌子前面正在写信。"伯纳德说。

"现在，正如从缠得紧紧的线团里抽出一根根丝线一样，"路易斯说，"我们相会在这里，回想着过去的事情。"

"那时候，"伯纳德说，"出租马车驶到大门口，我们都把崭新的帽子往下拉拉，遮住眼睛，为的是不让别人看见我们那有失男子汉气概的泪水；然后我们就坐上马车，驶过街道；街上，连那些女仆都在看我们，而我们的名字全都用白漆写在箱子上，向着全世界宣告我们要去上学了；在我们的箱子里，全都装着按规定要带的几套衬裤和袜子，在上面，我们的母亲预先为我们绣上了我们的姓名缩写。那就像我们从母亲身上第二次分娩啊。"

"然后就是兰波特小姐、卡婷小姐和巴德小姐主宰了一切，"珍妮说。"这几位非凡的女士戴着雪白的皱领，有着石头般的面色和莫测高深的神气，紫晶石的戒指宛如一尘不染的蜡烛、暗淡迷蒙的萤火虫，在法语、地理、算术课本上晃来晃去，还有地图，铺着绿色台面呢的餐桌，以及摆在一个架子上的一排排鞋子。"

"铃声按时响了，"苏珊说。"姑娘们一边嬉闹，一边咯咯地笑着。椅子在地毯上被不时地拖来拖去。不过在一间阁楼上，可以望见一片蓝色的风景，一片远方的原野，尚未被那种严密控制的、不自然的腐败生活所玷污的景色。"

"笼罩在我们头上的迷雾消散了，"罗达说。"我们紧紧地抓住那些衬着碧绿的叶子、在花环上沙沙摇曳的花朵。"

"我们起了变化,我们变得互相认不出来了,"路易斯说。"暴露在所有这些互不相同的光线底下,我们身上所有的东西,(因为我们也都是那样地互不相同)全都像夹杂在空白空间里的强烈斑点,陆陆续续显露出来,就像一滴酸不规则地滴在一块印版上。我变成了这样,奈维尔变成了那样,罗达则又是另外一种不同的样子,伯纳德也有了变化。"

"之后,一条条小船儿从淡黄色的树枝下面划过,"奈维尔说,"而伯纳德在以他惯有的漫不经心,迎着大片大片的浓绿、迎着成幢成幢的古老坚固的宅第行进的时候,让我身旁的一个土堆给绊倒了。在一阵情感的冲动下——风从未那么猛烈,闪电也从未那么突兀——我抓起我的诗,我把我的诗狠狠地掷在地上,我把门砰的一声在身后甩上。"

"可是我呢,"路易斯说,"当我看不见你们的时候,我就坐在我的办公室里,撕掉一页日历,然后向一班船舶经纪人、粮食零售商和保险统计员们宣告:十号,星期五,或是十八号,星期二的黎明已经在伦敦降临了。"

"那时,"珍妮说,"罗达和我穿着鲜艳夺目的盛装抛头露面,我们脖子上戴着凉爽的项链,上面镶嵌着几颗无价的宝石;我们跟人点头,跟人握手,面含微笑,从盘子里取上一片三明治。"

"老虎在腾跃,燕子在世界另一端墨绿的潭面上点湿自己的翼翅。"罗达说。

"然而,此时此刻我们正呆在一起,"伯纳德说,"我们在一个特定的时刻,团聚在这个特定的地方。我们被一种共同具有的、深沉的感情所吸引,加入了这次圣餐。我们可不可以为了方便起见,把这种感情称为'爱'?我们可不可以把它称为'对珀西瓦尔的爱'?因为珀西瓦尔就要到印度去了。

"不,这个命名太狭隘,太有局限了。我们不能把我们深广的感情拘囿于这么一个渺小的符号上面。我们相聚在一起(从北方,从南方,从苏珊的农庄,从路易斯的公司),是为了做一件事情,这件事情不需要勉强——为什么要勉强呢?——它只需要由许多双眼睛同时看到。在那只花瓶里有一朵粉红的康乃馨。当我们坐在这里等待的时候,它还只是单独的一朵花,而现在它已经成了一朵七边形的、花瓣重叠的、粉红中泛着紫褐的鲜花,挺立在银灰色的叶丛之中。这是一朵完整的花,我们每一双眼睛都为它做出了自己的贡献。"

"经历了青春时代反复无常的冲动和没完没了的苦闷之后,"奈维尔说,"现在光线投射到了真正的目标上。这里有餐刀和餐叉。世界展现出真实的面目,我们也同样如此,所以我们可以畅快地交谈了。"

"我们是互不相同的,这点要解释起来可能会太玄奥了,"路易斯说,"但是让我们来试着解释吧。我走进来时把头发往平地捋了捋,希望看起来能跟你们彼此相像。然而我做不到,因为我不像你们那样单纯和完整。我已经度过了上千个一生。每一天,我都在开掘——都在挖掘。我在沙堆里找到了自己的遗骸,那是数十年之前由尼罗河畔的妇女们堆积起来的沙堆,当时我正在聆听她们唱歌的声音和戴着镣铐的野兽跺脚的声音。你们在你们身旁看到的这个人,这个路易斯,只不过是某种曾经辉煌过的事物的残渣和灰烬。我曾经是一位阿拉伯王子;瞧瞧我豪爽大度的举止吧。我曾经是伊丽莎白时代的一位杰出诗人。我曾经是路易十四宫廷里的一位公爵。我非常虚荣，非常自负；我有一个无尽的欲望，要使所有的女性都同情地叹息。我今天没有吃午饭，目的是让苏珊会觉得我面色苍白，让珍妮能赠给我她那充满同情的细腻的安慰。不过，在羡慕苏珊和珀西瓦尔的同时，我却恨其他人，因为我就是为了他们才做出抚平头发、掩饰口音这些滑稽不堪的举止的。我是一只捧着粒坚果喋喋不休的小猿猴，而你们则是提着塞满变味小面包的亮丽口袋的邋遢女人；同时我是一只关在笼子里的老虎，而你们则是手执烧得通红的铁条的看守。这就是说，我比起你们来要凶猛和有力，可是经过许多年的默默无闻之后才终于显露出来的期望，将会被消磨殆尽，有的只是唯恐被你们嘲笑的担忧，只是为躲开迷眼的风暴而对风向做的探索，以及为写出像钢铁般铿锵悦耳的诗行而做的努力——这些诗行能把海鸥和牙齿残缺的妇人联系起来，能把教堂的尖顶和我在吃午餐时（其时，我正在把我的诗集——可能是卢克莱修斯诗集吧？——竖在调料瓶和溅上肉卤的菜单旁边）看见的那些时隐时现的毡帽联系起来。"

"不过，你是永远不会恨我的，"珍妮说，"即使是在一间处处都是描金坐椅和外交使节的屋子里我们各居一头，如果不是为了寻求我的同情而穿过屋子向我走来，你是永远也不会看见我的。就在刚才我进来的时候，所有的东西都陷入一种凝滞状态。侍者们呆住不动了，正在吃饭的人们举着叉子愣在那里。我现出一副已经预料到要发生什么事情的神态。当我坐下来时，你伸出手摸了摸你的领带，然后又把手藏在桌子下面。但是我什么也不掩藏。我对此早有预料。每一次门被推开，我都会叫到：'又来人了！'不过我所想象的只限于身体。我除了想象我的身体所涉及的范围之内的东西，不能再有任何其他的想象。我的身体是我的前导,就像在一盏灯光的照耀下穿行于一条漆黑的小巷,一样一样的东西都被灯光照耀着走出黑暗进入光圈。我使得你眼花缭乱;我使得你相信这就是一切。"

"可是当你站在门口的时候,"奈维尔说,"你使人发呆,招人赞叹,而这对无拘无束的交往来说是一个巨大的障碍。你一站在门口,就引起我们的注意。但是你们谁也没有看见我的到来。我一早就来了;我没有拐任何弯路就很快地来到了这里,为的是能够坐在我所喜爱的人的旁边。我的生活中有一种你们所缺乏的急速感。我就像一只凭着嗅觉追逐猎物的猎犬。我从黎明直到黄昏一刻不停地追逐。对我来说,无论是在荒漠里追求完美,还是追求名誉或金钱,没有一件事情是有意义的。我一定会得到财富;我一定会得到名誉。但我永远不会得到我所渴望的东西,因为我缺乏躯体上的魅力和与之俱来的勇气。我头脑的敏捷程度远远超过了我的躯体。在尚未达到目的地之前,我的躯体就垮掉了,跌倒在一个潮湿的、甚或令人呕吐的土堆上。在人生的危机时刻,我赢得的是别人的同情,而不是爱。所以我承受着极其可怕的痛苦。不过我并没有像路易斯那样遭受使自己丢人现眼的痛苦。我非常实事求是,绝不会允许自己去搞这些欺骗人的小把戏。这是我的可取之处。就是它使得我的痛苦具有了永无止境的激奋的特点。就是它使得我即便处于沉默状态也能支配别人。而且,由于我在某些方面有点自欺欺人,由于一个人总是在不停地发生变化,尽管这不是你的愿望,并且在早上时我根本无法预料晚上会跟谁坐在一起,所以我绝不会固步自封,裹足不前;我会从最糟糕的处境中挺起身来,我会转变方向,寻求变化。一粒粒卵石会从我全身铠甲似的皮肉上、从我舒展开的躯体上反弹出去。在这样孜孜探求的过程中,我将逐渐衰老。"

"要是我能够相信,"罗达说,"我将在孜孜探求和变化的过程中逐渐衰老,我就可以摆脱我因为没有任何事物会永久存在而产生的恐惧了。此一时刻不会导向下一时刻。门打开了,老虎跳跃起来了。你们没有瞧见我到来。为了避免那一跳引起的恐惧,我是绕过椅子走过来的。我害怕你们所有的人。我害怕那跳到我身上来的感情的震荡,因为我没法像你们那样应付它——我做不到将这一时刻融入下一时刻。对我来说,它们都是激烈的,相互独立的;而如果我在此一时刻跳跃的震荡中惊倒了,你们就会扑到我身上,将我撕成碎片。我没有考虑过任何目标。我不知道该怎样从这个时刻走向下一时刻,从这个钟头走向下一个钟头,任凭某种自然的力量去解决它们,直到它们变成一个整体,一个不可分割的总体,也就是你们所谓的生活。因为你们全都拥有一个目标——一个要坐在他身旁的人,对吗?一个观念,对吗?你的美,对吗?我弄不清楚——你们度过每一天、每一小时,就像一只追逐猎物的猎犬跑过森林中的一根根树干和林中的一片片绿茵。但是对我来说,根本不存在一个猎物或躯体可以让我追踪。而且我没有面孔。我就像那涌上海滩的泡沫,就像那月光,笔直地时而洒落在罐头盒上,时而洒落在披着铠甲似的海冬青的尖利枝叶上,或者洒落在一块骸骨上——一条即将被腐蚀完的船骸上。我被风卷入各种各样的大洞穴,并且像一片纸屑一样翻飞在没有尽头的长廊里,我只有用手撑住墙壁,才能从里面挣脱出来。

"但是由于我非常渴望每一种事物都有它的立足之地,所以每当我跟在珍妮和苏珊后面、慢吞吞地上楼梯的时候,我就会假装出拥有一个目标的样子。当我看见她们穿上袜子的时候,我就也跟着穿上我的袜子。我等着你先说话,然后再学着你的样子去说。我被吸引着穿过整个伦敦,来到一个特殊的地点,一个特定的场所,不是为了来看你,你,或者是你,而是想点燃我自己的火焰,在你们这些过着完整的、不可分割的、无忧无虑生活的人们的共同火焰上,点燃我的火焰。"

"今夜,当我走进这间屋子的时候,"苏珊说,"我停了停。我就像一只眼睛贴近地面的野兽一样向四周凝望。地毯、家具、香水的气味使我作呕。我喜欢独自穿行于润湿的田野,或是驻足于某个门口,用我那塞特种猎狗似的鼻子警惕地望着四周,并且疑惑:野兔在哪儿呢?我喜欢跟这样的一些人在一起:他们和我父亲一样,手里拈着药草,朝火堆里吐着痰,穿着拖鞋慢条斯理地沿着长长的小径行走。我唯一能够听懂的话语就是爱怜、憎恨、愤怒和痛苦的大喊大叫。这样的说话方式,简直就像从一个老妇身上解除那已经成为她身体一部分的衣服;但是此刻,当我们谈话的时候,她已经在衣服底下羞红了全身,并且只有皱巴巴的大腿和松垮垮的乳房。而当你们沉静不语的时候,你们就又显得美丽起来。我所拥有的只有自然而然的乐趣。它就差不多使我心满意足了。我疲倦的时候就上床睡觉。我躺在那里,就像一片周而复始地生长着各种农作物的田野;夏天,热浪将绕着我的身体舞蹈;冬天,我会冻得皮肤皲裂。但是热浪和寒冷将会不管我愿意与否而自然地交替。我的孩子将会延续我的生命;他们会长牙、啼哭、上学和回家,就像大海在我体内波荡起伏一样。没有一天会没有海浪的翻腾。与你们当中的任何一个人相比,我都会被更高地举向每一个季节的高峰。等到我要死的时候,我将会比珍妮、罗达拥有多得多的东西。不过,在另一方面,对其他人的思想和欢笑,你们会表现出各式各样的态度,并无数次地做出千娇百媚的姿态,我却只会闷闷不乐,怒形于色,搞得满面绛紫。我会被残酷而又美好的母性的热情搞得只剩皮包骨头,惨不忍睹。我会不择手段地设法提高我的孩子们的社会地位。我会仇恨那些看出我的孩子身上的缺陷的人们。我会卑鄙无耻地撒谎以庇护我的孩子。我会依靠他们作为屏障来远离你,你,还有你。而同时,我又得遭受嫉妒的折磨。我恨珍妮,因为她使我看到我的手掌红赤赤的,我的指甲被啃得参差不齐。我的爱是极度狂热的,所以当我至爱的对象被人用他不该听到的言词来品评时,我会痛苦得死去活来。他逃开了那些言词,我则被留下来,拼命想抓住一根在树梢上的叶丛里滑进滑出的丝线。我理解不了那些言辞的含义。"

"假如我生来就不懂得一个词的后面总会跟来另一个词的话,"伯纳德说,"那么,谁知道呢,我也许早已成了随便什么东西了。所以事实是,为了无论在什么事情上都能找到它们之间的前后秩序,我承受不了孤身独处的重负。只要我看不见辞藻像烟圈似的在我四周缭绕,我就像是陷身于黑暗之中——变得什么也不是了。当我一个人的时候,我就会陷入没精打采的状态,一边捅着炉栅里的炉灰,一边郁郁寡欢地对自己说,莫法特夫人就要来了。她就要来了,来把这些炉渣打扫干净。路易斯独自一人的时候,他会想得令人吃惊地深刻,而且会写下一些也许比我们大伙存在得更为长久的词句。罗达喜欢一个人独处。她害怕我们,因为我们会破坏她孤身独处中才有的那种强烈的存在感——瞧她把餐叉抓得多紧——那是她用来对抗我们的武器。可是我,只有那个管道工、或是那个马贩子、或者随便什么人说上几句话,让我兴奋起来,我才会感到自己存在着。那时,我的词句所形成的袅袅烟圈升腾降落,飘扬凝聚,缭绕在鲜红的龙虾、黄澄澄的水果上面,把它们装饰成为一个美丽的形象。可是要看到,言词是多么的轻浮——它全是由形形色色的遁词和陈腐不堪的谎言构成的。所以我的性格中有一部分是由别人提供的刺激构成的,它不像你们,并不完全属于我自己。这就像银子上有一些要命的瑕疵,一些毫无规则、难以捉摸的纹痕,从而降低了它的成色。正是因为这个,在学校的时候常常发生使奈维尔恼火的事情,也就是我撇下他而去。我曾经跟那些戴着小制帽和像章、喜欢吹牛皮的小子们一起,坐着四轮大马车——今天晚上,他们当中也有几个穿得整整齐齐地在这里聚餐,随后他们就要默契地到音乐大厅里去了;我真的喜欢他们。因为和你们一样,他们也总是让我感到自己的存在。而且也正是为此,当我离开你们,当火车开走的时候,你们会觉得走掉的不是火车,而是我——伯纳德,他满不在乎,他无动于衷,他没有车票,而且兴许连钱包也搞丢了。苏珊两眼凝视着在山毛榉树的叶丛里滑进滑出的那根丝线,叫喊起来:'他走啦!他从我身边逃走啦!'因为她什么也抓不住。我总是处在被连续不断地制造和再制造的过程中。互不相同的人们都能从我这儿引出互不相同的词句。

"因此,今天晚上我渴望能与之坐在一起的不是某一个人,而是五十个人。但是在诸位中间唯有我在这里表现得无拘无束而又没有太放肆随便。我并不粗俗;我也不是势利小人。即使我面对社会的重压,我也常常可以凭借灵巧的舌头,使一些别扭费解的事情传播开来。瞧瞧我那些小巧的玩意儿吧,转眼之间就能无中生有地编织出来,它们真使人愉快啊。我不是什么奇货囤积者——当我死的时候,我会只留下一柜子旧衣服——而且我也基本上对那些在生活中给路易斯招来那么多烦恼的小小虚名丝毫不感兴趣。不过我做出的牺牲很多。像我这样浑身散布着钢铁、银子和普通泥土的斑驳纹理的人,是不可能被那些无须外在刺激就能握紧拳头的人紧紧地捏在手中的。我没法做到路易斯和罗达那样的自我克制和英雄主义。我永远也造不出一个完美的语句来,即便是在正儿八经的谈话中也造不出。但是对于转瞬即逝的某一瞬间,我却可以比你们中的任何一位献出更多;我会比你们中的任何一位走进更多的房间,更多的互不相同的房间。可是由于我身上有一些东西不是从内部发生的,而是来自于外部,所以我将会被人们遗忘;我的声音一消失,你们就再也不会记得我了,不然,那也只能是偶尔将我当作某个曾经把水果编织成漂亮辞藻的声音的回声而回想起来。"

"瞧啊,"罗达说,"听我说。瞧啊,光线正在分分秒秒愈变愈强烈,到处可见繁花盛开、果实成熟;而我们的目光,当它们环视这间屋子和所有的桌子时,仿佛穿透了那些彩色的窗帘——鲜红的、橙黄的、红棕的以及其他古里古怪的中间色调,那些窗帘犹如帏幔一样,缓缓张开又随后闭合,恰似一样东西融入了另一样东西。"

"是的,"珍妮说,"我们的感官已经扩展了。那些原来苍白脆弱的神经网络和薄膜涨大并且扩延开来,它们就像纤细的丝线满布我们的全身,它们使空气变得可以触摸,使以前听不到的遥远的声音也全都被捕捉进去。"

"伦敦的喧嚣声,"路易斯说,"包围着我们。机动车、运货车、公共汽车来来往往,络绎不绝。一切全都淹没在一种犹如转动的车轮似的单调声音里。所有独成一类的声音——车轮声,铃声,醉汉、寻欢作乐者的叫喊声——全都搅腾在一起,成为一种散发着钢蓝色泽、循环往复的喧闹。这时汽笛①长鸣一声。于是海岸渐渐远去,烟囱逐渐隐没,轮船驶向辽阔的大海。"

"珀西瓦尔走了,"奈维尔说。"我们坐在这里,被人群包围着,被灯光照耀着,显得五光十色;所有的东西——手,窗帘,餐刀餐叉,正在用餐的其他人——混合成了一片。我们被围困在这里。而印度却在外面的世界里。"

"我看见了印度。"伯纳德说,"我看见那低平的、长长的海岸;我看见一些被践踏得满街泥泞的弯弯曲曲的小街,在摇摇欲坠的宝塔之间拐进拐出;我看见一些雉堞状的金光闪闪的屋顶,一派脆弱而衰颓的气象,仿佛它们只是在一个东方博览会上匆匆搭建起来的临时建筑。我看见一对阉牛正拉着一辆低矮的大车,沿着烈日炙烤的大路走去。那辆快要散架的大车东倒西歪,摇摇晃晃。这时有个轮子陷在了辙沟里,马上就有数不清的缠着腰布的土著围拢上来。他们起劲地喋喋不休,但却什么也不做。时间仿佛永无止境,雄心勃勃则总是虚幻一场。一种人类的所有努力全属徒劳的感觉笼罩着一切。弥散着怪里怪气的酸臭味儿。一个老人站在一条水沟里,一边不停地嚼着槟榔,一边凝神静气,意守丹田。但是现在,瞧,珀西瓦尔过来了;珀西瓦尔骑着一匹叮满跳蚤的牝马,戴着一顶太阳帽。经过实施西方的行为规范,经过运用他所习以为常的粗暴语言,那辆阉牛拉的大车在不到五分钟的时间里就搞定了。有

---

① 原文 siren,第一个字母大写就成了希腊神话中的半人半鸟的海妖塞壬(常以美妙的歌声诱惑经过的海员,从而致使船只触礁毁灭)。

关东方的难题解决了。他骑着马继续上路;人群包围着他,把他看作——他其实就是——一个神。"

"他是不可捉摸的,无论他身上有或没有神秘莫测之处,"罗达说,"这都无关紧要。他就像一块投入池塘的石头,总被成群的小鱼围绕。跟这些小鱼一样,我们平时东跑西跑,但只要他一来,我们就会全都跑过去围着他团团转。跟这些小鱼一样,只要发现前面出现一块大石头,我们就会心满意足地波动,回旋。舒适的感觉悄悄漫过我们的身体。金色的亮光射进我们的血液。一下,两下;一下,两下;心脏在宁静、自信的状态中跳动,在一种感觉良好的忘我境界中跳动,在慈祥宽厚的喜悦心情中跳动;而且你们瞧——所有外部的世界——遥远地平线上的朦胧影像,例如印度,全部闯进了我们的视野。一度萎缩的世界又自动舒展开来;遥远的外省从黑暗中重又浮现出来;我们仿佛在我们的视野之内,在我们引以为自豪的、美丽富饶的外省的一角,看见泥泞的道路、混杂缠绕的荆丛、成堆成堆的人群以及啄食腐烂尸骸的秃鹫;这都是因为珀西瓦尔骑着一匹爬满跳蚤的牝马,沿着一条僻静的小路踽踽而行,在荒凉的树下扎下营帐,孤身一人坐在那里,眺望巍峨连绵的群山的缘故。"

"正是珀西瓦尔,"路易斯说,"正是那个在微风吹拂下分散又聚合的云彩底下,坐在刺得人发痒的草丛里,只管静悄悄地坐着的珀西瓦尔,使得我们感到,当我们像一个肉体和灵魂之间相互分离的构成部分一样重又汇聚在一起时,我们所做的那些试图说出'我是这个,我是那个'的努力,是多么的荒谬。因为恐惧,有些东西没有被考虑到。因为虚荣,有些东西遭到了篡改。我们曾经竭力强调差异。因为渴望显示各自的独立性,我们曾经有意地突出我们各自的缺点和各自身上独特的地方。但是总有一根链条在我们的脚下绕着一个钢蓝色的圆圈不停地旋转,旋转。"

"那是恨,也是爱,"苏珊说。"那就是那条只要我们向下一望,就会觉得头晕目眩的黑不见底的汹涌激流。我们这会儿站在一块岩礁上,可是只要我们朝下一望,马上就眼花缭乱,站立不稳。"

"那是爱,也是恨,"珍妮说,"就像因为有一次我在花园里亲吻了路易斯,苏珊对我的感觉一样;因为我是这样的装扮一新,当我走进来时,就让她觉得'我的手红赤赤的',并且赶紧把手掩藏起来。然而,我们相互之间的怨恨跟我们相互之间的爱,却几乎是不可区分的。"

"但是这些喧嚣的激流,"奈维尔说,"在上面我们架起了属于我们各自的摇摇晃晃的立足平台,这些喧嚣的激流比起我们站起身来想要说话时发出的那些声嘶力竭、自相矛盾的叫喊都要显得平稳许多;当我们据理争辩,叫嚷着抛出这些荒谬的话语——'我就是这个;我就是那个!'——的时候,言说本身就是荒谬的。

"然而我吃东西。当我吃东西的时候,我就逐渐忘记了我究竟有什么独特的地方。我渐渐地变得被食物所压倒。这些美味的、大口大口的烤鸭,配着各式各样适宜的蔬菜,络绎不绝地散发着暖和、瓷实、甘甜、辛辣的美妙滋味,经过我的嘴巴,咽入我的喉咙,装进我的肚腹,使我浑身上下舒适安逸。我感到平静,庄重,克制。现在,一切都显得牢靠实在。现在,我的嘴巴本能地渴求并且预先享受着某种甜丝丝的、清淡可口的东西,某种加了糖的、细嫩柔软的东西;还有清凉的酒,如同葡萄叶一般的碧绿、麝香一般的芬芳、葡萄一般的紫红,特别适宜慰抚我的上颚里震颤的敏感神经,当我啜饮它的时候,它会使我的嘴巴大大地张开,变得就像一个有拱顶的山洞。现在,我可以镇定自若地望着在我脚底下泡沫四溅的湍急水流了。我们该用一个什么样的特殊名称来称呼它?让罗达来讲吧,我看见她的脸正影影绰绰地显现在对面的镜子里;有一次,当她正在摇晃一个棕色面盆里的花瓣时,我打断了她,问她寻找伯纳德偷走的小刀子。对她来说,爱绝不是什么漩涡。她往下看的时候从来也不觉得晕眩。她的目光远远地越过了我们的肩头,望向印度之外的远方。"

"是的,从你们肩与肩之间空隙,越过你们的头顶,"罗达说,"我望见一处景色,一处低谷,那里皱襞层叠的山崖呈合拢之势,就像飞鸟合拢它们的翅膀。那里,在长着矮短而挺直的蒿草的草地上,到处都是叶色暗淡的灌木丛;在这暗淡的背景上,我看见一个人影,白色的,但绝非石头像,它在移动,可能是个活人。不过它不是你,不是你,也不是你;不是珀西瓦尔、苏珊、珍妮、奈维尔或路易斯。当那白晃晃的手臂支在膝盖上时,它就像一个三角形;当它站直的时候——则是一根柱子;现在,则像一股洒落泉水的喷泉。它不做任何手势,也不打任何招呼,他根本就没有看见我们。在它的身后,大海在咆哮。它是我们所无法企及的。但是我却冒险到过那里。我到那里去充实过我的空虚,延长过我的黑夜,使它们尽可能地充满各式各样的梦境。而且即使是在此时此地,转眼之间我就可以抵达我的目标跟前,告诉它:'别再游荡了。一切别的东西全都是考验和伪装。这里就是目的地啊。'不过这类远游,这类出发的时刻,总是趁你们都在场的时候开始的,从这张桌子旁边,从这些灯光下面,从珀西瓦尔和苏珊身旁,于此时此刻开始的。所以,越过你们的头顶,穿过你们的肩与肩之间的空隙,或者当我在舞会上穿过房间,站在一扇窗户前面望向外面的大街时,我总是看见那片小树林。"

"但是他的鞋子的声音呢?"奈维尔说,"他在楼下大厅里说话的声音呢?还有别人在他谁也不看一眼的时候看见他呢?有人在等候,他却一直不来。时间已经越来越晚。他忘记了。他正在跟别的人在一起。他不守信用,他的爱情毫无价值。哦,所以才有极度的痛苦——所以才有难以忍受的绝望啊!而这时门开了。他来了。"

"我用非常甜美的声音对他说,'快来呀',"珍妮说,"于是他就过来了;他穿过房间朝我坐着的地方走了过来,我坐在一把描金的椅子上,我的礼服像飘浮的轻纱包裹着我的身体。我们轻轻地触了触对方的手,我们的身体仿佛燃起了一团烈火。座椅、杯子、桌子——没有一样东西不是光彩熠熠的。所有的东西都在颤抖,所有的东西都像燃起了烈火,所有的东西都被照得光亮闪烁。"

("瞧,罗达,"路易斯说,"他们变成了夜猫子,显得那么欣喜若狂。他们的眼睛闪闪地眨动,就像快速扇动的飞蛾翼翅,看上去仿佛从来就没有眨动过似的。"

"号角和喇叭的声音响起来了,"罗达说,"叶丛分开了;牝鹿在灌木丛中高声鸣叫。有人在跳舞和敲鼓,就像一些赤身露体的野人手持标枪在舞蹈和敲鼓。"

"就像一些野人在围着篝火舞蹈,"路易斯说,"他们是野性未驯的;他们是残酷无情的。他们围成一圈,一边舞蹈一边拍打肚皮。火焰腾起,照亮他们涂抹得五颜六色的脸孔,照亮豹子皮，以及他们从活着的动物身上撕下来的血淋淋的肢体。"

"节日的焰火越来越高涨，"罗达说，"盛大的游行队伍经过的时候，向四周抛洒着嫩绿的树桠和鲜艳的花枝。他们的号角喷射着蓝烟；他们的皮肤在火把的照耀下呈现出红黄相间的斑纹。他们抛撒着紫罗兰。他们为心爱的人戴上花环和桂冠，就在那片有皱襞层叠的峭壁俯瞰的圆形草地上。游行的队伍走过了。当他们走过时，路易斯，我们感到了气氛的冷落，我们抵制着气氛的衰颓。影子渐渐斜去。我们心心相印地一起撤退下来，斜倚在一个冰凉的坟墓上，望着紫红的焰火逐渐垂落下去。"

"死亡是和那些紫罗兰编织在一起的，"路易斯说，"死亡，然后还是死亡。"）

"我们是多么自豪地坐在这里呀，"珍妮说，"我们这些人还不满二十五岁呢！外面一些树上鲜花盛开；外面一些女人游来荡去；外面一些马车急促转弯，匆匆驶过。经过青春时代的种种摸索，种种迷蒙和困惑，我们正视着前方，已经准备好随时面对可能发生的事情（门开了，门一直在开了又开）。一切都是真实的；一切都是确定无疑的，不存在任何幻影或错觉。美呈现在我们的眉梢上。我有我的美，苏珊有苏珊的美。我们的肌肤既坚实又镇静。我们之间的差异就像骄阳照耀下的岩石的阴影一样轮廓分明。我们身边摆放着新鲜的面包卷，又黄又瓷实；罩桌子的布是雪白的；我们微屈着手掌，随时准备握紧。数不清的时日将要来临；冬天的时日，夏天的时日；我们几乎还没有触动过我们的宝藏。现在果实在叶子底下长得饱满成熟了。房间里金碧辉煌，我对他说，'快过来'。"

"他长着一对红通通的耳朵,"路易斯说,"当那些城市里的小职员在午餐馆里吃快餐的时候,肉味儿就像一张湿腻腻的罗网笼罩在四周。"

"既然在我们前面有无限的时间,"奈维尔说,"我们就得问问自己该做些什么?我们是否会沿着证券大街①逛来逛去,这儿瞧瞧那儿望望,而且兴许还会买一支自来水笔,就因为它是绿颜色的,或者询问一下一枚镶着蓝宝石的戒指值多少钱?抑或我们是否会坐在房间里,注视着炉中的煤块烧成绯红的火焰?我们是否会伸手取一本书,读读这一页,读读那一页?我们会无缘无故地又嚷又笑吗?我们是否会踏入繁花盛开的草地,采摘一些雏菊,编成花环?我们是否会去查询什么时间会有开往赫布里狄群岛②的最近的一班列车,并且设法去预定一节车厢?所有这一切都可能成为现实。"

"对你来说是这样,"伯纳德说,"但是昨天我走路的时候却砰地撞在一个邮筒上。昨天我订婚了。"

"搁在我们餐盘旁边的这一小堆砂糖,"苏珊说,"看上去多么奇怪呀。还有这些色彩斑驳的梨子皮,以及这些镜子边上的丝绒镶边。以前,我从未注意过它们。所有的东西现在都是稳固不变的;所有的东西都是确定不移的。伯纳德订婚了。某种不可挽回的事情已经发生了。一个圆圈已经投在了水面上;一条锁链已经被加上。我们再也不能随心所欲地漂流了。"

"这只是暂时的事情,"路易斯说,"在链子迸断之前,

---

① 伦敦最繁华的一条大街,那里有许多高档商店。
② 在苏格兰西部。

在混乱恢复之前,人们会看到我们被束缚住,被展示出来,被老虎钳夹住。

然而现在那个圆圈破碎了。现在水流动起来了。现在我们比以前冲闯得更为迅速了。那些在心底丛生的阴暗杂草的深处潜伏等待的种种欲念,现在冒了出来,将我们淹没在它们翻腾的浪波里。痛苦和嫉妒,羡慕和欲望,还有某种比它们更为深沉,比爱更为强大、更为隐秘的东西。行动的声音响了起来。听,罗达(因为我们是心心相印的,我们的手贴在冰凉的坟头上),听那要求行动的凌乱、急促、亢奋的声音,听那猎犬追逐猎物般的声音。他们现在急不择言地讲着话,甚至顾不上话是否说完整了。他们像情侣们一样用一种喁喁细语相互交谈。一种傲慢专横的兽性辖制住他们。他们股腿上的神经亢奋地颤动。他们的心脏在肋腹下面跳跃、翻腾。苏珊拧着她的小手帕。珍妮的眸子里跳跃着火焰。"

"别人的指指点点和挑剔的眼神,"罗达说,"对她们不会产生任何影响。她们转过身来,瞥视一眼,显得多么从容自如;她们摆出的架势,显得多么能干和自豪!珍妮的眸子里闪烁着多么充沛的生命力;苏珊搜寻草根里的虫子时,目光是多么锐利,多么纯粹!她们的头发闪烁着光泽。她们的眼睛就像冲进叶丛追逐猎物的野兽的眼睛,熠熠闪光。圈子不复存在了。我们已是各奔东西。"

"但是这种狂妄自大的得意很快就消失了,"伯纳德说,"简直是太快了。对个性贪得无厌地进行追求的时刻很快就会结束,对幸福、幸福以及更多幸福的贪求也已得到满足。石头沉了下去;那样的时刻已经结束。在我的四周展现出一片广阔、冷漠的世界。现在我的眼睛里仿佛张开了无数双充满好奇的眼睛。现在任何人都可以杀死伯纳德,这个已经订了婚的人,只要他们还未曾接触过这片未知领域的边缘,这片未知世界的丛林。为什么,我自问(小心谨慎地低语),那边的那些女人光她们自己在一起吃饭?她们是什么人?是什么原因致使她们在这个特殊的晚上聚集到这个特殊的地方来了?屋角的那个年轻人,从他一次又一次伸手摸后脑勺的那种局促不安的姿态判断,一定是从乡下来的。他有求于人,所以是那么急切地想得体应酬他的东道主——他父亲的朋友——的热心款待,以致此刻,他对明天上午十一点半左右就会尽情享受到的乐趣,简直一点也感受不到。我还看到那位女士在一场全神贯注的谈话中间,往她的鼻子上扑了三次粉;她们也许是在谈论爱情,也许是在谈论她们某个亲密好友的不幸。'哦,我的鼻子现在会是一副什么样子啊!'她想,接着,就拿出她的粉扑;在扑粉的过程中,也就把刚才关于人心不古的强烈感慨全部擦抹而去了。然而,一些无法解释的疑团依然存在:那个戴眼镜的孤单的男人是谁?那个独自喝着香槟的上了岁数的太太是谁?这些素不相识的人都是谁,都是干什么的?我自问。我可以根据他或她所说的话,编出成打成打的故事,我可以看到成打成打的画面。然而故事是什么?是我绞来绞去的玩具,是我吹起来的一些气泡,是一个圆圈穿过另一个圆圈。而且有时候我甚至怀疑是否有所谓的故事。什么是我的故事?什么是罗达的故事?什么是奈维尔的故事?存在的只是各种各样的事实,因为,譬如说:'那个穿着灰色衣服的英俊的年轻人,他的沉默寡言在其他人的吵吵闹闹的对照下显得十分古怪,现在他掸去马甲上的面包屑,接着迅速用一个既威严又和气的手势向侍者打了个招呼,侍者立即走上前去,片刻之后就用盘子托着一张细心折叠着的账单返了回来。'这就是实际情况;这就是事实;但在此之外,一切全都是隐秘的,全都是只能猜想的。"

"现在,当我们付过账单,就要分手的时候,"路易斯说,"我们血液中的那个由于我们彼此互不相同而常常猛然破裂的圆圈,又弥合成了圆圈。有某种东西已经形成。是的,当我们站起身来,并且因为有点忐忑不安而感到烦躁的时候,我们都紧紧抓住这种共通的感受,衷心祈求:'千万不要挪步,千万不要让那个弹簧门粉碎了我们已经形成的东西,那个就在这里,在这些灯光下面,在这些水果皮、凌乱的面包屑和来来往往的人们中间形成的小世界。千万不要挪步,千万不要走。让它就这样永远保持下去吧。'"

"让我们把它保持一会儿吧,"珍妮说,"无论我们将它称为爱还是称为恨,让我们保持一会儿这个用珀西瓦尔、用青春和美,以及某种深深地沉积在我们内心的东西而完成的小世界吧,也许将来我们再也不能从哪个人身上重新找到这样的时刻了。"

"世界另一边的森林和遥远的国度,"罗达说,"就在它里面;海洋和丛林;豺狼的嗥叫和洒落在兀鹰翱翔的高山之巅的月光。"

"幸福就在它里面,"奈维尔说,"还有平凡事物的寂静。一张桌子,一把椅子,一册书页间插着一把裁纸刀的书。还有从玫瑰花上垂落的花瓣,以及当我们寂静地坐着的时候,或是因为想起了某件琐屑的事情而突然讲起话来的时候,那摇曳不定的光影。"

"一个星期中的那几天就在它里面,"苏珊说,"星期一,星期二,星期三;那些走向田野的马和那些回家途中的马;那些时而高翔、时而低飞,不管是在四月还是在十一月,都往巢里衔榆树枝儿的白嘴鸭。"

"我们将要面对的事情就在它里面，"伯纳德说，"那是我们向着我们因为珀西瓦尔而创造出来的洋洋自得而又美妙的时刻所投入的最后也是最明亮的一滴，就像是一滴从天而降的水银。我们将要面对的是什么？我一边自问，一边掸去我的马甲上的面包屑，外面等着的究竟是什么？当我们坐着吃饭、交谈的时候，我们已经证明有能力为时间的宝库增加一些东西。我们不是命中注定必须弯腰屈背不断忍受莫名其妙的卑鄙打击的奴隶。我们也不是跟随在某个主人身后的羔羊。我们是创造者。我们也曾经创造了某种东西，使之汇入已往岁月中数不清的会众之中。同样，当我们戴上帽子，推开这扇门时，我们并不是跨进了一片混沌，而是跨进了一个世界，在那儿，我们自己的力量就可以征服一切，并参与创造一条光明而持久的道路。

"在他们去叫出租车的时候，珀西瓦尔，看看这些你很快就再也见不到的景色吧。这街道被数不清的车轮碾得又硬又光滑。这由我们巨大的能量所造成的黄澄澄的光幕，犹如一块燃烧着的布，笼罩在我们的头上。剧院、音乐厅和私家住宅里的灯火，汇成了这片光的海洋。"

"一块块尖尖耸立的云朵，"罗达说，"飘浮在像涂过亮光油的鲸骨一样黑黢黢的天空。"

"现在痛苦开始了；现在恐惧用它的利齿紧紧地咬住了我，"奈维尔说，"现在车子开过来了；现在珀西瓦尔要走了。我们该怎么样才能留住他呢？怎么样才能跨越我们之间的距离？怎么样扇这堆火，才能使它永不熄灭？怎么样向长久的未来表明，我们这些伫立在大街上、路灯下的人，永远爱着珀西瓦尔？现在，珀西瓦尔终于走了。"

太阳已经高悬中天。它不再忽隐忽现,不再只能从一些影影绰绰的迹象和光束来猜测它的存在,就像一位横卧在碧蓝海水床垫上的姑娘,她的额头上佩戴着水晶球似的珠宝,珠宝闪射出的枪刺般的蛋白色光束在朦胧的大气中闪烁波动,俨如一条跃起的海豚露出它的肚腹,或是一把劈下来的刀刃闪射着亮光。现在太阳已经不遗余力、实实在在地燃烧起来了。它照射着坚硬的沙滩,一块块岩石变成一个个赤热的熔炉;它搜寻着每一个水洼,捕捉着那些躲避在缝隙中的小鱼儿;它暴露着沙滩上锈烂的车轮、惨白的骨胲,抑或一只像铁一样乌黑的没有鞋带的靴子。它使每一样东西显示出其最为逼真的色彩,沙丘展现出它们那无以计数的亮晶晶的颗粒,野草显示出它们那光泽熠熠的碧绿;或者它的光洒落在荒凉贫瘠的不毛之地,时而曲折射入犁沟车辙,时而扫过荒废的路标石堆,时而又点缀在矮小幽绿的野树丛上。它照亮了金光灿灿的宁静的清真寺,照亮了南方乡村中那些容易损坏的红白相间的纸板房子,照亮了那些跪在河床上,垫着石头捶打皱巴巴衣服的乳房松垂、头发灰白的妇女。正在海面上缓慢地隆隆行驶的轮船也尽被笔直照射下来的阳光攫获,阳光透过黄色的遮篷照耀着那些在甲板上打盹或散步的乘客,轮船载着他们枯燥乏味地在大海上行驶,他们日复一日地拥挤在油腻的震荡不已的船舷上,不时会用手搭在眼睛上搜寻远方的陆地。

阳光照射在南方的密密麻麻的群山的峰顶上，照到深深的布满石头的河床上，那里高高的吊桥下面的河水已经减少，那些跪在灼热石头上洗衣服的妇女几乎没法浸湿她们要洗的衣物，瘦骨嶙峋的骡子驮着驮篓，在嘎嘎作响的灰色石子间小心翼翼地择路而行。正午时分，炙热的阳光把那些小山丘烤得灰蒙蒙的，就像在一次爆炸中被削除和烧焦过似的；而在更靠北的多云多雨的地方，那些仿佛被铁铲的背部拍成光溜溜的平板的小山坡上闪烁着一点光，就像那里面有一个守护者举着一盏绿色的灯在一个又一个的房间里穿行。阳光透过灰蓝色的空气微粒照耀在英格兰的田野上，照亮沼泽和池塘，照亮一只栖息在木桩上的雪白的海鸥，照亮那在梢头平整的树林、正在成长的庄稼和此起彼伏的干草地的上空缓缓飘移的云影。它照射着果园的围墙，砖墙上的每一处坑凹、每一道纹理都闪烁出刺目的银色和紫色，仿佛摸上去是软软的，只要碰一碰就会熔化成炙烤得热烘烘的灰土。成串成串的葡萄悬挂在墙边，宛似红艳艳的涟漪和瀑布；一天天长大的李子在叶面下鼓胀出来，无数青草的叶茎汇集成碧绿闪烁的一大片。所有的树影全都缩小成了环绕在树根部的一片幽暗的池水。洪水般涌泻下来的阳光把原来层次分明的枝叶融会成了碧绿青翠的一大堆。

鸟儿以异乎寻常的热情齐声鸣唱，仿佛是只唱给一个人听的，接着就全部停了下来。它们一边低声叽叽喳喳，一边把一小截一小截的麦秆或树枝衔到大树高处的黑色枝杆攀结处。它们身上闪着金色和紫色，栖落在花园里，花园里金莲花和珍珠菜的球果闪着金色和淡紫色的光泽，纷纷坠落，因为在此正午时分，花园里正繁花盛开，争奇斗艳，就连花丛底下的那些通道也不时地变换色调,一会儿发绿,一会儿发紫,一会儿发褐,就看阳光是透过粉红的花瓣照进来的,还是透过宽阔的黄色花瓣,或是被某根毛茸茸的青翠的粗花茎遮挡住了。

阳光垂直地照射在房屋上面,照得灰暗的窗户之间的白色墙壁耀眼炫目。被绿色的花茎密密缠绕着的窗框窗格,把望不进去的幽暗阴影一块块地圈在当中。一道轮廓鲜明的楔状光线投射在窗槛上,映亮了屋子里的物件:有蓝色环状花纹的盘子,带曲形手柄的茶杯,一个大碗的凸出的腰部,绣着十字形图案的地毯,以及那些难以绕过的衣橱和书柜的棱棱角角。在这些柜橱浑然为一的庞然大物背后停留着一片阴影,在这片阴影里面也许还有一个形状可辨的东西,它已经摆脱了阴影的笼罩,或是依然停留在幽暗的深处,更为深沉昏暗。

海浪碎裂后,海水迅速地漫上了海滩。浪头一个接一个地高高涌起又轰然落下;伴随着浪峰坠落的势头,浪花迸射四溅。一波波海浪通体湛蓝,只有浪峰上面闪烁着钻石般的光芒,那浪峰波荡起伏,犹如强壮的骏马奔驰时脊背上的筋肉在起伏颤动。一波波海浪坠落下来,向后退去,接着又坠落下来,就像一只巨兽在砰砰地跺脚。

"他死了,"奈维尔说,"他从马上摔了下来。他的马被绊倒。他被抛了下来。世界之船帆突然折断,砸在我的头顶上。一切全完了。世界之光熄灭了。前面耸立着那棵我无法逾越的大树。

"哦,把我手中的这封电报揉成一团吧——让世界之光重新照耀吧——说一声这从来没有发生过吧！可是为什么要把一个人的脑袋转来转去试图回避呢？这是真的啊。这是事实啊。他的马绊倒了；他被抛了下来。闪闪掠过的树木和雪白的栏杆一下子飞了起来。一阵天旋地转；他的耳朵里轰鸣一声。紧接着是重重的一击；世界崩塌了；他沉重地喘了口气。他在从马上摔下的地方死了。

"乡间的谷仓和夏日，还有我们曾经在里面坐过的房间——这一切如今全都成了驻留在那一去不复返的虚幻世界中的东西。我的过去已经跟我断绝了联系。那些人跑着过来了。那些穿着马靴的人，那些戴着遮阳帽的人，他们把他抬到一个凉亭里；他就死在那些素不相识的人们中间。孤独和寂寞经常笼罩着他。他常常离开我而去。然后，当他回来时，我就说：'瞧他是多么的了不起啊！'

"那些女人慢条斯理地从窗前走过，好像大街上压根儿没有裂开一道鸿沟，也压根儿没有耸立着一棵我们根本无法逾越的叶片僵硬的大树。那么，我们应该被鼹鼠窝绊倒了。我们双眼紧闭，慢条斯理地走过，心里沮丧到了极点。但是我为什么要这样逆来顺受？为什么要尽力抬起脚，攀上楼梯？这儿就是我站立的地方；这儿就是我手持电报站立的地方。昔日的时光、夏天的时日和我们曾经坐过的房间，就像仍旧闪烁着红色火星的纸灰，全部一去不复返了。为什么还要聚合，还要重新开始？为什么还要跟其他人聊天、吃饭、建立新的联系？从现在起我成了孤零零的一个人。现在再也没有人会理解我了。我收到过三封信，'我要跟一位上校去玩掷铁圈游戏，故而写这么多吧。'他就这样结束了我们的友谊，挥了挥手，挤进人群不见了。这样的笑剧是无须搞一场正儿八经的庆典的。但是倘若当时有人说一声：'等一下'；倘若把马肚带再收紧那么两三个孔眼——那么他一定会公正地断案断上五十年，会坐在法庭上，会一马当先地骑着马行进在一支队伍的最前面，会谴责某个万恶的暴政，会回到我们的身边来的。

"现在我想，有人正在咧着嘴窃笑；有人正在寻找遁词。肯定有人正在我们的背后讥嘲我们。那个男孩在跳上公共汽车时，差点失足摔下来。珀西瓦尔摔了下来；送了命；埋葬了；而我留心观察着来往的行人；紧抓着公共汽车上的扶手；决心去拯救他们的性命。

"我不想抬起脚去攀登楼梯。我想趁着楼下那个厨子反复开关炉火门的时候，到那棵无法回避的树下去站一会儿，独自跟那个被割断喉咙的人呆上片刻。我不想爬上楼梯。我们都是在劫难逃的，我们所有的人。那些女人提着购物袋慢条斯理地走过。人们持续不断地来来往往。然而你们不会毁灭我。因为这会儿，当下这一刻，我们两个正呆在一起。我紧紧拥抱着你。来吧，痛苦，用我来满足你吧。将你的毒牙刺入我的肉体吧。撕碎我吧。我不停地呜咽，呜咽。"

"这就是不可思议的巧合，"伯纳德说，"这就是事情的错综复杂所在，当我走下楼梯的时候，我已经弄不清哪件事儿是喜，哪件事儿是忧了。我的儿子出生了；珀西瓦尔却死了。我仿佛是悬挂在柱子上，被两种赤裸裸的感情从左右两边挤压着；但哪边是忧，哪边是喜呢？我自问，却回答不上来，我只知道我需要安静，需要一个人到外面去，需要有一个钟头的时间好好想一想我的世界究竟发生了什么，死亡对我的世界到底干了什么。

"那么这就是珀西瓦尔再也看不到的那个世界了。让我来看一看吧。那个卖肉的正把肉送到隔壁那一家；两个老人正沿着人行道蹒跚而行；一群麻雀飞落下来。接着，机器发动起来了；我注意到那种节奏，那种振动，但那只是一种与我毫无关系的东西，因为他再也看不见它了。（他面色苍白，浑身裹着绷带，躺在一间屋里。）所以现在是我弄清楚什么事情才是最重要的好机会，但我必须得小心谨慎，不能撒谎。对于他，我的感觉一直是：他处在那个地方的中心位置。今后我再也不到那个地方去了。那个地方已经空了。

"哦是的，戴毡帽的男人和提篮子的女人，我可以向你们断言，你们已经失去了一种对你们来说原本十分宝贵的东西。你们失去了一位你们原本可以追随的领袖；你们中间的某一位失去了幸福和孩子。原本应该将这些给予你们的那个人，他死了。在印度一家炽热的医院里，他浑身缠着绷带，躺在一张行军床上，一些苦力蹲在地板上摇着那些蒲扇——我忘了这在他们那里叫什么了。但是这一点是很重要的；'你很可能是搞错了'，当鸽子落在房顶上，我的儿子刚刚生下来的时候，我如是说，仿佛这是一件无可置疑的事实。我从小记得他那种超然的古怪神气。而且我又继续说到（我的双眼充满泪水，随后就渐渐干了）：'可是，这比你敢于想望的要好得多。'我朝在大街尽头的半空中面向着我而又看不见的某个抽象的东西说：'难道这就是你所能做到的最好的事情？'接着我们感到欢欣鼓舞。因为你确实尽了你的全力。我徒劳地对着那张苍白严峻的脸说（因为他只有二十五岁，而本来应该活到八十岁）。我不准备躺下来，在哭泣中度过充满烦忧的一生。（这话应该记在我的笔记本上；对那些遭受了毫无意义的死亡的人表示一种轻蔑。）而且，这一点也很重要；我必须能够将他置于某种无聊又滑稽的境地，好使他不会觉得自己骑在高头大马身上是多么的荒唐可笑。我一定要能够这样对他说：'珀西瓦尔，一个荒谬的名字。'然而，我要对你们这些匆匆忙忙赶往地铁车站的男男女女说，你们原本是应该非常尊敬他的。你们原本是应该排成长队追随其后的。哦，要在一群张着空洞而急切的眼睛观望人生的人中间夺路而行，这该是多么奇异的事情啊。

"但是信号灯早已点亮，它不断地召唤，试图诱使我返回。好奇心只是被短暂地摆脱了一会儿。你简直没法离开这架机器而生活上哪怕半个钟头。我注意到，人们的躯体已经变得模样很平常了，可是在它们的内部却是互有差别的——这就是透视。在那块报纸张贴牌的后面，是一家医院；那长长的房间里有一些黑肤色的人正在拉绳子；之后他们为他举行了葬礼。然而，既然人们说有一位著名的女演员离了婚，我就会马上询问是哪一位。但是我拿不出一分钱来；我没法去买一份报纸；我还忍受不了别人的打搅。

"我自问，要是我再也不能看见你，把我的目光盯在那个实体身上，那么我们将会通过什么方式来联系？你已经穿过庭院，越走越远，把连在我们之间的那根丝线越拉越细。不过你依然存在于某个地方。你身上的某种东西依然存留下来。比如说作为审判员。就是说，如果我在自己身上发现了某种新的气质，我会私下里请你来评判。我会问，你的评判结果是什么？你将依旧承当仲裁者的角色。但是这将持续多长时间呢？事情将变得越来越难以解释清楚：将会出现各式各样新的事物；我的儿子不是已经诞生了吗。我现在正处在某种经历的顶点。它终将会衰落下去。我再也不会深信不疑地大声叫嚷：'多好的运气啊！'意气风发，鸽群的降落，全都一去不复返了。混乱，细节，又回来了。我再也不会对橱窗上写着的各种名目感到大惊小怪了。我不会再去想为什么要匆匆忙忙？为什么要赶火车？事物的秩序恢复了；一个事物会引出另一个事物——这是通常的秩序。

"是的，但是我仍然厌恶通常的秩序。我还不会让自己变得能够接受事物的秩序。我要继续行走；我不会停下脚步，东张西望，因而改变我头脑中的节奏；我要继续行走。我要登上这些台阶，走进美术馆①，让自己去领受那些像我一样不受秩序约束的头脑的影响。留待回答问题的时间已经无几了；我的精力在衰退；我变得越来越迟钝麻木了。这里有一些画像。这是一些悬挂在柱廊里的神情冷漠的圣母像。但愿她们能使那颗躁动不宁的内心、那个扎满绷带的脑袋、还有那些正在拉着绳子的人们，全都平静下来，从而让我可以在事物的深处发现某种不可捉摸的东西。这里有一些花园；还有鲜花丛中的维纳斯雕像；这里有一些圣徒像和表情忧郁的圣母像。幸好这些画像是无所查考的；它们既不故做暗示，也不指指点点。所以它们倒拓展了我对他的想法的范围，并且使他以迥然不同的模样在我心中重现。我记起了他的俊美。'瞧他是多么的了不起啊。'我常常这么说。

"这些线条和色彩几乎使我相信我也可以显示出英雄气概，我，作为一个那么轻而易举就能造出华丽辞藻的人，是那么轻易受诱惑，随遇而安，做不到紧握拳头，只会优柔寡断、踌躇不决地根据自己所处的环境造出一些漂亮的语词。现在透

---

① 指伦敦特拉法尔加广场旁边的国家美术馆。

过自己的软弱,我重又发现他对我来说究竟意味着什么:我的反面。由于天生就有的诚实笃信,他根本看不出这些夸张语词的本质,他做人是全凭天生的分寸感,绝对是一位精通生活艺术的大师,因此他也就显得阅历丰富,处处给自己罩上一层静穆的——甚至也可以说是冷漠的感觉,当然是他对自己出人头地的漠不关心,尽管他同时拥有极大的怜悯之心。一个小孩正在玩耍——一个夏日的夜晚——房门会打开关上,一直开关个不停,透过门我瞧见了那些使我潸然泪下的情景。因为它们是无法诉说的。正是为此我们才感到孤独,正是为此我们才觉得寂寞。我转向我头脑中的这个地方,发现它是那么空虚。我自己的软弱压迫着我。从今往后他再也不会与它们形成对照了。

"瞧吧,现在,这个忧郁的圣母正泪水涟涟。此乃我的葬礼。我们没有举行什么仪式,只有个人的悼词,而且没有什么结论,只有一些互不相干的强烈感慨。说出的话都和我们的实际情况毫不相干。我们坐在国家美术馆的意大利展厅里,片片断断地胡乱观赏着。我猜想提香①是否想到过这种耗子般的啃噬。画家总是过着有条不紊、精神专注的生活,一笔一笔地画着他们的画。他们不像诗人似的总是扮演替罪的羔羊;他们不会被铁链锁在山岩上。正是为此,才有这种静穆,这种崇高。不过那种深红必定曾使提香感到十分不是滋味。毫无疑问他曾经用强壮的手臂擎起过那象征丰饶的羊角,而后却在这种堕落中丢尽了脸面。但是这种静穆沉重地压迫着我——这种对眼睛持久地全神贯注的要求。这种重压是断断续续、含糊不清的。

---

① 提香(1482—1576),文艺复兴时期威尼斯画派的著名画家。

我的分辨能力太差,太一知半解了。我虽然揿到了铃的按钮,但不是揿不响铃铛,就是弄出一些莫名其妙的、绝对刺耳的嚷嚷声。我毫无节制地陶醉于某种光彩;那种绿色背景衬托出来的皱巴巴的深红;那排圆柱的行列;那在一棵棵竖着耳朵似的、乌黑的橄榄树身后闪耀的橘黄色光线。我的脊背上生出阵阵芒刺般的激动,不过毫无秩序可言。

"但是在我的理解中还夹杂着某种东西。某种东西深深地潜藏其中。有过一个时刻,我曾经想抓住它。但还是深藏着它,深藏着它;让它潜藏在我的头脑的深处,悄悄地滋长,直到某一天开花结果吧。经过一个漫长的、松松垮垮的人生之后,在得到启示的那一刻,我也许会伸手去触动它,但是现在这个念头已经在我手中破灭了。那些念头曾经无数次地破灭,几乎很难有形成一个完整观念的时候。它们总是破灭,总是倾泻在我的头上。'它们会比线条和色彩存在得更为长久,所以……'

"我打起了哈欠。我已经激动够了。我被那种紧张和那个漫长、漫长的时间——二十五分钟、半个钟头——搞得精疲力竭,因此我只好离开那架机器,一个人独处。我变得麻木迟钝了;我变得僵硬冷漠了。我怎样才能打破这种使我的富于同情的心灵蒙受耻辱的麻木状态呢?还有其他一些人也在遭受痛苦——有很多很多的人也遭受着痛苦。东维尔遭受着痛苦。他爱珀西瓦尔。但是我再也无法忍受这些极度的痛苦了;我需要有个人,我可以和他一起笑,可以和他一起打哈欠,可以和他一起回想他曾经是怎样挠头皮的;这是一个他曾经无拘无束地与之交往、而且喜欢的人(不是苏珊,他爱过的人;倒不如说是珍妮)。在她的房间里我还可以进行忏悔。我可以问:他可曾告诉过你,那天当他邀请我去汉普顿宫①的时候,我是怎么拒绝他的?想起这些事情,我就会在半夜时分满怀痛苦地惊醒过来——这些事情乃是会让人愿意在世界上的任何一个热闹集市上脱帽忏悔的罪过;在那天竟然有人不肯去汉普顿宫。

"不过,现在我渴望自己置身于生活之中,置身于书籍和各式各样的小饰物之中,置身于商人们日常来访的喧闹之中,好让我在遭受了这番精疲力竭之后休息休息我的脑袋,在领受了这番启示之后闭一会儿我的眼睛。然后,我将径直走下楼梯,叫住遇见的第一辆出租车,开到珍妮那里去。"

"这儿有个水坑,"罗达说,"我怎么也跨不过去。我听见那个大砂轮在离我的脑袋不足一英尺的地方嚓嚓地飞旋。它卷起的风呼呼地扑在我的脸上。生活的所有可以捉摸的形式全都舍弃了我。除非我能伸手摸到某种坚实的东西,否则我肯定会沿着永恒的通道被永久地刮走。那么我能摸到什么东西呢?是什么样的砖块,什么样的石头?从而帮助我跨过这道鸿沟,安然回到我的体内呢?

"现在阴影已经消失,绛紫色的光线斜着照射下来。从前裹着华丽衣服的身影,如今穿着一身褴褛。当他们说他们喜欢听他在楼梯上说话的声音,喜欢他穿过的旧鞋子和与他一起度过的那些时光的时候,我告诉他们,那个站在陡峭的山崖所俯瞰着的坟头上的身影已经幻灭了。

---

① 位于泰晤士河北岸的一座都铎王室宫廷,被建筑师克里斯托弗·雷恩爵士(1632—1723)改造过。

"现在,我要沿着牛津大街①走去,同时想象着那被闪电划破的世界;我要看一看那些橡树,长着花的树枝折断的地方,裂开红艳艳的大口子。我要到牛津大街去买一双参加舞会穿的袜子。我要在闪电底下做我平常所做的事情。我要在光秃的地面上采摘一些紫罗兰,将它们扎成一束,献给珀西瓦尔,作为我送给他的一点东西。现在,瞧瞧珀西瓦尔送给我的东西吧。瞧瞧这条大街吧,既然珀西瓦尔已经死了。这些房屋的地基很不坚固,吹一口气就能使它们倒塌。汽车横冲直撞地疾驰,隆隆叫着,像猎犬似的追得我们无处逃命。人类的面孔是丑陋的。但这正好合我的胃口。我需要公众的注意,需要狂热的举动,需要像石子似的被砸碎在岩石上。我喜欢工厂的烟囱,喜欢起重机和运货大卡车。我喜欢那些来来往往的面孔、面孔和面孔,千奇百怪的、冷漠无情的面孔。我厌恶美丽;我厌恶清静。我要飘浮在狂涛巨浪之上,我要淹死在里面,而不需要有人来救我。

"通过他的死,珀西瓦尔送给我这样的礼物:他使那令人恐惧的东西显露出来,留下我来独自承受这样的羞辱——形形色色的面孔,就像厨房里的帮手端上来的一个个汤盘;粗俗,贪婪,漫不经心;拎着各式各样的提包向商店橱窗里面张望。丢着媚眼,泛着红晕,糟蹋着所有的一切,就连我们的爱,现在被她们的脏手触摸之后也变得不纯洁了。

"这儿就是那家卖袜子的商店。我简直可以相信美又重新向外涌现了。它的声息来自这些货架之间的通道,透过这些花边,在这些盛满五颜六色的丝带的篮子当中,隐约可闻。那

---

① 伦敦主要的购物街,有很多大百货公司在那里。

么,在这喧闹的中心还深藏着一些温暖的洞穴了;还有一些静谧的凹室,我们可以藏身其中,在美的翼翅的荫庇下,躲避开我所渴望的真实。当一位姑娘轻轻地拉开一只抽屉时,痛苦就被暂时抛到一边去了。然而接着她开始讲话了;她的话音使我惊醒。我在这杂草丛生的地方探根寻底,于是发现艳羡、妒嫉、仇恨和怨恨,所有这一切都在她讲话的时候像螃蟹似的纷纷爬上了沙滩。这些就是和我们形影不离的东西。我要付清账单,拿走我的包儿。

"这儿是牛津大街。在这儿到处都是仇恨、嫉妒、匆忙和冷漠,纷纷攘攘地显出一副粗俗的生活模样。这些就是与我们形影不离的东西。想想那些和我们坐在一起吃饭的朋友吧。我想起了路易斯,他在读一份晚报上的体育栏目,总是担心成为别人的笑柄;一个势利的家伙。他一边望着来来往往的行人,一边说:只要我们愿意追随,他就愿意看护我们。只要我们顺服,他就可以使我们走上正途。这样他才可以心满意足地抹煞掉珀西瓦尔的死,目光专注地越过那些调味品瓶子,眺望天国里的那些房屋了。同时,伯纳德两眼通红,一屁股坐进一把安乐椅。他会掏出他的笔记本;他会在标着'D'的栏目记下'悼亡友用词句'。珍妮会跳着足尖舞,穿过房间,坐到他的椅子的扶手上,问:'他爱我吗?''比起他爱苏珊来是不是更爱我呢?'苏珊——一直在忙着料理她在乡间的农场,她会手里拿着一个盘子,在那封电报面前伫立一秒钟;然后,她会用脚后跟踢上一脚,把它踢到灶膛的门口。奈维尔在泪眼模糊地盯着窗户望了一会儿之后,会透过自己的泪水看到一些东西,并且问:'是谁从窗前走过呢?'——'多么可爱的小伙子啊?'这就是我献给珀西瓦尔的礼物;枯萎的紫罗兰,黑色的紫罗兰。

"接下来我该到哪里去?是不是到某个玻璃柜里存放着耳环戒指、陈列室里展览着女王们用过的服饰的博物馆去?或是到汉普顿宫,去看看那里的红墙、庭院,和在鲜花盛开的草地上像整齐排列的黑色尖塔似的紫杉林?在那儿我能否重新发现美,并且使我受抓挠的、搞得凌乱的内心恢复秩序?但是一个人在孤单无助中能干成什么?独自一人时,我会伫立在空荡荡的草地上,说:白嘴鸭在飞翔;有一个人拎着一只包走了过去;有一位园工推着一辆独轮车。我会站在队列中,嗅着汗酸味和像汗酸味一样可怕的气味;同时就像很多块肉当中的一块,跟其他人一起被悬挂起来。

"这里是一个可以购票入内的大厅;在这儿,你可以夹在那些吃过午饭后在炎热的下午来到这里的昏昏欲睡的人们中间,听听音乐。我们饱餐了一顿牛肉和布丁,足可以活上一个星期而不用吃任何东西。所以我们就像蛆一样群集在某种东西的背上,任凭它把我们载到什么地方。彬彬有礼,举止庄重——我们的帽子下面都飘着花白的头发;纤小的鞋子;精巧的提包;刮得干干净净的脸颊;这儿那儿有人留着军人式的胡子;从不允许一点灰尘落在我们的绒布衣服上。挥挥节目单,把它打开,同时向朋友们问候几声,我们就安顿下来,就像一些海象搁浅在岩石上面,就像笨重的躯体无法摇摇晃晃走进大海,期待着来一股海浪把我们漂起来,可是我们太笨重了,而且有太多的干燥卵石阻隔在我们和大海之间。我们躺在那儿,胃里塞满了食物,热得慵懒无力。这时,那个浑身鼓胀、裹着光滑绸缎的海青色的女人前来挽救了我们。她紧抿着嘴唇,摆出一副全神贯注的架势,正好及时地鼓胀起来,并且不停地打

着漩涡，就像她看见了一只苹果，而她的声音恰似一枝利箭，发出这样一个音符：'啊！'

"一把斧子砍进一棵树的树心；树心是温暖的；树皮下面发出颤巍巍的声音。'啊！'一位女士在威尼斯从窗口探出身子，对着她的情人喊叫。'啊，啊！'她喊到，接着她又喊了一声'啊！'她把一声喊叫传送给我们。但仅仅是一声喊叫而已。那么什么是喊叫呢？这时，那些像甲壳虫一样的男人们带着他们的小提琴过来了；他们等候；计算时间；点头哈腰；鞠躬至地。而在许多陡峭山崖俯瞰的地方，当一名海员嘴里叼着一根小树枝儿跳上海岸时，就会听到轻快的笑语声，就像橄榄树和它们那无数舌头般的灰色树叶正在随风拂动。

"'好像'，'好像'，'好像'——但是在事物表面相像的背后潜伏着怎样的东西呢？现在闪电已经劈到了树身上，鲜花盛开的树枝坠落下来，珀西瓦尔通过他的死赠给我这个礼物，使我能够看清事物的本相。这儿是一个正方形的东西；那儿是一个长方形的东西。那些运动员拿起正方形的东西，把它放在长方形的东西上面。他们把它放得非常准确；他们造了一个完美的栖身之所。几乎没有什么东西被留在外面。构架现在已经清晰可见；初期阶段的东西在此已经得到说明，我们并非那么互有差别或是那么自私小气；我们已经完成了一些长方形的东西并且把它们竖立在正方形的东西上面。这就是我们的胜利；这就是我们的慰藉。

"这种心满意足的甜蜜滋味顺着我的意识的墙壁流淌而下，并且使我的理解力获得了自由。不要再彷徨了，我说；这就是目的地。长方形的东西已经被安放在正方形的东西上面；在顶端是一个螺旋状的东西。我们已经被拖着越过铺满卵石的海滩,下到了海水里。运动员们又来了。但是他们正在擦去他们脸上的汗水。他们不再显得那么潇洒,也不再显得那么快活了。我要走了。我要把这个下午存放到一边。我要去做一次远行。我要到格林威治①去。我会毫不畏惧地跳上电车,跳上公共汽车。当我们沿着摄政大街蹒跚而行时,我被推挤得一会儿撞在这个妇女身上,一会儿撞在那个男人身上,但我没有受一点伤,也没有因为这些碰撞而感动愤慨。一个正方形的东西竖在一个长方形的东西上面。这里有一些简陋的街道,沿街的市场上随处可见讨价还价的场面,各式各样的铁条、螺栓、螺钉全摆在外面,人们蜂拥着走下人行道,用粗笨的手指捏捏那些生肉。构架已经清晰可见。外面已经造起一个栖身之所。

"那么,这些就是那种生长在旷野上的乱草丛中、既不开放也不结果的花儿啦,它们被牛马践踏,野风摧残,几乎已经面目全非了。这些就是我从牛津大街的人行道上连根拔下带来的、我的只值分文的花束,我的只值分文的紫罗兰花束。此时,从电车的窗口,我望见那些在烟囱之间出现的樯杆;河就在那边;那里有开往印度的船只。我要顺着这条河走走。我要漫步走过这道堤岸,有一个老人正在那儿的一座玻璃棚里看报纸。我要登上这座平台,眺望一下那些顺流而下的船只。有个女人正在甲板上散步,一条狗围着她汪汪地吠叫。她的衣裙在迎风飘动;她的头发在迎风飘扬;他们正在驶向大海;他们正在离开我们;他们正在这个夏日的黄昏渐渐消逝。现在我要撤

---

① 格林威治是伦敦泰晤士河南岸的一个区,靠近河口,那里有刻着子午线的皇家天文台。

出了;现在我要放弃了。现在我终于要放开那受到抑制的、强加阻遏的欲望,随心所欲,虚掷此生。我们将一起骑马驰过那些荒凉的山坡,驰过那燕子在阴暗的池潭上掠水飞翔和一根根圆柱完整挺拔的地方。我们要驰入那冲击海岸的浪涛,驰入那白沫飞溅在天涯海角的惊涛骇浪。我要扔掉我的紫罗兰,我的献给珀西瓦尔的礼物。"

太阳已经偏离中天。它的光线不再是直射,而是斜斜地照射下来。这会儿它照在一朵云彩的边缘,把它辉映得光亮闪烁,仿佛成了一座无人可以落脚的熊熊燃烧的火岛。随后,太阳的光线照在另一朵云彩上面,接着又是一朵,又是一朵,于是下面的海浪仿佛被一簇簇从晃悠的蓝空中飘忽不定地飞射下来的火红的羽箭给射中了。

树梢顶端的叶子在阳光的炙烤下微微卷曲。它们被飘忽不定的微风吹拂着,发出干硬的沙沙声。鸟儿一动不动地栖在树枝上,只是它们时不时把小脑袋敏捷地左右转动一下。现在它们全都停止了鸣唱,仿佛已经厌倦了喧闹,仿佛这丰饶的中午已经使它们感到餍足了。一只蜻蜓在一根芦苇上面一动不动地停了一会儿,然后它那蓝色细线似的身躯继续向空中飞射而去。从远处传来隐隐约约的嗡嗡声,就像一些纤细的翅膀在遥远的天际上下起舞,弄出断断续续的震颤。河水现在把芦苇扶得纹丝不动,俨如有玻璃环绕着它们凝固了;随后那玻璃摇晃起来,芦苇也随之被漂荡得东倒西歪。垂着脑袋沉思默想的牛马伫立在田野上,之后又笨拙地一步一步向前挪去。房屋旁边的那个水桶上的龙头已经停止了滴水,好像桶里的水已经满了,但随即那个龙头又接二连三地连续滴了三滴。

窗户上变幻不定地映出一些火红的光斑,一根树枝的弯结,之后是一片纯净透明的空白。窗帘鲜红地垂挂在窗户两侧,房间里箭矢似的光线投射在桌椅上面,照出它们那喷过油漆、打磨光滑的表面上的斑痕点点。碧绿水壶的腰肚鼓得大大的,在它的侧壁上映现出那被拉得长长的白色窗帘的影子。光线驱走阴影,慷慨地分头照亮房间里的各个角落和墙壁上的所有雕饰;不过,它仍然把阴影挤压成零乱不堪的一堆堆。

海潮滚涌涨起,浪峰波荡起伏,随后又崩碎四溅。石头和砂砾纷纷迸溅而起。浪潮掠过岩石,激起高高的浪花,把片刻之前还是干燥的岩洞四壁全部溅湿,并且在海岸上留下一片片积水;当浪潮退去之后,就会有一些搁浅的鱼儿在那里扑打它们的尾巴。

"我已经把我的名字签了二十次了,"路易斯说,"我,接着还是我,还是我。我的名字就摆在那里,清楚,明确,毫不含糊。我自己也是轮廓清晰、毫不含糊的。不过在我身上集聚着大量继承来的人生经验。我已经活了数千年。我就像一条蛆虫,蛀进了一棵极其年深日久的橡树的树干。但是,现在我很坚实;现在,在这个明媚的上午,我的精神状态非常集中。

"太阳在清澈的天空中闪耀。但是到了十二点钟,我所关心的,既不是落雨也不是天晴。这是约翰逊小姐托着一个铁丝筐把我的信件给我送来的时间。在这些雪白的纸张上我签下我的名字。树叶在沙沙细语,水沿着水槽哗哗流下,浓荫深处点缀着大丽花和百日草;我,一会儿是位公爵,一会儿是柏拉图、苏格拉底的同伴;是漂泊四方的皮肤黝黑或皮肤焦黄的人的跋涉之旅;是那永恒的行列,妇女们提着公文包走过斯特兰德大街①,就像她们曾经顶着大水罐走向尼罗河;我那包含着很多方面生活的卷曲和叠紧的所有篇页,现在全都凝聚在我的名字当中;有时清晰、有时含糊地铭刻在纸页上。现在,作为一个成熟的男人;现在,无论是挺立在阳光下或风雨中,我都必须像一把斧子,重重地砍下去,用我绝对的力量砍向一棵橡树。因为如果我左顾右盼,误入歧途,我就会飘落如雪,消融磨灭。

"我有点爱上了打字机和电话。通过信件、电报和打到巴黎、柏林、纽约去的电话上简约而有礼的命令,我已经把我许多方面的生命融合成了一体;凭着我的勤快和坚毅,我已经在那张地图上画出了一条条路线,从而把世界上各个不同的地方联系到了一起。我喜欢在十点钟准时走进我的办公室;我喜欢这幽暗的桃花心木闪闪烁烁的紫色光泽;我喜欢这桌子和它鲜明的轮廓;还有这拉起来溜滑的抽屉。我喜欢那伸着话筒口、承受我低语的电话机,还有挂在墙上的日历;以及约会备忘录。跟普朗蒂斯先生约在四点钟;跟埃雷斯先生约在准四点半。

"我喜欢被请到伯查德先生的私人办公室,去汇报我们和中国的商业往来。我希望能继承一把扶手椅和一张土耳其地毯。我勤奋地工作;我克服摆在我面前的种种疑难,把商业远远扩展到世界上没有秩序的每一个地方。只要我坚持不懈,在无序的世界建立起秩序,那么有朝一日,我就会发现我拥有了

---

① 伦敦一条从特拉法尔加广场开始的大街。

查塔姆曾经拥有的地位，拥有了皮特、柏克以及罗伯特·皮尔①拥有过的地位。那样，我就可以祛除一些污点，抹去一些旧耻：那个从圣诞树上摘下一面小旗给我的妇女；我的口音；挨揍和种种别的受难；那帮吹牛皮的小伙子；我的在布里斯班银行里干事的父亲。

"我曾经在一家餐馆里读我所喜欢的诗人的作品；而且，我一边搅着咖啡，一边倾听那些小职员在小桌上打赌，观望女人们在柜台前犹疑徘徊。我以为，无论什么事情都不应当是不相干的，比方说随手扔在地板上的一张发黄的纸头。我以为，他们的奔波总得有个目标；他们理应在一个威严主人的指挥下，每周赚到他们的两镑十先令工钱；到了夜晚应当有一只手来照拂我们一下，有一件长袍来裹住我们的身子。一旦我愈合了这些裂痕，一旦我理解了这些畸形的怪物，以致他们既不需要谅解也不需要辩护——这些只会浪费我们的精力，我就会把他们在这种艰难时刻摔倒在地、而且在到处都是乱石的海滩上折断筋骨之时所丧失的东西，全部归还给这条大街、这家餐馆。我要搜集几个字眼，用铁锤锻造出一枚圆环，把我们围绕起来。

"但是，现在我却挤不出一点多余的时间。这儿，没有喘息的时间，也没有颤动的树叶荫庇下的阴凉，或是一处凉亭，好让你来躲避一下阳光，或者在凉爽的夜晚跟一位情人来坐上一坐。世事的重负压在我们的肩上；世事的幻影随处可见；只

---

① 查塔姆（1708—1778），皮特（1759—1806），柏克（1729—1797）和罗伯特·皮尔（1788—1850）均为英国历史上的政治家；英帝国在印度殖民地位的发展过程中，这几位均扮演过核心角色。

要我们眨巴一下眼睛，或是向旁边瞥一眼，或是转过身去琢磨一下柏拉图说过的名言，或是回忆一下拿破仑和他的征服生涯，我们就会使世界遭受某种误入歧途的损害。这就是生活；跟普朗蒂斯先生约在四点钟；跟埃雷斯先生约在四点半。我喜欢听电梯轻轻滑动的声音，喜欢听它砰的一声停在我所住的那个楼层，然后是一个男人威严地穿过走廊的滞重脚步。就这样，凭着我们共同的努力，我们把一艘艘船只送往世界上最遥远的地方；盥洗室和健身房一应俱全。世事的重负压在我们的肩上。这就是生活。如果我坚持不懈，我一定可以继承一把椅子和一张地毯；继承萨里郡①的一处地产，那里有别的商人将会不胜艳羡的玻璃房，和罕见的针叶树、甜瓜或者花木。

"然而我仍然保留着我的小阁楼。在那儿我经常翻阅平装的小开本书；在那儿我常常望着雨点闪闪地落在房瓦上，直到最后使那些房瓦像警察的雨衣一样闪光发亮；在那儿我可以看到穷人们的房子的破旧窗户；可以看到精瘦的猫，或某个准备上街头去拉客、正对着一面有裂纹的镜子挤眉弄眼修饰面容的妓女。罗达有时也会到那儿去，因为我们是恋人。

"珀西瓦尔已经死了（他死在埃及；他死在希腊；所有的死归根到底是一种死）。苏珊已经有了孩子；奈维尔迅速地爬上了显赫的高位。生命在流逝。云朵在我们的房屋上方持续不断地发生变幻。我干干这个，干干那个，然后又是干干这个，再干干那个。随着我们有时聚会、有时分别，我们都渐渐有了互不相同的气度，养成了互不相同的做事习惯。然而，倘若我不把这些印迹牢牢地留住，并且把潜伏在我身上的那许多不同

---

① 在英格兰东南部。

的人物糅合成一个人,存在于此时此地,而非像漫卷远方的纷飞雪花一样转瞬即逝;而且在穿过办公室的时候向约翰逊小姐询问一下有关电影的情况,并且喝上一杯茶,接过一片我最爱吃的饼干,倘若不是这样,我准会飘落如雪,消融磨灭。

"不过每当到了六点钟,我就会向穿制服的看门人碰碰我的帽子以示致意,由于我特别渴望被人家接纳,所以我总是表现得特别殷勤多礼;然后,我就把衣服的钮扣扣得严严实实,弓着腰,顶着风,挣扎着往前走,我的下巴被风吹得发青,两只眼睛直流泪水;每当这种时候,我就希望有一个小巧玲珑的女打字员依偎在我的膝上;我会想起我最喜欢的饭菜是动物的肝和熏猪肉;于是,我就想拐到河边,到那些狭窄的胡同里去,那里有一些常见的小酒店,胡同的尽头可以看见那些过往的船影,女人们也常在那种地方开战。但是我很快就恢复理智,我提醒自己跟普朗蒂斯约定在四点钟会面,跟埃雷斯约定在四点半。斧子必须砍在木头上;橡树必须被劈进树心。世事的重负压在我的肩上。这里有钢笔和纸张;在放在铁丝筐里的信件上我要签上我的名字,我,我,还是我。"

"夏天到了,然后是冬天,"苏珊说,"季节周而复始。梨子长得饱满圆熟,从树上纷纷掉落下来。一片枯叶贴在上面。可是水汽使窗户变得迷蒙起来。我坐在炉火边,望着壶里的水在滚沸。透过窗户上淌下来的一道道水汽,我可以看见那棵梨树。

"睡吧,睡吧,我总是低声哼着,不管是在夏天还是在冬天,在五月还是在十一月。我哼着催眠曲——我从来哼不成调子,也从来听不到音乐,只除了那些乡村的音乐,比如狗的吠叫,铃的叮当声,或是车轮碾过砾石的嘎嘎声。我在炉火旁边哼着我的歌儿,犹如海滩上一只年代久远的老贝壳正在低声细语。睡吧,睡吧,我哼着;我要用自己的声音来提防有人弄响牛奶罐,开枪打白嘴鸦或射击兔子而弄出声音,或者无论如何也要告诫他们不能把这种破坏性的震惊带到这只柳条摇篮的旁边,把蜷缩着躺在粉红色罩被底下的娇嫩肢体给惊吓了。

"我原来的那种冷漠心情,我那茫然的眼神,我那睁得像梨子似的、能够看见草木根部的眼睛,现在我都已失去了。我已经不再是一月、五月或任何其他的季节,而是全力纺成一根围绕着摇篮的细线,把我的小宝宝娇嫩的肢体裹在一个用我自己的血肉做成的茧里面。睡吧,我哼着,同时感到我的体内涌起一股非常狂野、非常阴暗的凶猛力量,倘若有什么人胆敢闯进这间屋子,惊醒了正在睡觉的孩子,我一定会上去一拳将这个闯入者、诱拐犯打翻在地。

"我整天都在房间里扎着围裙,趿着拖鞋,踱来踱去,就像我那死于癌症的母亲。对于季节究竟是在夏天还是在冬天,我已经不再从荒原上的野草或石楠花去判断了;我只要看看窗户上蒙着的是水汽还是冰霜,就明白了。当云雀高声鸣叫着俯冲而下,并像一片苹果皮似的从空中坠落下来时,我会俯下身,喂喂我的小宝宝。过去,我经常在山毛榉树林里漫游,留心注意当松鸦飞落下来时它身上的羽毛怎样转成蓝色,我曾经走过牧羊人和流浪者身边,他们正盯着看一辆倾倒在沟渠里的大车旁边蹲着的一个妇女;而现在,我手执尘拂,在一个又一个的房间里走来走去。睡吧,我一边哼,一边期盼着睡意会像一张羽绒毯似的覆盖下来,把孩子嫩弱的肢体遮盖住;同时,我要求生活能够缩回它的利爪,收敛它的闪电,平安地度过,把我自己的身体变成一个洞巢、一个温暖的庇护所,好让我的孩子可以在里面安睡。睡吧，我哼着，睡吧。有时我会走到窗户跟前，我会瞧瞧白嘴鸭筑得高高的巢穴；还有那棵梨树。'当我闭上自己的眼睛时，他的眼睛肯定会在瞧着。'我如此揣想。'我会超越自己的肉体跟着他们一起去远行，我会看到印度。他会凯旋归来，将战利品摆放在我的脚前。他会使我的财富得到增加。'

"不过，我从来没有在黎明时分就起来，去观察卷心菜叶子上的紫色露珠和玫瑰花上的粉红露珠。我从来不会像塞特种猎狗似的用鼻子去警惕四周，或是夜晚躺在那儿，观察树叶怎么遮住了星星、星星怎么移动和树叶怎么依旧静静地悬在那儿。卖肉的在吆喝叫卖；牛奶应该搁在阴凉处，免得它会变馊。

"睡吧，我哼着，睡吧。这时候，壶里的水烧开了，水汽越来越多，一股气流从壶嘴里喷射出来。生命就是像这样充满了我全身的血脉。生命就是像这样贯注在我的四肢里。我也是像这样被生活驱使着向前，从黎明到黄昏一刻不停地开门关门进进出出，直至忙碌得简直要哭叫起来。'够了。我已经厌倦了那些自然的乐趣。'但是有更多的东西还会到来，会有更多的孩子；更多的摇篮；会有摆在厨房里的更多的菜篮子和正在烹制的火腿；还有发亮的葱头；以及更多的莴苣和土豆。我就像一片被大风刮起的树叶；一会儿掠过潮湿的草地，一会儿飞旋起来。我已经厌倦了那些自然的乐趣；我渴望有朝一日这种餍足感能够从我身上消逝，房间里人们的沉睡所导致的压抑感会烟消云散，那时我们就能坐在那儿读书，而我则会把刚穿进针眼的线停住不动。灯光可以在暗沉沉的窗格玻璃上映照出一团焰火。一团焰火燃烧在常春藤的中心。我可以在冬青树丛里望见一条灯火辉煌的大街。我可以在刮过胡同的风声中听见车水马龙的喧闹声,人们断断续续的说笑声,以及房门打开时珍妮的叫嚷声:'来呀!来呀!'

"但是没有任何声音打破我们房屋的寂静,只有紧挨着大门的田野在叹息。风从榆树间吹过;一只蛾子直往灯上飞扑;一头奶牛在哞哞地叫唤;屋顶上的椽子突然发出一阵干裂的响声,我把线穿过针眼,同时喃喃着——'睡吧'。"

"现在是时候了,"珍妮说,"现在我们见面了,我们又团聚到一起来了。现在让我们来谈一谈,让我们来讲讲故事吧。他是谁?她又是谁?我充满了没有止境的好奇心,同时我又不知道将会发生什么事情。假如你在我们初次相见的时候就告诉我,'班车四点钟从皮卡迪利大街开出',那么我就不会为拣一些必要用品放到手提箱里而耽搁,相反我会立刻赶过来。

"让我们就坐在这儿这些修剪过的花丛下面,坐在这幅画旁边的沙发上吧。让我们不断地用事实来装饰我们的圣诞树吧。人们很快就走光了;让我们赶紧赶上他们吧。那边的那个人,就是站在玻璃柜旁边的那位;你相信吗,他就生活在瓷器的包围中。只要打碎一件,就等于糟蹋了一千英镑。他从前在罗马爱过一个姑娘,但那个姑娘抛弃了他。就是为此他才摆弄起了这些坛坛罐罐,这些破旧物件,这些从人家公寓里找来、或从荒凉的沙漠里发掘出来的东西。既然美的东西要保持美就必须天天都有被打破的可能,因此他老呆着不动,他的生活凝滞在了瓷器用品的汪洋重围之中。不过说来奇怪,在他年轻的时候,他曾经坐在潮湿的泥地上,跟一伙士兵一块喝过朗姆酒呢。

"你必须快速敏捷,并且能熟练地添补事实真相,就像把一个个玩具挂到树上,用手指把它们一一缠牢。他总是点头哈腰。瞧,他甚至在一朵杜鹃花面前也点头哈腰;他甚至向一个老妇人点头哈腰,就因为她的耳朵上戴着钻石,并且一边在一辆小型马车上操持她的财产,一边指出谁该得到救济,哪棵树倒了,明天该把谁赶走。(我必须告诉你,这些年来,我一直在享受着我的生活,而且我现在已经跨过了三十岁,充满了冒险,就像一头山羊从一处险崖跃向另一处险崖;我在哪儿也呆不长久;我从来不让自己跟某一个人搞得特别亲近;但是你会发现,只要我举一举我的手臂,马上就会有人停下手中的事情,赶到我跟前来。)哦,那边那位男子是个法官;那边那位是个百万富翁。而那边那个戴着眼镜的,他在十岁时曾经用一枝箭射穿了他的家庭女教师的心脏;后来他曾受派遣骑马穿越沙漠,并且参加革命;现在他正在为他那长久定居在诺福克的母亲家的家族史收集材料。那位下巴发青的小个子男人的右手是萎缩的。但到底是怎么萎缩的?我们并不清楚。那个女人,你说话小声点,她的耳朵上挂着用珍珠串成的宝塔,她曾经是一团纯洁的烈火,点燃过我们的一位政治家的生命;自从他死了之后,她一直能看见精灵,预卜未来,她还收养了一位长着咖啡色皮肤的年轻人,称他是弥赛亚。那位胡子往下垂、模样像骑兵军官的人,一度过着最最放荡淫逸的生活(这在一些回忆录里都有记述),直到有一天,他在火车里遇见一个陌生人,那个人在从爱丁堡①到卡莱尔②的路上,凭着读《圣经》使

---

① 苏格兰东南部城市,苏格兰首府。
② 英格兰西北部城市,坎布利亚郡首府。

他皈依了宗教。

"如此，只要几秒钟，我们就能机敏、灵巧地破译别人脸上写着的那些象形文字了。在这儿，在这间屋子里，有许多被抛在海岸上的残缺破碎的贝壳。房门一直在不断地打开。房间里在持续不断地填塞着知识、苦恼、形形色色的野心、非常多的冷漠以及一些失望。只要我们同心协力，你相信吗，我们可以建造起大教堂，可以左右政治，可以将一些人判处死刑，可以管理某些国家大事。我们拥有的共同的丰富经历是源远流长的。我们两个有许多孩子，男孩女孩都有，我们对他们进行教育，麻疹流行时到学校里去看望他们，希望把他们抚养成人来继承我们的房产。我们都在用这样那样的方式创造着这一天，这个星期五，有的人通过上法庭；有的人通过进城，有的人通过去托儿所；有的人通过列队行军，排成四列纵队。成千上万人的手在做针线活，在搬运装满砖的砖斗。所有的活动都是永无止境的。到了次日这些活动又会重新开始；到了次日我们就要创造星期六了。有的人乘火车去法国；有的人乘轮船去印度。有的人将再也不会到这间屋里来了。有的人也许今天晚上就会死去。还有的人也许会生下一个孩子来。从我们身上，各式各样的建筑、政治、冒险、绘画、诗歌、孩子、工厂，都会产生出来。生活总是来了，又去了；我们创造着生活。你说是这样吗？

"可是我们生活在血肉之躯中，我们只有通过血肉之躯的想象力才能看到事物的轮廓。我在明亮的阳光下看到这些岩石。我无法将这些事实带进一个岩洞，然后蒙住眼，逐次区分出它们的黄色、蓝色、红棕色，再把它们合成一个实体。我不能长久地呆坐着一动不动。我必须马上起身出发。班车可能已经从皮卡迪里开走了。我把所有这些事实全部抛开——钻石、萎缩的手掌、瓷器的瓶瓶罐罐,以及其他的一切——就像一只猴子用它赤裸的爪子丢开坚果一样。我无法告诉你生活究竟是这样还是那样。我正要从这堆混乱的人群中挣扎着挤出去。我正要推推搡搡;我在人群里挤得颠簸起落,如同汪洋中的一条船。

"因为我的肉体,我的这个总是发出信号的伙伴,它总是心血来潮地一会儿说出阴郁的'不行',一会儿又说出爽朗的'来吧',此刻正在召唤呢。有的人已经行动起来了。我举起过我的手吗?我朝哪儿望过一眼吗?我那个织着点点草莓的黄围巾挥动过,发过信号吗?他忽然从墙边跑开。他跟随而来。我被人追随着穿过森林。一切都令人销魂着迷,一切都在夜间发生,成群的鹦鹉尖啼着在树丛中穿过。我全身的感官都处在兴奋状态。现在我感觉到了我正在推开的这扇窗幔的粗糙质地;现在我感觉到了握在我手里的冰凉的铁栏杆和它那粗糙不平的油漆。现在那凉爽的黑暗潮水漫过了我的全身。我们正置身户外。黑夜铺展开来;黑夜随着游动的飞蛾在我们眼前横过;黑夜掩隐住了到处游荡、寻求险遇的情侣。我闻到了玫瑰花的香味;我闻到了紫罗兰的香味;我瞧见了刚刚隐没的红色和蓝色。我脚下一会儿是砾石,一会儿是青草。散发着怯生生灯光的房屋的背面高高地矗立着。这些闪闪烁烁的灯光,让整个伦敦都处在躁动不安之中。现在让我们来唱我们的情歌吧——来呀,来呀,快来呀。现在我那洪亮的信号就像一只蜻蜓,紧张地飞了起来。啾,啾,啾,我唱起来就像一只夜莺,它那悦耳的歌声好像总是拥塞在它那过于细小的嗓子眼里,不能喷涌而出。现在我听见树枝折断和裂开的声音,听见鹿角撞裂的声音,好像森林中的野兽全都在追猎,全都在荆棘丛中一会儿用后脚站立一会儿又趴在地上。有一只野兽用角刺穿了我。有一只野兽深深地刺进了我的身体。

"而且,那些润湿清凉的柔嫩花叶将我覆盖起来,打湿我的全身,使我身上散发着芬芳。"

"哦,"奈维尔说,"瞧见那座正在壁炉台上滴嗒滴嗒走着的时钟吗?是的,时间在流逝。而我们在变老。但是与你,只与你一个人同坐在这里,同坐在伦敦的这间生着炉火的屋子里,你坐在那儿,我坐在这儿,这就够了。这世界上无论多么远的角落全都已遭到了劫掠,它所有的山峰高地都遭受着掠夺,鲜花被采得精光,什么也不剩下。瞧那炉火的光,时高时低地辉映在窗帘上的金丝线上。被炉火光照亮的那只果子沉甸甸地垂吊在那里。火光照耀着你的鞋尖,往你的脸抹上了一层粉红的光晕——我觉得那是炉火光而非你的脸;我觉得那些靠着墙壁的是书,这边的是一面窗帘,而那边的或许是一把扶手椅。不过你一来,所有东西就变了样。你今天早上一来,那些杯子、碟子全都变了样。我把报纸丢到一边,同时心想,毫无疑问,我们这不堪入目的平庸生活,只有在爱的目光下,才会变得有光彩,有意义。

"我站起身来。我已经吃过早饭。我们拥有的将是整整的一天,而且是晴朗、温暖、轻松无事的一天,我们穿过公园走到堤岸街,沿着斯特兰德大街走到圣保罗教堂,然后走到一家商店里,我在那儿买上一把伞,我们一路上不停地谈着天,时不时地停下来瞧上一眼。但是这能持续下去吗?我在特拉法尔加广场①上的那只狮子旁边,在那只让人见过一次就终生难忘

---

① 伦敦著名广场,位于伦敦威斯敏斯特区,大英美术馆前面,又称"狮子广场"。

的狮子旁边,问自己;——这样我就一幕幕地回顾起自己往昔的生活;那里有一棵榆树,珀西瓦尔正躺在那里。我们要永远、永远信守不渝,我发誓说。然后,我怀着一种常有的怀疑心情冲上前,紧紧握住你的手。你离我而去。走进地下铁道简直就像是死别。我们被分开了,我们被那无数的面孔阻隔开了,还有那好像在荒芜的砾石上呼呼掠过的穿堂风。我呆呆地睁着双眼,坐在自己的房间里。等到五点钟,我才知道你是不守信用的。我抓起电话,从你那空无一人的房间里传来愚蠢的嗡嗡、嗡嗡、嗡嗡的声音,折磨着我的心;就在这时,房门打开了,你就站在那儿。那是我们最美妙的一次相会。但是那些相会,那些分别,最终却毁了我们。

"现在这间屋子对我来说仿佛成了中心,成了某种从永恒的黑夜中挖掘出来的东西。在屋外所有的线都是错综交织的,但却环绕着我们,将我们包裹起来。在这里我们处在中心。在这里我们可以沉默无语,或者虽说话却不用提高声音。你可曾注意到这个,注意到那个?我们说。他也说过那样的话,意思是……她吞吞吐吐地说,于是我知道自己受到了怀疑。但无论如何,我曾经在深夜听到楼梯上有人在说话,听到过一阵啜泣声。那意味着他们之间的关系结束了。因而,我们总是没完没了地兜圈子,说一些无关紧要的话,而且还说得有板有眼的。我们会说起柏拉图和莎士比亚,也会说起一些无名的人物,一些不管怎么说都是无关紧要的人物。我讨厌有些人在他们背心的左边挂着一个十字架。我讨厌所有的仪式和哀悼,讨厌基督在另一个战栗哀伤的形象旁边战栗哀伤的形象。还有那些全身盛装、挂满星章和勋章的人,他们在大吊灯底下故意做出的那种派头十足、满不在乎的神气,他们那种老是不得当地夸夸其谈的腔调。然而，树篱上的几根小树枝儿，或者平坦的冬日田野上的日落景象，或者在公共汽车上一位老妇人双手叉腰挎着一只篮子而坐的样子——遇到这样的景象，我们都会互相指点给对方去看一看。能够这样互相指出来叫对方看一看，真是一种无比巨大的安慰。还有随后彼此默默的相对无语。顺着隐秘的意识的途径进入往事，翻看书籍，拨开枝叶，摘取果实。而且你对此能够领会并且感到好奇，就像我能够领会你身体无意间的一举一动，并对它的从容不迫、它的强健有力感到好奇一样——你砰的一下推开窗户，你的两只手是多么灵巧啊。因为，唉！我的头脑有点笨拙，它很容易疲倦；对一个目标，我常常会感到乏味，也许还会感到厌恶。

"唉！我不能头戴遮阳帽在印度骑马漫游，然后回到一座带游廊的平房。我不能跟你一样，像个半裸着身子的小伙子，在轮船甲板上跌跌撞撞地用橡皮管互相喷水。我需要这炉火，我需要这安乐椅。在经过了一天的劳碌奔走和所有的苦恼，经过了不断的倾听、不断的等待和各种各样的疑虑之后，我需要有个人坐在我身边。在经过争吵与和解之后，我需要清静——只跟你一个人呆在一起，让这喧闹恢复秩序。因为，我就像猫一样习惯于整洁。我们必须反对让世界遭到荒废和破坏，必须反对让它呕吐出来的成群废物横冲直撞地到处转悠。甚至，一个人必须用裁纸刀平平整整地切开小说书的书页，用绿丝带把一捆捆信函整整齐齐地捆扎起来，用扫炉灰的笤帚把炉渣扫成一堆；必须把所有的事情安置停当，好去抵御受到糟蹋的恐慌。让我们去阅读那些描写罗马人的严肃和美德的作家们的作品吧；让我们穿越沙漠去寻求完美吧。是的，然而面对你那亮晶晶的灰眼睛，面对摇曳生姿的青草、夏日的微风和正在玩耍的孩子们——那些在甲板上赤身裸体用橡皮管互相喷水的船舱小子们——的欢笑和叫嚷,我却宁愿忽略那些高贵罗马人的美德和严肃。所以我并非像路易斯一样,是个对世事漠不关心、一心只想穿越沙漠寻求完美的人。各种色彩常常沾在书页上,片片云影也常在书页上面掠过。就连诗歌,我想,也只是你的声音在诉说。亚西比德、埃阿斯、赫克托耳①以及珀西瓦尔,全都是你。他们热爱骑马,他们奔放无羁地拿自己的生命去冒险,他们不是什么了不起的读书人。不过,你并不是埃阿斯或珀西瓦尔。他们不会用你那样美妙的姿态皱鼻子,搔额头。你就是你。正是这一点使我感到宽慰,尽管我有那么多的缺憾——我面相丑陋、身体孱弱,尽管世界堕落、青春飘逝,而且珀西瓦尔已经死去,还有数不清的烦恼、怨恨和嫉妒。

"不过,假如有一天早餐过后你没有来,假如有一天我从一面镜子里看见你也许正在寻找别的人,假如电话在你那空无一人的房间里嗡嗡、嗡嗡地空响,那么我就会,在经受了难以言表的极度痛苦之后,我就会——因为人类愚蠢心灵的渴求是永无止境的——就会去寻求另一个,找到另外一个你。但是现在,让我们把那座滴嗒作响的时钟一拳砸烂吧。来吧,挨得更近一点。"

---

① 亚西比德(450?—404BC)是古希腊雅典著名政客和将领;埃阿斯是特洛伊围攻战中的希腊英雄;赫克托耳是特洛伊战争中的特洛伊英雄。

现在天空中的太阳已经落得更低了。一座座小岛似的云朵变得越来越浓重,它们缓缓地移过太阳,使得下面的礁岩忽然间变得漆黑,那些摇荡的海冬青也失去它们那蓝茵茵的色彩,变成了银白色;所有的阴影犹如灰楚楚的布面笼罩在海面上。浪潮已不再拜访较远处的池塘,也不再抵近那条弯弯曲曲地横亘在沙岸上的断断续续的黑线。沙粒仿佛成了白花花的珍珠,光滑而且闪烁。

鸟儿一会儿俯冲下来,一会儿又盘旋着直上云霄。有一些鸟儿时而迎风追逐,时而又折向翻飞,将鸟群一下子冲开,好像它们原来是一个整体,被冲割成了无数碎片。飞下来的鸟群就像一扇网,降落在树梢上。偶尔有只鸟儿独自飞向沼泽地,然后孤零零栖息在一个白色树桩上,它的翅膀一会儿张开一会儿合拢。

花园里有几片花瓣坠落下来。它们像贝壳似的躺在地上。枯干的叶子已不再斜竖住地,而是叫而翻飞叶而停歇地被风一直刮向某一株花茎。有一道光波突然闪耀炫目地在所有的花丛中穿过,恰似一片鱼鳍划开了湖水中的绿草。时不时地有一阵强劲的疾风把各式各样的草叶刮得波荡起伏,随后当风势减弱下来,每一株草儿就又恢复了它们的尊严。那些花儿的鲜艳花盘在阳光下晒得灼热发亮,每当迎风摇曳的时候,它们就会暂时躲开光照,但随后有些因为太沉重而无法再挺直起来的花冠就会慢慢地凋谢。

午后的阳光把田野晒得暖洋洋的;它使所有的阴影都泛着蓝光,并且将庄稼辉映得红通通的。一片深浓的光泽像一层油漆似的涂抹在田野上。一辆大车,一匹马,一群白嘴鸭——无论什么东西在田野上经过,都会被浑身镀上一层金光。如果有一头牛把它的一条腿挪动一下,就会立刻激起一阵赤金色的光之涟漪,它的两角也会好似被光晕连成了一片。树篱上挂着一颗颗长着浅黄色芒刺的谷穗,那都是一辆辆看上去既低矮又原始的大车装得满满地从牧草地上驶来时被擦落下来的。那些圆滚滚的云块一路翻腾着飘过时,从来不收缩,而是始终保持着它们各自胖滚滚的形象。这会儿,当它们飘过来时,它们将一个村庄全部罩进了它们撒下的网里头;随后,当它们飘过去以后,就又让村庄脱出了网外。在遥远的天边,在亿万蓝灰色的微尘当中,有一块窗格玻璃反射着亮光,或者现出一座尖塔或一棵树木的朦胧影子。

粉红的窗帘和白色的百叶窗被风掀起,飘进飘出,扑打着窗槛;成条或成片地照进室内的阳光,在透过被阵风一次次掀起的窗帘时,带上了某种棕褐色,并且显得有些肆无忌惮。这儿它把一个柜橱照出褐色,那儿它使一把椅子映得通红,这儿它又使窗户的影子摇曳在一只绿莹莹的水罐的侧壁上。

有一瞬间,所有的东西全都在模糊不清、朦朦胧胧地摇曳起伏,就像一只巨大的飞蛾从房间里掠过时,它那扑动的翼翅使那些大个的实实在在的桌子椅子全都笼罩上了阴影。

"哦，"伯纳德说，"时间的水珠滴落了。在我心灵的屋檐上凝结成的水珠滴落了。在我心灵的屋檐上，时间在凝结的同时，滴下它的水珠。上个星期，就在我站着刮脸的时候，时间的水珠滴落了。当时我正手里拿着剃刀站在那儿，突然间我领悟到我的动作纯粹是习惯成自然的（时间的水珠就是这样形成的），于是我便满含嘲讽意味地恭祝我的双手竟能一直坚持这种习惯。刮吧，刮吧，刮吧，我说。继续不停地刮吧。时间的水珠滴落了。在整个一天的工作过程中，在工间休息的时候，我的思想会变成一片空白；我自问：'什么东西失去了？什么东西完结了？'接着，'完事大吉了，'我一边低声咕哝，'完事大吉了，'一边用这些话来安慰自己。人们注意到我脸上的茫然神色和我说话时的茫无头绪。我常常一句话还没说完，就吞吞吐吐地结束了。而且在我扣好大衣上的钮扣准备回家时，我还会更为引人注目地说上一句：'我的青春已经失去了。'

"特别奇怪的是，每当危急关头，一些并不恰当的辞藻就会急不可奈地冒出来解围——此乃对总是依靠带着笔记本的古老文明习惯而生活的一种惩罚。这种时间水珠的不断滴落跟我失去青春毫不相干。这种时间水珠的滴落意味着时间正在逐渐收缩着趋向某一个瞬间。时间，假如是一片阳光明媚、光影摇曳的牧场；时间、假如像正午的田野那样广阔无际，那么它就会成为悬而未决的事物。时间正在逐渐收缩着趋向某一个瞬间。当一滴水珠带着沉淀物从窗玻璃上沉甸甸地滴落下来时，时间也在滴落。这些就是真实的循环；这些就是真实的事件。这时，就像大气中的光辉全都消退了，我看到了那赤裸裸的底蕴。我看到那被习惯遮蔽的东西。我在床上懒洋洋地躺了好几天。我到外边去吃饭,张着大嘴犹如一条鳕鱼似的。我并不想为了说完整一句话而费心劳神;我那通常总是犹豫不决的行动,现在也变得像机器一样准确了。在这种情况下,当我走过一个售票处时,我就走进去买了一张去罗马的票,完全像一个机器人似的镇静自若。

"现在,我坐在这些花园里的一张石凳上,眺望着这座永恒的城市;那个五天以前还在伦敦刮着胡子的小人物,如今看来好像已经变成了一堆旧衣服。伦敦同样也已经消踪匿影。伦敦只是有一些破败的工厂和若干煤气罐而已。但同时我并没有融入眼前这番壮观的景象中。我看着那些佩戴紫色饰带的神父和那些姿态优美的保姆;我只注意外表。我坐在这里,就像一个康复中的病人,就像一个头脑非常简单、只会说一些单音节字眼的人。'太阳是热的,'我说。'风是凉的。'我感到自己像一只昆虫似的在地面上团团乱转,而且可以发誓,在这儿坐着,我感觉到了地面的硬度,感觉到了它那旋转的运行。我没有离地而去愿望。我有一种预感,倘若我能将这种知觉向前延伸再六英寸,我就可以触到某种奇异的境界了。但是我只长着一个局限性很大的鼻子。我从不渴望延长这类超然物外的精神状态;我不喜欢它们;我甚至蔑视它们。我并不期望成为一个连续五十年在同一个地方静坐不动、意守丹田的人。我只希望被套在一架马车上,套在一架拉菜的马车上,嘎吱嘎吱地驶过铺着鹅卵石的道路。

"说实话,我既不是那种满足于孤身独处的人,也不是那种满足于与无限相处的人。只有一个独处的房间使我感到厌倦,天空也同样如此。我的生命,只有当它把它的方方面面全部向很多人敞开时,才会焕发出熠熠的光彩。让他们失败,让我变得千疮百孔，如同燃烧的纸张一样渐渐消亡吧。哦，莫法特太太，莫法特太太，我说，快来把它打扫干净吧。我已经失去了很多东西。我已经因为活得太久而失去了某些愿望；我失去了一些朋友，有的是因为死亡——比如珀西瓦尔——有的则是由于完全无力穿过街道。我并非像从前有段时期那样看起来才华横溢。有一些东西完全超出了我的视界。我永远也不会弄懂那些艰深的哲学问题。罗马是我旅行到过的最远的地方。当我在夜间沉入睡乡时，我常常会带着一阵剧痛突然想到我将永远不会看到塔希提岛①上的土著是怎样借着标灯的亮光叉鱼的，或者一只狮子怎样在丛林里中跃起、一个赤身裸体的男人怎样吃生肉的情景。我永远不会去学习俄语，也永远不会去阅读《吠陀经》②。我再也不会在走路的时候撞在邮筒上了。（但是，由于那次剧烈的碰撞，在我的夜梦中，仍然常会有几颗星星美丽迷人地坠落下来。）然而在我沉思默想的时候，真情变得越来越清楚了。许多年来我一直在自鸣得意地低声哼唱，'我的孩子们呀……我的夫人呀……我的房子呀……我的小狗呀。'每当我用弹簧锁钥匙打开房门走进来，我总是先要做一番这老一套的仪式，把自己包裹在那种温暖的气氛里。现在那层可爱的帷幕已然降落。我现在再也不需要什么财富了。（顺便说一句：一个意大利洗衣妇在肉体上的优雅程度跟一位英国公爵的女儿相比，丝毫也不逊色。）

"但是让我想一想。时间的水珠滴落了；时间进入了另一个阶段。一个阶段接着一个阶段。为什么这些时间的阶段要有

---

① 位于南太平洋，英属殖民地。
② 印度最古老的宗教经典和文学作品的总称。

一个尽头？它们又通向哪里？要达到什么样的结局？因为它们总是披着庄严的法衣出现的。碰到这样的难题，虔诚的人们总是求教于那些佩挂紫带、满脸情欲的家伙，那些家伙现在就正高视阔步从我眼前走过。不过就我们个人来说，我们憎恨那些个导师。只要有个人站起来说'瞧，这就是真理，'我马上就会发现，有一只沙色的猫儿正在他身后偷吃一条鱼。我会说，瞧，你忘记了这只猫儿。所以在学校的时候，奈维尔在那个昏暗的礼拜堂里一看见那个博士戴着十字架，就大为恼火。而我，尽管当时我总是被一只猫、或一只围绕着汉普顿夫人时不时地捧到鼻子前面嗅一嗅的花束嗡嗡乱转的蜜蜂搞得心烦意乱，我却很快就编出了一个故事，从而将那个十字架的威严锋芒彻底消灭。我曾经编过成千上万个故事；我在无数个笔记本里记满了词句，准备在我找到那个真正的故事的时候加以使用，那是一个所有这些词句全都用得上的故事。可是我至今尚未找到那个故事。所以我已经开始怀疑：世界上果真有什么故事吗？

"现在，从这个露台上看看下面那些蜂拥的人群吧。看看到处可见的活跃和喧闹劲儿吧。那个人正在被他的骡子折腾得手忙脚乱。五六个品性敦厚的闲汉正在帮忙。别的人看也不看地从旁边匆匆走过。他们自己需要操心的事情多得就像一团乱麻。瞧瞧那广阔无际的天空吧，上面正翻腾着一团团雪白的云彩。想象一下那连绵不断的平原，那星罗棋布的沟渠，和那崎岖不平的古罗马车道以及城郊平原上的累累冢石；而在那城郊平原之外，是大海，大海之外又是一些陆地，然后又是大海。我可以抓住这整幅图景中的任何一个细节——比如说那辆骡车——然后轻而易举地将它描绘一番。但是为什么要去描绘一个被自己的骡子折腾得狼狈不堪的人呢？另外，我还可以编出一些关于那个正在走上台阶来的姑娘的故事：'她在那阴暗的拱门下和他会面……**事情结束了**，他一边从那个关着一只中国鹦鹉的鸟笼扭过脸去，一边说。'或者讲得简洁一些：'事情就这样结束了。'但是为什么要把我任意想出来的情节也都拼接上去？为什么要揉揉这个，捏捏那个，最后捻出一些小人儿，就像那些托着货盘沿街叫卖的玩具贩子似的？为什么在一切之一切中，偏偏挑选这个细节？

"我在这里正蜕去我生命中的一层皮，而他们将会说的只是：'伯纳德在罗马消磨了十天时间。'我在这里正独自一人漫无目的地在这座露台上踱来踱去。不过在我散步的时候，注意观察一下点和划是怎样慢慢形成一条线吧，在我走上那些台阶的时候，各种东西又是怎样逐渐失去它们原来所拥有的毫不掩饰、各自独立的品质的。那个粉红的大花盆现在成了黄绿浪波中的一道红艳艳的条纹。犹如火车开动时铁道两旁的树篱，轮船行驶时海上的浪波，世界开始从我身旁移动了。我自己也在移动，渐渐卷入那一件事跟着一件事的总体秩序之中，而且似乎是不可避免，这棵树必将移动过来，然后是那根电线杆，再然后是那段树篱的缺口处。就在我被围绕、被卷入并且一起参与移动的同时，经常使用的那些辞藻开始涌泻而出，而我也希望打开我头脑中的活动大阀，让这些辞藻的水泡获得自由，因此我径直朝着那个后脑勺有点似曾相识的人走了过去。我们曾在学校里同过学。我们毫无疑问应该会面。我们当然要在一块吃午饭。我们要谈谈。但是且慢，稍等片刻。

"这种试图回避的片刻功夫是不应当鄙视的。它们太难得了。塔希提之行变成了可能实现的事情。靠在这个栏杆上我远远地望见一片汪洋。一片鱼鳍正在划动。这个单纯的视觉印象跟任何推理都毫无关系,它是突然冒出来的,正如一个人有可能看见天边突然冒出一头海豚的鳍一样。所以,视觉印象常常传递一个简要的提示,告诉我们应当及时取消遮掩,引人说话。因此,我在F栏里记下:'汪洋大海中的一片鱼鳍。'我是一个随时在我意识的边缘记下一些话、以待将来做最后陈述的人,现在我记下了这一句,以待某个冬日的傍晚使用。

"现在我要去个地方吃午饭了,我要把酒杯举起来,我要透过杯里的酒望出去;我要带着比平时更超然物外的神气观察周围,当一位漂亮女人走进餐馆,并且穿过餐桌之间走过来时,我要自言自语地说:'瞧她在一片汪洋中要走到哪儿去呀。'一句毫无意义的话,但对我来说却是严肃的,暗蓝灰色的,夹带着世界崩溃和流水坠地飞散似的声音。

"所以,伯纳德(我想起了你,想起了你这个是我干各种事业时离不开的伙伴),让我们来开始这新的一章吧;让我们来看看这种崭新的经历,这种陌生、奇特,同时又含混、可怕的经历——亦即这颗正在形成的簇新的水珠——怎样变成现实吧。拉朋特就是那个人的名字。"

"在这个炎热的下午,"苏珊说,"在这儿,这座花园里,在这片我正跟我的儿子一起散步的田野上,我已经实现了我的最高愿望。园门的铰链锈迹斑斑;他用力把它推开。童年时代的强烈激情;珍妮亲吻路易斯时我在花园里流过的泪水;我在那间散发着松香味的教室里发过的脾气;在异国他乡,当那些骡子踏着尖尖的蹄子得得地走来,一伙意大利妇女围着披巾、头上插着康乃馨,在泉水旁边叽叽喳喳闲谈时,我所感到的孤独,这一切如今全都换成了安全、充实和亲密的感觉。我已经度过了多年平平静静的、富有成果的生活。我拥有了我所见到的一切东西。我用种子培植了大树,我修建了池塘,让金鱼在叶子宽阔的睡莲下潜游。我在草莓苗圃和莴苣苗圃上面罩上网,给梨子和李子套上白色的袋子,保护它们不被黄蜂叮坏。我眼看着我的儿女们曾经像嫩果似的用纱网罩着躺在他们的摇床里,而今都已挣破网眼,走在我的身边,一个个长得比我还高,在草地上投下长长的身影。

"我像自己种的树,被围栏围住,种在了这儿。我哼着:'我的儿子呀。'我哼着:'我的女儿啊。'就连那个五金店的老板,他从堆满钉子、油漆和铁丝网的柜台后面抬头张望,也对这辆停在大门口,满载着捕蝶网兜、水果筐子和蜜蜂箱的破旧货车充满敬意。每逢圣诞节,我们就在闹钟上面挂上槲寄生树枝,称称我们的黑草莓和蘑菇,数数我们的果酱罐,并且每年都背靠着客厅里的百叶窗窗板,测量每个人的身高。我还为死者扎白色的花环,上面编着银色的枝叶,怀着哀伤把我的名片系在上面,献给死去的牧羊人,并向已故赶车人的遗孀表示慰问;我还坐在快咽气的妇人们床边,听她们喃喃诉说临死前的恐惧,让她们紧紧抓着我的手;我还常去一些屋子里做客,那些屋子除了像我这样出身的人,简直没法叫人忍受,我却从小就见惯了那些农家的庭院、粪堆和四处乱跑的母鸡,还有那个母亲带着正在长大的孩子居住的那两间小屋。我见惯了那些淌着水汽的窗子,我闻惯了那些穷困场所的气息。

"现在我手里拿着剪刀,站在我的花丛里,自问:那道阴影是从什么地方进来的?什么样的震动才能使我好不容易集聚起来的、顽强积压的生命力重新奔放?然而有时候,自然的乐趣,正在成熟的水果,把船桨、猎枪、骷髅、获奖得到的书本和其他种种战利品弄得满屋子都是的孩子,令我感到腻烦。这具身躯也令我厌倦,我自己的能干、勤劳和精明,还有那做母亲的庇护自己的孩子,怀着猜疑把自己的孩子——任何时候都是她自己的孩子——召集到一张长长的餐桌旁边时所表现的种种不问青红皂白的劲头,也都令我厌倦。

"那是在阴冷多雨的春天刚刚来临、黄灿灿的鲜花突然绽放的时候——那时候,我在蓝色遮棚底下察看搁在那里的肉块,用手按按沉甸甸地装满茶叶、小葡萄干的银色口袋,就在那时,我回想起太阳如何升起、燕子如何掠过草地飞行的情景,回想起当我们还是孩童时伯纳德说过的那些词句,以及在我们头顶上轻轻摇曳的重重叠叠的树叶,它们刺破碧蓝的天空,把飘忽不定的光影洒落在山毛榉树那些如同枯骨一般隆起的树根上,当时我正坐在那些树根上面啜泣。一只鸽子飞了起来。我跳起来,连忙去追赶那些仿佛从一只气球上垂下来的绳子似的越升越高、掠过一个又一个树梢飘然逃逸的词句。于是,如同一只摔碎的碗,我整个上午的宁静心情破灭了;我一边把面粉袋放下,一边想:围绕我的生活,原来就像是一棵围绕着被禁锢的种子而生长的草儿呀。

"我握着剪刀,剪下一些蜀葵,我曾经到过埃尔维顿,踩着腐烂的橡实走过,看见过那位正在写信的夫人和那些手持大笤帚的园丁。我们气喘吁吁地跑了回来,生怕被射死,然后像黄鼠狼一样被钉在墙上。现在我经常称量食物,储藏食物。到了夜间,我就坐在一把扶手椅上,伸手取过我正在缝的东西;我常常听见我丈夫打鼾的声音;当一辆路过的汽车的灯光炫目地照在窗户上时,我就抬起眼来望一望,同时感到我的生活的浪潮正在围绕着我这个牢牢生根的人翻腾起伏,分崩离析;而且当我把针扎进拔出、把线在白布扯来扯去的时候,我会听到叫喊的声音,并且看见别人的生活像草儿一样围绕着桥墩团团旋转。

"有时候我会想起曾经爱过我的珀西瓦尔。他在印度骑马摔了下来。有时候我会想起罗达。惊惶不安的喊叫常常使我在深夜醒来。不过,大多数时候,我心满意足地跟我的儿子们一起散步。我把蜀葵上枯萎的花瓣剪下来。尽管过早地身体发胖,头发花白,但是我的眼睛依然清澈明亮,跟珍珠一样,所以我安然自得地闲步走在我的田野上。"

"现在,"珍妮说,"我正站在地铁车站里,所有招引人的地方全都在这里汇合——皮卡迪里南大街、皮卡迪里北大街、摄政街和干草市场。我在伦敦市中心的街道底下站立了一会儿。在我的头顶上方,无数的车轮正在驶过,无数的脚步正在踏过。几条文明的大街在这里交汇,又伸向四方。我正置身于生活的中心。但是,瞧——我的身影正照在那面镜子里。多么孤单,多么憔悴,多么衰老啊!我已经不再年轻。我已经不再属于这个行列。成千上万的人乘着电梯以可怕的下降速度降下来。巨大的齿轮毫不容情地搅动,促使它们往下直降。成千上万的人已经死去。珀西瓦尔死了。我还在活动。我还活着。可是现在我若打个信号,谁还会来呢?

"我站在这里,就像一只弱小的动物;因为恐惧,我的两肋起伏不止,心脏突突直跳,瑟瑟发颤。然而我将无所畏惧。我会把抽在我两肋的皮鞭击落。我并不是一只呜呜叫着直向暗影里藏躲的小动物。只是因为刚才我还没来得及像平时那样在抬眼看我自己之前先做好准备,就突然看见了自己,我才一时之间畏缩了一下。的确,我已不再年轻——我不久就会徒然地举举我的手,我的披巾会没打任何信号就落在我的身边。我不会再听见黑夜中突然传来一声叹息,并感到有人在黑暗中向我走来。在黑暗的地道里,再也不会有映在车窗上的人影了。我要去观察别人的脸,我会发现他们也在探寻别人的脸。我承认,有那么一会儿,那些直立的身体随着自动电梯无声无息地飘下来,就像一支由死人组成的军队身不由己、以可怕的速度坠落下来,还有那些不停搅动的巨大机器毫不容情地推着我们,推着我们所有的人,往前直冲;这确实使我感到胆怯,使我直想逃到一个庇护所,躲藏起来。

"然而现在我发誓,在对着镜子精心做了一些使我全身武装起来的小小修饰之后,我再也没有什么可害怕的了。想想那些红黄相间、按照钟点准时发车停车的华丽的公共汽车吧。想想那些马力大而且漂亮的、时而放慢到步行速度、时而又箭也似地向前直冲的小轿车;想想那些浑身武装、修饰整齐、驾着车向前驶去的男男女女吧。这是凯旋的行列;这是得胜的军队,旌旗招展,黄铜的老鹰徽章锃亮闪烁,每个人的头上都戴着战斗中赢来的桂冠。比起那些身上仅缠着一块腰布的野蛮人,那些头发汗湿、乳房松垂而且拉长的乳头上还吊着吃奶孩子的女人们来,他们的确更为优越。这些宽阔的通衢大道——皮卡迪里南大街,皮卡迪里北大街,摄政街和干草市场——就是穿过丛林通往胜利的铺沙之路。我穿着小巧的漆皮鞋,披着薄薄的轻纱头巾,嘴唇涂得艳红,眉毛描得精细,也一起跟着军乐队向着胜利行进。

"瞧,他们即使在这儿地底下,依然始终在容光焕发地炫耀他们的华丽衣服。他们甚至连泥土也不肯随它潮湿和生虫。这里有摆在玻璃柜橱里被灯光照得光彩耀目的薄纱和绸缎,还有密密匝匝地缝着数不清的精细花边的内衣。红色，绿色，紫色，他们被染得五彩缤纷。想一想他们是怎样一边组织、排除、铺平、着色，一边爆破岩石、打通隧道吧。电梯上上下下；列车走走停停，像海上的浪潮一样具有规律。我追随依附的正是这个。我是这个世界上的天生的居民，我一直追随在它的旌旗下。他们都是那么气势非凡地富有冒险精神，既勇敢又好奇；而且他们魄力十足，会努力在中途停下，潇洒自如地在墙上涂上一句笑话。在这样的时候，我怎么能逃开，去躲藏起来呢？因此，我要往脸上扑扑粉，往嘴唇上抹抹口红。我要把双眉描得比平时更加弯曲。我要做一个果断的手势，招一辆出租车，司机将会以一种难以名状的敏捷姿态表示他领会了我的手势。因为我依然能够激起别人的渴望。我依然能感觉到街上的男人在向我弯腰致礼，一如那被微风吹拂得红艳艳的庄稼默默地点头。

"我要乘车回到我自己的屋子。我要在花瓶里插上大束大束五彩缤纷、昂贵奢侈、摇首弄姿的鲜花。我要在这儿摆一把椅子，在那儿摆一把椅子。我要预先摆好香烟、酒杯和几本封面设计鲜艳的新书，以备伯纳德随时会来，要不就是奈维尔或者路易斯。不过，也许不是伯纳德、奈维尔或者路易斯，而是某个不熟悉的人，某个陌生的人，某个我在一个楼梯间偶然遇到的人，而且在我们擦肩而过的时候，我悄声说了句：'来呀。'他今天下午就要来了；这个我并不了解、并不熟悉的人。让那由死者组成的无声队伍往下降去吧。我要继续前进。"

"现在我不再需要一个房间了，"奈维尔说，"也不再需要四壁和炉火了。我已经不再年轻。我没有丝毫嫉妒之感地走过珍妮的屋子,并且朝那个站在门前的台阶上、略显紧张地整了整领带的年轻人笑了笑。让这个衣冠楚楚的年轻人去按响门铃;让他去见她吧。我要是想见她,就可以去见她;要是不想见,我就走过去。那些陈旧的腐蚀剂已经不再刺痛——嫉妒、诡计和烦恼全都不复存在了。我们的自豪感也已经不再有了。年轻的时候,我们可以随便坐在什么地方,坐在通风大厅里的光秃秃的长凳上,任凭那些门一刻不停地砰砰作响。我们曾经半裸着身子翻来覆去地折腾,就像那些在船甲板上用橡皮管互相滋水的小子们。现在我可以发誓说,我就像这些做完一天的工作、乱哄哄地涌出地铁车站的人们,毫无二致,毫无区别,数也数不清。我已摘取了属于我的果实。我对一切全都冷漠得熟视无睹。

"毕竟,我们没有什么责任。我们不是法官。我们没有被别人喊去,用拇指夹和镣铐折磨我们的同类;我们也没有被别人请去登上布道坛,在暗淡的礼拜天下午给他们讲道。比较合适的是欣赏一下玫瑰花,或是读一读莎士比亚,就像我常在这儿,在夏夫茨伯利大街①上读他的作品那样。瞧这个傻瓜,瞧这个无赖,瞧克莱奥佩特拉②乘着一辆小汽车过来了,她正在她的御舟中欲火中烧呢。这儿也有一些遭诅咒的人物,一些在违警罪法庭上靠着墙壁站着、没鼻子的人;他们两脚受着火刑,嗷嗷地哀叫。只要我们不去写它,这倒算得上是诗。他们准备无误地扮演着他们的角色,而差不多在他们开口之前,我

---

① 伦敦的很多剧场集中在这条大街。
② 古埃及女王(69—30BC),莎士比亚悲剧《安东尼与克莱奥佩特拉》中的女主角,容貌美艳,做过恺撒和安东尼的情妇;这里,喻指伦敦街头装扮艳丽的女性。

就料到了他们将会说些什么;所以,我就静等着他们把肯定早已撰写好的对白说出口的那个神圣时刻来临。如果只是为了看戏,我可以在夏夫茨伯利大街上一直走下去。

"之后,离开大街,走进一间屋子,那里有的人在说话,有的人则简直懒得去说话。他在说,她在说,另外有人尽在说些早已被别人说腻了的事情;那些事情,这会儿只消一句话就可以省掉所有的麻烦。争论、嬉笑、老一套的抱怨、苦诉——这一切弥散在空气中,令人窒息。我拿起一本书,漫不经心地读上半页。他们还没有关上话匣子。那个孩子跳着舞,身上穿着她母亲的衣服。

"但是这时候罗达,也或者是路易斯,总之一个空着肚腹、极度痛苦的精灵,一直在一旁走过来走过去。他们需要一个情节,是吗?他们需要一个理由吗?对他们来说,只有这么一个平常的场面是不够的。静等人们说些好像已经写好了的话;眼看一句话准确无误地把一小块胶泥贴在预定的地方,以此来塑造人物;突然发现在天空的衬托下现出一组群像的影子;所有这些都是不能令人满足的。不过,如果他们需要的是暴力,我倒曾经在同一间屋里看到过死亡、谋杀和自杀。有个人走了进来,另一个人走了出去。从楼梯间传来啜泣声。我听到过一个女人膝上放着块白布,扯断线,打好结,静悄悄地一针接一针缝补的声音。为什么要像路易斯那样非得追寻一个理由,或者像罗达那样飞到某个遥远的牧场,拨开桂树的叶丛去寻找石像呢?他们说一个人必须迎着风暴展翅翱翔,相信在那波涛起伏的彼岸必定是一片阳光普照的天地;阳光笔直地射进那些有垂柳环抱的池塘。(在这儿,现在是十一月;那个穷人用被寒风吹裂的手捧着一盒盒火柴在叫卖。)他们说在那边可

海浪 | 177

以找到纯粹的真理,还有美德,它在这儿蹒蹒跚跚、沿着死胡同瞎走,在那边则是完美无缺地存在着。罗达抑着她的脖子,蒙着她那双迷幻的眼睛,从我们身边飞去。现在已经非常富裕的路易斯,走到他那矗立在凹凸不平的屋顶上的阁楼窗户前,凝望着罗达身影消失的地方;不过,他必须到他的办公室里,去坐在那些打字员和电话机中间,为了我们的教养,为了我们的新生,以及为了改造那尚未诞生的世界,全力以赴地工作。

"然而现在,在这间我没有敲门就进来的屋子里,人们说的似乎尽是些早已写好的话。我朝着书架走过去。如果让我来选择,我情愿漫不经心随便读上半页。我不需要说话。可我在听。我异乎寻常地全神贯注。当然,一个人不费点力气是没法阅读这部诗的。书页常常是破损的,沾着泥巴,被人撕过,跟早已褪色的叶瓣黏在一起,跟马鞭草或天竺葵的碎片黏在一起。要想读这首诗,你必须长着无数双眼睛,就像那午夜在大西洋上照着汹涌巨浪的明灯一样,有时也许只有一缕海草冒出水面,有时海浪会突然裂开一个缺口,露出一个怪物的肩膀。你必须撇开所有的反感和嫉妒,而且绝不横加干预。你必须有耐心,并且无限地细心,让那些轻微的响声,无论是蜘蛛的纤纤细脚在叶片上划动的声音,还是水流入某个不相干的排水管时发出的汩汩声,全都显露出来。无论什么事物,都不应该因为恐惧或害怕而加以排斥。写出这一页(我在别人谈话时读的这一页)的那位诗人已经退场。这上面既没有逗号也没有分号。上面的诗行也没有采用通常可见的那种长度。很多行诗句纯粹是胡言乱语。你心里必定充满怀疑,可是到头来又把谨慎之心抛到了九霄云外,等那扇门一打开,就全盘接受了。你有时候也会哭;也会冷酷无情地利刃一挥,把那些煤灰、树皮和各种生硬的附加物全部铲除。因此就这样（在他们谈话的时候）把你的网愈来愈深地沉下去，然后小心翼翼地往回收，把他所说的和她所说的那些话拉出水面，写成诗篇。

"现在，我已经听过他们的谈话。现在，他们已经走了。只剩下我一个人。我可以心安理得地看着这炉火永不熄灭地燃烧，就像一座大厦，就像一座高炉；而现在有些长而尖的木头看上去就像脚手架，或者像矿井，像幸福之谷；现在，它又变成了一条蛇，身上披着白色的鳞片，猩红地盘在那里。窗帘上的那个果子在鹦鹉的啄食下膨胀得越来越大。吱嘎，吱嘎，火在吱吱嘎嘎地燃烧，就像树林深处的虫子在吱吱地鸣叫。噼噼，啪啪，当树枝弹出来震动空气时，它就发出噼噼啪啪的爆裂声，而这会儿，就好像一阵枪弹齐发，一棵树倒了下去。这些就是伦敦夜间的声音。这时，我听到我期待已久的那个声音。那个声音越来越响，越来越接近，它犹豫片刻，在我的门口停住。我喊道：'快进来呀。快来坐在我的身边。坐在这把椅子旁边。'一点也不新鲜的幻觉使我忘乎所以，我喊着：'快来走近一点，走近一点啊。'"

"我从办公室回来，"路易斯说，"我把我的大衣挂在这儿，把我的手杖搁在那儿——我喜欢想象：黎塞留①走路时也曾用过这样的手杖。这样，我就剥夺了我自己的权威。刚才我曾坐在一张漆得发亮的桌子了，坐在一位经理的右边。表现我们兴旺发达事业的地图挂在我们对面的墙上。我们一起把我们的船只派出去满世界地航行。地球上布满了我们的航线。我获得了非常高的声望。办公室里的所有年轻女士在我进去时全都跟

---

① 参见前面第02页的注释。

我打招呼。现在,我爱上哪儿去吃饭就可以上哪儿去吃饭,而且可以毫不夸耀地预料我不久就会在萨里郡拥有一幢房子、两部汽车、一座暖房和一些品种罕见的甜瓜。但是我仍旧回来,仍旧回到我的阁楼,挂好我的帽子,然后独自重新开始那个荒谬的尝试,那个自从我用拳头敲过我老师的仿橡木门之后就已开始的荒谬尝试。我打开一册袖珍本的书。我开始读一首诗。一首就够了。

西风啊……①

哦西风,你跟我的红木桌子和鞋罩格格不入,而且唉,也跟我那个庸俗不堪的情人,那个从来不能把英语说正确的小巧玲珑的女演员格格不入——

西风啊,你究竟何时吹来……

罗达,她一副极度出神的样子,茫然的双眼有着蜗牛肉似的颜色,无论她是在星光灿烂的午夜时分到来,还是在正午最为平淡的时刻到来,西风啊,她绝不会使你遭到破坏。她伫立在窗前,望着那些穷人们房顶上的烟囱帽和打破了的窗子——

西风啊,你究竟何时吹来……

"我的使命,我的负担,一直都比其他人的重大。我的肩

---

① 这句及以下的诗句乃是引自中世纪的抒情诗。

上压着一座金字塔。我曾经努力去干一项巨大的工作。我曾驱策着一支狂野的、没有秩序且又邪恶的队伍。我曾经坐在小饭馆里，带着我那澳洲口音，竭力想使那些小职员们接受我，但却从来没有忘记我那又庄重又严肃的信念，还有那些非解决不可的不一致和不连贯。少年时代，我曾经梦想过尼罗河，而且不肯清醒过来，然而我还是伸出拳头敲了那扇仿橡木的房门。假如我能像苏珊，或者像我最钦佩的珀西瓦尔，天生的没有宿命感，那么我一定会快乐许多。

　　西风啊，你究竟何时吹来，
　　　　让细雨飘落滋润地面？

　　"生活对我来说一直是件可怕的事情。我就像一个庞大的乳兽，长着一张黏乎乎的、吸劲很大的、贪得无厌的嘴巴。我曾经努力要把长在神经中枢的那颗结石从活生生的肉里取出来。我对自然的乐趣知之甚少，我想我之所以喜欢我的情人，是因为借助她那伦敦腔的口音，她可以使我感到自在无束。但是她只会穿着内衣在地板上打滚，而且每天那些打杂的女工和商店里的小子总会跟在我的身后叫喊无数次，大加嘲弄我的一本正经、目空一切的走路姿势。

　　西风啊，你究竟何时吹来，
　　　　让细雨飘落滋润地面？

　　"我命中注定的宿命，这些年来一直压得我喘不过气来的带尖顶的金字塔，它究竟意味什么？但愿我永远铭记着尼罗河和那些头上顶着水罐的女人;但愿我永远感觉到,随着那使麦浪翻滚的漫长夏日和使河水冰冻的漫漫严冬的不断变迁,我在编织我的生命。我并不是一个孤独的匆匆过客。我的生命也并非像钻石表面上的光泽,转瞬即逝。我在地底下曲折前行,就像一个看守提着灯在一间间囚室里穿行。我命中注定的宿命就是我要铭记不忘,尽力编织,尽力把我们漫长的历史和纷纭复杂的一天当中的那许许多多的线,所有粗的、细的、断的、未断的线,统统编织成一条缆绳。总是有多之又多的事情需要了解;有混乱纷扰需要倾听;有弄虚作假需要申斥。这些屋顶全都是破破烂烂,烟熏火燎的,上面到处可见烟囱帽、凌乱不齐的石板瓦、蹑足潜行的猫和阁楼窗户。我小心翼翼地从那些破玻璃和旧瓦片中间望进去,眼之所见只有邪恶和饥饿的面孔。

"让我们假设我能够解释所有这一切——在一页纸上的写一首诗,然后死去。我可以向你保证,这并非不值得的去做。珀西瓦尔已经死了。罗达离开了我。而我却要憔悴衰萎地活下去,拄着镶金头的手杖,在这座城市的人行道上,令人尊敬地走我的路。也许我永远不会死,也许甚至连这种持续不断和这种永久不变都永远无法抵达——

  西风啊,你究竟何时吹来,
    让细雨飘落滋润地面?

"珀西瓦尔正在绿叶的衬托下鲜花怒放,他埋在泥土里,全身的枝条依然在夏日的阵风中呼啸。罗达,当别人都在说话时,我曾跟她一起分享过宁静,当羊群聚集起来循规蹈矩地悄悄奔回丰饶的牧场时,她就转身跑到一旁去,现在,她像荒漠里的热风一样消失了踪影。当阳光晒得城里的屋瓦发热膨胀时，我会想起她；当干枯的树叶啪哒啪哒地落在地上时，我会想起她；当老人们带着尖头棍子，像我们从前刺她那样刺着地上的碎纸片时，我会想起她——

    西风啊，你究竟何时吹来，
      让细雨飘落滋润地面？
    上帝啊，愿我的爱人投入我的怀抱，
      让我能够重新在床上安眠！

现在我回到我的书上来；现在我重新做出我的尝试。"
  "生活啊，我一直是多么惧怕你！"罗达说，"人类啊，我一直是多么憎恨你们！你们是多么的拥挤不堪，你们是多么的碍手碍脚，你们在牛津大街上的样子是多么的丑陋讨厌，你们在地铁里呆睁着双眼，面对面坐在那儿，那样子又是多么的猥琐啊！现在，当我爬上这座高山——从这座山的峰顶我可以望见非洲，我的脑海里还深深印着那些牛皮货袋和你们的面孔。我曾经受你们的沾染而弄脏了身体。你们在门口排着队买票时，发出的气味也一样是那么难闻。所有的人都穿着灰不灰、棕不棕的颜色模糊不清的衣服，甚至从来不在帽子上插根蓝羽毛。没有一个人敢做到与众不同。为了熬过一天日子，你们是多么的需要泯灭天良，撒谎欺骗，打躬作揖，阿谀奉承，口若悬河，奴颜婢膝啊！哦，你们曾经将我囚禁在一个地方，囚禁在一把椅子上，囚禁整整一个小时，而你们自己则与我相对而坐！你们曾经用你们那龌龊的爪子，从我身上抢去一个钟点至下一个钟点之间的那段清白的时间，把它们卷成脏污的一团,丢进了废纸篓里。然而,这就是我所过的生活。

"但是我屈服了。我用手把冷笑和哈欠遮掩起来。我并没有跑到街上,为了表达愤怒,把一只酒瓶摔碎在阴沟里。虽然激动得浑身颤抖,我却装出毫不惊讶的样子。你们干什么,我也干什么。要是苏珊和珍妮像这样穿袜子,我就也这样穿上我的袜子。生活是那么可怕,所以我把遮光帘装了一层又一层。透过这儿窥视生活,透过那儿窥视生活;随便它是玫瑰花叶子也好,葡萄藤叶子也好——我用我一时的心血来潮,用葡萄叶或玫瑰叶,把整个大街,牛津大街,皮卡迪里广场,全部遮掩起来。还有那些学校期末结束时,竖在走廊里的箱子。我曾经悄悄地走过去,看上面的那些标签,想象各种名字和面孔。也许是哈罗加特,也许是爱丁堡,上面镶嵌着金灿灿的光边,因为有一个我已记不起名字的姑娘曾经站在那儿的人行道上。然而,那只是一个名字。我离开了路易斯;我害怕拥抱。我曾经试图用毛毡、用衣服把那蓝茵茵的刀锋遮盖起来。我曾经祈求白昼突然变成黑夜。我曾经渴望看到食橱逐渐消失,感到床铺变得软乎乎的;或者渴望悬浮在半空中,去观察那拉长了的树木,拉长了的面孔,沼泽地绿葱葱的边缘,以及两个正在痛苦诀别的人的身影。我抛撒词句,就像大地上光秃秃的时候,那些播种的人把种子撒在翻耕过的田野上一样。我总是希望黑夜被延长,用越来越多的梦境把它填充得满满当当。

"接着在某个大厅里,我拨开音乐的树枝,看到我们建造的那所房子;正方形的东西架在长方形的上面。'那座房子里面什么都有,'珀西瓦尔死后,我在一辆公共汽车上斜靠着别人的肩膀,这样说过;但我还是去了格林威治。我一边在堤岸上行走,一边祈愿我能永远像响雷似的在天涯海角轰鸣,在那里没有蔬菜之类的东西，但却到处矗立着大理石圆柱。我把我手上的花束掷进正在蔓延开的浪潮里。我说道：'毁灭我吧，把我带到天涯海角吧。'浪涛已经迸碎；花束也已枯萎。现在，我已很少再想起珀西瓦尔了。

"现在，我登上西班牙的这座山峰；我要假想这匹骡子的脊背就是我的床，假想我正躺在上面，即将死去。现在，我和那个深渊之间只隔着一张薄薄的床单。我身下的床垫上那些隆起的地方都显得软乎乎的。我们磕磕绊绊地向上攀登——磕磕绊绊地往前行进。我脚下的山路不断向上延伸，一直通向山巅上一棵孤零零的树，树旁边有一个小水池。当夜晚降临，群山像鸟儿收拢起翅膀那样聚拢在一起时，我曾经剖析过海水的美丽。有时，我会采摘一朵粉红的康乃馨，或是捡起几束干草。我曾经一个人躺在草地上，用手指触摸一块陈腐的骨头，并且想：要是风从这片高地上扫过，也许除了一撮灰尘什么也不会留下。

"骡子一直在磕磕绊绊地往上爬着。山脊像升腾的雾霭一样上升；不过，从山顶上我却可以望见非洲。现在，床在我的身下沉陷。床单上散布着的黄色洞眼使我漏了下去。床脚边那个善良女人长着一张白色马脸，她做了一个告辞的动作，就转身走开了。那么谁能陪着我一起去呢？只有花，牵牛花和那月光色的五月花。我把它们松松地集结成一束，编成一个花冠；哦，献给谁呢？这会儿，我们的脚已经跨出悬崖峭壁的边沿。在我们下面，闪烁着捕鲱鱼船队的灯光。悬崖峭壁消失不见了。细浪潆潆，涟漪灰暗，数不清的浪波在我们脚下蔓延。我什么也摸不到。我什么也看不到。我们会坠下去，落在浪波上。海水会在我的耳边轰鸣。白色花瓣会在海水中变黑。它们会漂浮一会儿，随后沉入水中。把我在海浪上翻一个身就会把我挤沉。一切全都可怕地纷纷坠落，把我淹没在里面。

"不过，那棵树上长着枝枝丫丫的枝条；那是一座村舍屋顶上的僵硬线条。那些涂着红色和黄色的气泡似的东西，是人的脸。我伸脚踏在地面上，小心翼翼地跨出脚步，然后把手按在一家西班牙客栈硬邦邦的房门上。"

太阳正在西沉。如同坚硬岩石般的白昼碎裂了，光亮从那些裂片之间涌泻出来。红光和金光犹如一支支用黑暗作翎羽的脱弦之箭，射穿了海浪。一束束光线在变幻不定地闪烁和摇曳，就像那从沉陷的岛屿上发出来的信号，或像那由一些不知羞耻、哈哈大笑的孩子们从月桂树丛中投出来的标枪。但是海浪在抵近海岸时就会变得暗淡无光，并且在持续时间很长的轰隆声中沉落下去，就像一堵墙，一堵用灰色石头垒起来的、没有任何透光裂缝的墙轰然倒塌。

轻风乍起，树叶一阵颤动；而经过这阵儿骚动，树叶失去它们原有的那种浓褐，变得或灰或白，就像树身摇摇晃晃，结果失去它那浑然一体的感觉。栖落在最高树枝上的那只老鹰眨了眨眼，腾身飞起，飘然远翔。一只野鹨在沼泽地里啼鸣，它盘旋、躲闪，然后飞到更远的地方继续孤零地啼鸣。火车和烟囱冒出来的烟被风吹得扩散开来，最后融入悬浮在大海和田野上空的轻飘飘的天幕里。

现在，谷物已被收割。原来那片滚滚翻腾的庄稼如今只剩一片清爽的残茬。一只大个的猫头鹰从一棵榆树上缓缓地起飞，它摇摇晃晃地向上飞翔，仿佛沿着一条从空中垂下的线，一直飞到一棵杉树顶端的树梢上。山坡上，缓缓游移的阴影在飘过的时候一会儿扩大，一会儿收缩。位于荒原最高处的那个水池显得空落落的。没有一张毛茸茸的兽脸在那儿张望，没有一只兽蹄在那儿溅起水花，也没有一个热乎乎的兽鼻伸进水里去湿一湿。一只鸟儿栖落在一根烟灰色的小树枝儿上，满满地呷了一口冷水。那里既没有啮草的声音，也没有车轮的声音，有的只是突然怒号的风鼓满风帆，从草尖上掠过。一块骨头躺在那儿，经过雨打日晒之后，变得像一根被海水磨光的树枝，闪着亮光。那些在春天曝晒成赤褐色，在盛夏被南风吹弯柔韧枝条的树木，如今已经变得像生铁一样乌黑，一样光秃了。

这个地方是如此偏远，永远也无法看到闪闪发亮的屋顶或光影闪烁的窗子。那极其凝重的暗沉沉的大地已经吞没了那些易损的镣铐和那些蜗牛壳似的障碍物。现在，这里有的只是透明如水的云影，雨水的冲击，一束光芒四射的利矛似的阳光，或是一阵突如其来的暴风雨。一些孤寂的树木犹如方尖塔，点缀在远方的群山上。

热度已经消退、灼热的焦聚已经涣散了的夕阳，给桌子椅子涂抹了柔和的光晕，并且为它们镶嵌了点点褐色和黄色的菱形光斑。桌椅的四周映衬着阴影，使它们似乎显得更为凝重，就像那偏斜了的色彩凝聚到一边去了。这里摆着刀、叉和酒杯，但它们的样子仿佛被拉长了、胀大了，显得十分怪异。镶在一圈金框里的镜子将景物静止不动地映照出来，好像它所映照的事物将会永恒地存在下去。

这时，海滩上的阴影也已蔓延开来；黑暗变得越来越浓重。那只如生铁一般漆黑的靴子变成了一汪暗蓝色的水池。坚硬的岩礁变得模糊不清。那条旧船周围的海水已是黢黑一片，就像那里浸满了珠蚌。浪花的颜色变得青黑，它们在薄雾笼罩的沙滩上到处留下珍珠一样闪光发亮的白影。

"汉普顿宫,"伯纳德说,"汉普顿宫。这是我们约定团聚的地方。瞧,汉普顿宫里那些粉红的烟囱,那些方形的雉堞。当我说'汉普顿宫'时,我的这种口气证明我已经是中年人了。十年或者十五年之前,我必定会用质疑的口气说:'汉普顿宫吗?'——那儿会是什么样子呢?那儿有湖,有迷宫吗?要么就是口吻中带着某种预感:在这儿我会碰上什么事情吗?我会遇见谁呢?而现在,汉普顿宫——汉普顿宫——这几个字儿如同敲锣似的,在我费了许多力气——通过六七个的电话和明信片才清理出来的这片空地上回响,发出一阵阵响亮震耳的声音;于是,一幕幕图画浮现出来——夏日的午后,小船儿,提着裙裾的老妇人,冬日里的一壶茶水,三月里的几朵水仙——这一切全都浮现在水面上,而后又都隐伏在每一个场面的深处。

"这会儿,在我们约定聚会的那家小旅馆门前,他们都已经站在那了——苏珊、路易斯、罗达、珍妮和奈维尔。他们已经一块到了。在我跟他们会合之后,马上就会想出另一种安排、另一种方案来。现在,白费力气的事情,过多设计一些场面,应当受到阻止,给以说明。我最不情愿遭受这种限制了。离他们只有五十码时,我感到我的生活秩序起了变化。他们那个圈子的吸引力在我身上起了效果。我走得更近了。他们没有看见我。现在,罗达看见了我,可是她因为害怕重逢带来的震动,假装不认识我。现在,奈维尔把脸转了过来。突然之间,

海浪

我一边举起手,向奈维尔打招呼,一边大声说道:'我也曾在莎士比亚的十四行诗集中夹过花瓣。'随后,我就感慨万分,说不下去了。我的小船在汹涌澎湃的波浪上摇摇晃晃地颠簸起伏。世上没有什么灵丹妙药(让我记下来)能够医治重逢时的激动。

"同样,把参差不齐、粗糙不平的边缘相互粘连也是很不舒服的事情;只有等到我们慢慢腾腾地踱进小旅馆,脱下大衣和帽子以后,会面才渐渐使人感觉到愉快。现在,我们聚集在这间狭长、空荡的餐室里,坐了下来;餐室俯瞰着一个公园,一片绿茵茵的地方,那里令人难以置信地仍旧被夕阳的光辉映照着,以致那些树林间横亘着一条金灿灿的光带。"

"现在,我们一个挨着一个,"奈维尔说,"围着这张狭长的桌子坐了下来;现在,在最初的激动尚未平息的时候,我们都怀着怎样的心情呢?现在,让我们像老朋友好不容易团聚时应有的那样,诚实、坦白、直率地把我们相聚时怀着的心情讲出来吧。是哀伤。门不会开了;他也不会到来了。而我们都怀着十分沉重的心情。由于我们每个人都已是中年,我们每个人的肩上都有负担。让我们把各自的负担撇到一边吧。我们要互相问一问,你一直是怎么生活的,我又是怎么生活的?你,伯纳德;你,苏珊;你,珍妮;还有罗达和路易斯?那些名单贴在所有的门上。在我们掰开这些小面包,动手吃鱼和沙拉之前,我摸了摸我的贴身口袋,摸到我的证书——我总是随身带着它们,以便证明我比别人高明。我通过了考试。我的贴身口袋里装着能够证明这一点的文件。然而苏珊,你那映出萝卜和庄稼的眼睛却使我感到困惑和不安。这些装在我贴身口袋里的文件——这些证明我已通过考试的大声宣告——只是发出软弱无力的声音,就像一个人在空旷的田野为了吓退白嘴鸭而拍拍巴掌。现在,在苏珊的注视下,这种声音(我拍巴掌的声音和它的回响)也已经沉寂下来,我只能够听到风从翻耕过的土地上掠过的声音和一只鸟鸣唱的声音——那也许是一只兴奋无比的云雀在鸣唱呢。那个侍者是否听到了我的声音;或者那些总是偷偷摸摸地厮混在一起的情侣,他们有时到处闲逛,有时躲起来瞧着那些尚未昏暗到足以掩隐他们躺卧的身体的树荫,他们是否听到了我的声音?没有;拍巴掌的声音没有起任何作用。

"那么,既然我不能掏出我的文件,通过大声念念我的证书来让你们相信我通过了考试,我还有什么剩下的事情要说呢?所剩下的是苏珊那双珍珠似的、透明发亮的绿眼睛的尖刻目光所揭示出来的东西。每次我们在一起聚会,刚见面时的别扭劲儿还没平息,总是会有某个人不甘心卷入进来;于是,有人就会希望把自己的个性压下去,不让它表现出来。现在对我来说,这个人就是苏珊。我要和苏珊聊聊,引起她的注意。请听我说,苏珊。

"吃早饭的时候,每当有人走进来,就连绣在我的窗帘上那个果子也会胀大,以致鹦鹉会伸嘴去啄它;你甚至可以用大拇指和食指把它夹着摘下来。在大清早,稀薄的去脂牛奶会变成乳白色、蓝色,或者玫瑰色。那时候,你的丈夫——那个拍打着他的高筒靴,用鞭子指点着不生牛犊的母牛的男人——正在嘟嘟囔囔地发着牢骚。你什么也不说。你什么也不看。习惯蒙住了你的眼睛。在那个时刻,你们的关系是沉默的、空虚的、阴暗的。我在那个时刻的关系则是温暖的,丰富多彩的。对我来说,翻来覆去的重复是不存在的。每一天都充满着危

海浪 | 191

险。虽然我们表面上都很温和,骨子里却像盘结的蛇一样可怕。想象一下我们正在读《泰晤士报》吧;想象一下我们正在互相争论吧。那是一种体验。想象一下现在是冬天。大雪纷飞,积满屋顶,把我们全都封在一个红色的洞穴里。水管冻裂了。我们在屋子中间摆上一个黄色的铁皮澡盆。我们手忙脚乱地寻找洗脸盆。看那儿——书橱上面的水管又漏了。我们瞧着这场灾祸,又是嬉笑又是叫嚷。让稳稳当当的生活灰飞烟灭吧。让我们一无所有吧。要么就假想一下现在是夏天?我们可以闲逛到一个湖边,去看中国呆鹅迈着扁平的脚掌、摇摇摆摆地走向水边,或者去看一座样子像骷髅架子的城市教堂,教堂前面生机勃勃的绿草在迎风摇曳。(我是在随便谈谈;我总是谈那些显而易见的东西。)每一种景象都是一幅阿拉伯式的图案,是灵机一动地描画出来说明人们亲密相处时的意外感和美妙奇趣的。大雪,冻裂的水管,铁皮澡盆,中国呆鹅——这些都是高高地悬挂着的标志,通过它们,当我回顾以往的生活时,我就可以认清每一种爱所具有的特点;认清它们是怎样的互不相同。

"与此同时,因为我想消除你的不友好的情绪,你那双绿眼睛紧紧地盯着我,你那寒酸的衣服,你那粗糙的双手,和所有别的能说明你那母性光辉的标志,全都像帽贝黏附在岩石上一样黏附在你的身上。但是说真的,我并不想伤害你;我只是想恢复和重整一下我在你身上丢失的自信。改变现实已经是不可能的事情。我们的命运已经注定。从前,当我们和珀西瓦尔一起在伦敦的一家饭店聚会时,所有事情都还是无法确定的;我们做任何事情都是可能的。而现在我们已经选择过了,有时候似乎是别人已经为我们做出了选择——就像是一副钳子紧紧地夹着我们一样。我也选择了。我不是在外表上打下了生活的烙印,而是在内心,在洁白无瑕、毫无经验、赤裸无防的神经上。我被形形色色的头脑、面庞和其他事物的烙印弄得伤痕累累,一无是处;那些烙印是那么难以捉摸,以致虽然有声有色、无孔不入、实实在在,但却无可名状。对你来说,我只不过是'奈维尔',你看清了我生活的狭隘局限和它无法逾越的界限。但是对我个人来说,我却是无边无际的;是一扇每根神经都不可觉察地扎入世界深处的大网。我这面网与它所围绕的东西几乎难以区别。它捕起了鲸鱼——巨大的海中怪兽和白白花花的混沌一片、变动不居的糊状物;我侦察,我窥探。在我眼前打开了——一本书;我看清了底蕴;看清了核心——我一直看到那深奥的地方。我知道,什么样的爱会跳动起烈焰;嫉妒的绿色火焰会怎样到处蔓延;爱与爱会怎样错综复杂相互纠缠;爱会制造出什么样的死结;爱又会残酷无情地将它们撕扯开。我曾经被纠缠进去过;我也曾被残酷地撕开过。

"但是,也曾经有过其他一些荣耀的事情,那是在我们一心盼着门被打开,而珀西瓦尔终于到来的时候;是在我们无拘无束地在一家酒馆硬邦邦的长条凳上猛然坐下来的时候。"

"曾经有过山毛榉树林,"苏珊说,"有过埃尔维顿,和钟表上闪闪发光的指针在树丛中闪闪烁烁。鸽群从树叶丛里飞出。变幻不定的光在我头顶上摇曳。我已经记不清它们了。可是,瞧,奈维尔,我曾为了保持自尊让你丢过脸,瞧瞧我放在桌子上的这只手吧。瞧瞧我指关节和手心上的这些深浅不一的健康肤色吧。我的身体像一件被某个能干的劳动者彻底使用过的工具,已经被每天切切实实地使用旧了。刀刃仍然是光洁的,锋利的,但中间已经磨损得旧了。(我们就像在田野上搏斗的野兽那样,就像用角相互抵撞的牝鹿那样,经常在一块争斗。)一眼就能望穿你那苍白而消瘦的肌肉,甚至连那苹果或是一串果子也必定长着一层薄膜,看上去就像罩着一层玻璃似的。跟一个人——仅仅是一个人,但却始终在变化的一个人——紧挨着躺在一张椅子里,你只能看到一寸深的肌肉;看到里面的神经、筋脉、缓慢或急速流动着的血液;但是绝不会看到一切。你看不见矗立在花园里的一座房子;田野里的一匹马;扩展开来的一座城市,因为你弯着腰,像一个费尽目力要看清针线活的老太婆。但是我却看到了犹如一排排坚固、庞大的房屋似的生活;看到了它们的雉堞墙和高塔,工厂和煤气塔;一幢已经记不清是在什么年代建造的古色古香的住宅。这些东西始终保持宽阔结实、突出显要的特征,永不磨灭地刻在我的脑海里。我既非温和之人,亦非巴结讨好之人;我坐在你们当中,用我的坚硬来磨砺你们的软弱,用从我清澈眼睛里射出的绿色光芒,来抑制你们那些像忽隐忽现的银灰色飞蛾翼翅一样颤动不止的言词。

"现在,我们已经用我们的鹿角抵撞过了。这是必不可少的前奏;是出自老朋友的问候。"

"树林里的那道金光已经消退,"罗达说,"一片绿莹莹的草地横亘在它们后面,延伸开去,就像梦中看见的刀锋,或无人涉足的渐远渐细的岛屿。现在,顺着大街开来的汽车的灯光开始摇曳闪烁了。现在,情侣们可以躲到暗影里了;将他们掩隐住的那些树干膨胀开来,变得朦胧不清了。"

"情况曾经并不是这样,"伯纳德说,"我们曾经能够遵照自己的抉择而不去随波逐流。现在,我们需要打多少电话,发多少明信片,才能凿开这么一个缺口使我们团结一致,聚集到汉普顿宫来啊?从一月份到十二月份,生活在多么迅速地流逝啊!我们每个人都被各种各样事务的激流席卷着,那些事务是那样的司空见惯,以致从来不给我们洒下任何阴影;我们从来不做比较;也差不多从来想不起你或我;而就在这种无所用心的过程中,我们才最大限度地避免了龃龉不和,冲破了堵塞在那条已经年深日久的河道出口处的丛丛杂草。为了赶上从滑铁卢站开来的火车,我们不得不像鱼似的跃出水面。但是无论我们跳得有多高,最终我们还是又坠落到那潮流里。现在,我再不会乘船到南海诸岛了。到罗马去一趟已是我最远的旅行。我有儿有女。我已经自己也莫名其妙地被挤到了现在这个境地。

"不过,被不可挽回地牢牢固定下来的只是我的肉体——这个在这儿被你们称为伯纳德的上年纪的男人——我宁愿相信情况是这样的。现在,我比自己年轻的时候更能冷静思考了,那时候我总是劲头十足地寻根究底,探求我自己,就像一个小孩摸索一只彩票袋子一样。'瞧,这是什么?还有这个?这能算是一件好礼物吗?只有这些吗?'如此等等。现在,我已经知道那些小包里装着什么东西;所以也就不是特别在乎。我把我的思绪抛撒到空气里,就像一个人把种子一大把一大把地撒出去,让种子在紫红的落日辉映下撒落下来,撒落在碾平之后闪着光泽的光秃秃的耕地上。

"一串辞藻。一串并不完美的辞藻。可是辞藻有什么用?它们几乎没有给我留下什么东西,好让我摆在这张桌面上,摆在苏珊这只手的旁边;或是跟奈维尔的那些证书一起,从我的口袋里掏出来。我既不是法律权威,也不是医学权威,或财务权威。我全身上下都裹在湿草一般的辞藻里;我浑身闪亮,泛着磷光。当我说'我燃烧起来了。我浑身闪亮'的时候,你们每个人都感觉到了这一点。当我坐在运动场边的榆树底下,让成串成串的漂亮辞藻从我嘴里冒出来时,那些小家伙们常常会觉得'这句话非常精彩,这句话非常精妙'。他们也就滔滔不绝地说了起来;他们还带着我那些漂亮辞藻跑开呢。然而,我在孤独寂寞中越来越憔悴。孤独寂寞是导致我毁灭的原因。

"我在一家又一家的屋子里辗转游荡,就像中世纪的修道士掂着念珠讲着民谣故事到处诱骗妇人和姑娘。我是个四处游荡、挨户兜售东西的小商贩,靠讲述民谣故事换取食宿费;我是一个不爱挑剔、容易满足的客人;我经常被安置在最好的房间,睡有四根柱子的大床;而有时候又会睡谷仓里的干草堆。我既不在乎跳蚤,也不反对绫罗绸缎。我非常的宽容大度。我不是什么道德说教家。对生命的短促和种种诱惑,我有十分深切的感受,所以绝不会给别人制定条条框框。然而,我也并非如你们所想象的那样一点也不挑剔,就像你们从我滔滔不绝的言谈中所得出的判断那样。我骨子里多少也暗藏着一些轻蔑与严厉的锋芒。只不过我比较乐于迁就让步。我总是编故事。无论什么事情,我都能从中挖出有趣的东西。一个女孩坐在一家农舍的门前;她正在等人;等什么人?是被勾引了还是没有被勾引?那个校长看见地毯上有一个洞。他总是唉声叹气。他的妻子一边用手指捋了捋她那仍旧很浓密的波浪形头发,一边沉思——等等,等等。频频的挥手,在街口上的犹豫不决,有个人把一根烟头扔进阴沟里——这些全都是故事。可究竟哪一个才是真实的故事呢?我也不知道。因此,我就像把衣服挂在食柜里等着有人来穿那样,把我的辞藻悬挂起来。虽然就这样地等待,就这样地揣想,这儿记录一点那儿又记录一点,我对生活却并不留恋。我可能会像一只蜜蜂一样被人从葵花上拂去。我那持之以恒、点点滴滴地累积起来的哲学,将会像水银泻地一样转瞬之间消失得无影无踪。可是激进而又严谨的路易斯,却在他的阁楼里,在他的办公室中,对那些需要弄清楚的事情形成了一套确定的结论。"

"我正在想方设法往一块编结的线被打断了,"路易斯说,"是你的讥笑,你的冷漠,还有你的美,把它打断了。很多年以前,当珍妮在花园里亲吻我的时候,打断过这条线。在学校的时候,那些喜欢夸夸其谈的小子们总是嘲笑我的澳洲口音,也打断过这条线。'意义就在这儿,'我说;而后心里就立刻感到痛苦的一惊——是因为虚荣心的刺激。'听,'我说,'听那只在无数只脚践踏下引吭歌唱的夜莺;它在征服者和移民者的脚下歌唱呢。请相信吧——'紧接着就一下子被打断了。我总是在瓦砾堆里择路而行。各式各样的光线照射下来,把平平常常的东西映照得斑斑驳驳,稀奇古怪。在这傍晚时分,我们团聚在一起,有酒,有摇曳的树影,有穿着白色法兰绒制服的年轻人携带着软垫从河边走来;然而对我来说,这样一个重叙旧情的时刻,却在人对人所做出的种种丑事、所施加的种种折磨和囚禁的阴影下,变得黯然失色了。我的观念是如此不正常,以致我绝不可能因为一层紫红的颜色而抹煞我的理智不断对我们提出的严厉指责,即使我们都坐在这里的时候也不例外。解决的办法在哪里,我向自己发问,沟通的桥梁在哪里?我怎么做,才能把这些摇曳晃动、令人眼花的幻影组合成一条能把一切贯串为一的线呢?所以我在沉思默想;而你们则在心怀恶意地看着我的噘起的嘴、深陷的面颊和总是紧锁的眉头。

"但是我恳请你们也要注意到我的手杖和我的马甲。我已经继承了一张坚固的红木写字台,摆在一间挂满地图的屋子里。我们的轮船因为它们设备豪华的船舱,已经赢得了令人羡慕的声誉。我们配备了室内游泳池和健身房。现在,我总是穿着白色马甲,而且每当要确定一个约会时,总是先查阅一本袖珍本的书。

"我显示出这样一副狡黠与嘲弄的姿态,目的是希望借此使你们不要注意到我的颤抖,我的脆弱,以及我的特别稚嫩、不加提防的心灵。因为我永远都是最为稚嫩的;最容易天真幼稚地大惊小怪的;我总是最先理解并同情那些使人不自在或者滑稽可笑的事情——不管是鼻子上的一块污迹,还是一颗没有扣上的钮扣。我会为所有的羞辱而痛苦。然而我同样也会冷酷无情,坚硬如石。我搞不懂你们怎么会认为活在世上是一种幸运。当一把水壶里的水滚沸时,当轻风掀起珍妮那污渍斑斑的围巾,使它像蜘蛛网似的飘摆时,你们那些不值一提的兴奋,你们那些孩子似的激动,对我来说简直就是一些抛在怒冲而来的公牛眼睛上的丝织汽船。我要谴责你们。然而我在心里却依恋你们。我愿意和你们一起去经受死亡的烈焰。但是我更喜欢孤身独处。我尽情地享受着金色和紫色的衣服。但我更喜欢越过烟囱纵目眺望;更喜欢看那些猫把长着癞疮的肚皮靠在坑洼不平的烟囱管上蹭来蹭去;喜欢看那些打破的窗户;听那从一个用砖建造的教堂的尖塔上传出的粗哑钟声。"

"我只能看见摆在我面前的东西,"珍妮说,"这块围巾,这些酒渍。这只杯子。这个芥末瓶儿。这朵花儿。我喜欢可以触摸、可以品尝的东西。我喜欢雨化成雪,从而变成可口的东西。而且因为性子直,并且比起你们来更有胆量,所以我绝不会在我的美貌中掺上俗气,免得它会糟蹋我的形象。我狼吞虎咽地把这些东西统统吃下。这些是肉;这些是饮料。我的想象力是肉体的想象力。它的幻影也不是像路易斯的那样的精巧细致、雪白纯洁。我不喜欢你那些瘦骨嶙峋的猫和坑洼不平的烟囱帽。你那屋顶上的差劲的美景叫我觉得反感。穿着制服的男男女女,假发和长袍,圆顶礼帽和漂亮的开领网球衫,还有款式层出不穷的女士服装(我对各种各样的服饰总是格外留心),这些全都使我感到赏心悦目。我和他们形影不离地到处转悠,进进出出,进出于各种房间,各种厅堂,到这儿,到那儿;他们去的每一个地方,所有的地方,我也都跟着去。这个人把一匹马的蹄子举起来看看。那个人总是把装着他个人收藏品的抽屉拉开关上。我从不孤单。我身边总是有大群大群的追随者。我母亲从前肯定迷恋鼓声,我父亲则痴心于大海。我就像一只一路跟在军乐队后面走的小狗,偶尔停下来去闻闻一株树干,嗅嗅一堆黄色的垃圾,然后突然冲过街去追逐一只杂种野狗,接着又抬起一条前腿,专心闻着肉铺里飘来的一缕诱人的肉香。我的广泛交往曾使我到过许多离奇古怪的地方。那么多的男人离开墙根,朝我走过来。我只需把手举一下就行了。他们会箭也似的径直冲向约定的地点——或许是阳台上的一把椅子,也或许是街角上一家商店。你们生活中那些苦恼和分歧,对我来说早已一夜一夜地解决了,有时,坐着吃饭的时候只要在桌布底下碰一碰手指就行了——我的身体变得完全像流动的液体,只要用手指头碰一下,就会化成一滴饱满的水珠,越来越大,颤颤悠悠,闪闪烁烁,在狂喜中滴落。

"当你们坐在桌前写字、算算术的时候,我却坐在一面镜子跟前。就这样,在我那神圣的卧室里坐在镜子前面,我审视着我的鼻子和我的面颊;审视着我那张得太开而露出了牙龈的嘴唇。我仔细地看。我小心地打量。我细心地挑选,黄颜色还是白颜色,色调明快的还是色调暗淡的,线条弯曲一些的还是笔直一些的,究竟哪一种对我来说更为适宜。我一会儿快活多变,一会儿又刻板严肃;有时候一身银白,像一根冰柱一样有棱有角;有时候又全身金黄,像一根蜡烛的火焰一样摇曳生姿。我曾猛烈地奔跑,简直就像是我竭尽全力挥出去的一条鞭子。在那边的角落里,那个人衬衫的前胸原来是白色的;这会儿变成了紫红色;浓烟和烈火包围了我们;经过一场猛烈的大火——然而坐在壁炉前的地毯上,我们几乎从不抬高我们的嗓音,我们就像对着蚌壳似的轻声诉说着心中的秘密,以免卧室里有人会听见;不过有一次我听到那个厨子动弹了一下,还有一次我们误以为闹钟的滴答声是足球在那儿呢——我们变成了骨灰,没有留下一点遗骸,一块没有烧尽的骨头,或一绺头发,以便保存在项链下面的金属小盒里,就像你们的亲友死后留下来的那样。现在我已是头发灰白;现在我已变得十分憔悴;然而在正午时分,在光天化日之下,我却坐在镜子跟前端详我的脸,一丝不苟地审视我的鼻子,我的脸颊,和我那张得太开而露出牙龈的嘴唇。不过,我一点儿也不害怕。"

"从车站到这儿,一路上都有路灯柱子,"罗达说,"而且还有树,但是树叶子还没有把路遮蔽。不过那些叶子也许还是可以把我遮住的。然而我并未躲到它们下面。我是径直走到这儿来跟你们相见的,而没有像我往常那样,为了回避感情的冲动而兜个圈子。不过,这只是因为我已经让我的身体学会耍一个花招。而在内心深处,我仍然没有学会;我怕,我恨,我爱,我羡慕却又鄙视你们,可是我从来没有跟你们快快活活地会过面。我一路上顶住了躲到树荫或者邮筒背后去的诱惑，径直从车站走了过来；即使还隔着老远，我就从你们的大衣和雨伞上看出，你们是怎样依靠不断的偶尔会面来过活的；你们每个人都有使命在身，有派头，有儿女，有权势，有名望，有爱情，有社交圈子；而我在这些方面完全一无所有。我甚至连面孔都没有。

"在这儿这间餐室里，你们看见鹿角和无脚平底的酒杯；看见盐瓶子；看见桌布上的黄色污渍。'喂，侍者！'伯纳德说。'面包！'苏珊说。侍者立刻走过来；他端来了面包。可我却觉得酒杯的杯壁简直就是一座大山，而且我只看到一部分鹿角，还有那个水壶壁上的亮光，仿佛黑暗中的一道裂缝，充满了惊讶和恐怖。你们说话的声音就像森林中的树木吱吱嘎嘎断裂的声音。你们的脸和那上面的坑坑洼洼也是一样。在午夜时分，远远地靠在一个广场的栏杆上，静静地站在那儿，该是多么美好啊！你们身后是雪白的浪花，捕鱼的人们正在天边收网撒网。一阵微风吹拂着原始森林树梢上的叶子。（但是我们现在正坐在汉普顿宫里。）鹦鹉的啼声打破了丛林的寂静。（这里电车正在开动。）燕子在午夜的湖面上点水飞行。（我们正在谈话。）这就是当我们一起坐在这儿时我竭力想去领会的环境。所以我必须在准七点半的时候忍受这汉普顿宫的苦行。

"不过，既然这些小圆面包和一瓶瓶的酒是我需要的，而你们那长得坑坑洼洼的脸也显得非常美丽，还有这块桌布以及上面的斑斑黄渍，这一切绝不会允许理解力的范围越来越被扩大，以致最后（如我梦中所见，在夜间当我的床悬浮起来时，我从大地的边缘落了下去）能够领会整个世界，那么我就只得去把个人的古怪行径彻底分析一下了。我必须在你们缠着我讲述你们的孩子、你们的诗篇、你们的冻疮,或是讲述随便什么你们正在干的或正在遭受的事情的时候,来着手进行分析。不过,我是不会受骗上当的。尽管你们这么引我那么引我,尽管你们又是纠缠又是刺探,我还是会独自穿透这层薄薄的床单,坠入烈焰燃烧的深渊。而你们不会来救我。你们会让我落下去,比古代的行刑者还要残酷,而且你们会在我落下去之后把我撕成碎片。然而有些时候,脑壁会越变越薄,什么念头都能渗透进去;在这些时候我就会想象:我们可以吹出一个巨大无比的泡泡来,让太阳可以在里面上升下沉,我们也可以把蓝色的白昼和漆黑的午夜全都偷到手里,立刻脱身,逃离此时此地。"

"寂静正在滴落,"伯纳德说,"一滴接着一滴。它逐渐凝结在头脑的屋檐上,然后滴落到下面的池子里。永远是独自一人,独自一人,独自一人,——听着寂静滴落,并把它们滴落的声音扫到最远的天边。饱经沧桑,悠然自得地怀着中年的自满,我,这个被孤独毁掉的人,任由寂静一滴接着一滴地滴落。

"但是现在,滴落的寂静把我的脸打得坑坑洼洼,把我的鼻子逐渐冲化,就像一个站在庭院里被雨水漂淋的雪人似的。随着寂静不停滴落,我被彻底消融,变得失去所有特点,几乎跟别人一模一样,难以分辨彼此。不过没有关系。能有什么关系呢?我们吃得不错。鱼,小牛排,酒,早已把自高自大者的尖利牙齿给磨钝了。焦躁不安的心理早已平息了。就连我们当中最爱好虚荣的人,可能是路易斯,也不再在乎别人会怎么想了。奈维尔的苦恼也已不复存在了。让别人去蒸蒸日上吧——

这就是他心里想的。苏珊静听着她所有安然入睡的孩子们的鼻息声。睡吧,睡吧,她低声说。罗达早已把她的那些船摇到了岸边。如今它们究竟是沉没了还是安全下了锚,她已不再操心。我们随时愿意接受这样的说法,即这世界或许对任何人都给予了公平的机会。这会儿我在想,地球只不过是偶然从太阳表面飞出来的一块卵石,而且在宇宙的所有深渊中没有哪里存在着生命。"

"在这片寂静中,"苏珊说,"好像从来不会有一片树叶坠落,或是有一只鸟儿飞翔。"

"好像奇迹已经发生过了,"珍妮说,"生活就滞留在此时此地。"

"因此,"罗达说,"我们再也没有什么可以去活的了。"

"可是,听,"路易斯说,"这世界正穿越在无边无垠的宇宙的各种深渊里。它在轰鸣;被照亮的一小片历史已经不复存在,还有我们那些国王和王后;我们已经消逝;我们的文明;尼罗河;以及所有的生活。我们每个人的一点一滴也已消散无踪;我们灭绝、消失在时间的深渊和无底的黑暗之中。"

"寂静在滴落;寂静在滴落,"伯纳德说,"然而现在你们听:滴嗒,滴嗒;呜呜,呜呜;世界已经在召唤我们回去呢。当我们刚才超越了生活时,有那么一会儿,我听见那怒号的黑暗之风。但随后又是滴嗒,滴嗒(这是钟声);接着是呜呜,呜呜(这是汽车声)。我们登陆了;我们上岸了;我们,一共六个人,正围坐在这张桌子旁边。是对我的鼻子的回忆唤醒了我。我站起身;'战斗!'我喊道,'战斗!'同时回想着我的鼻子的形状,并且用这只汤勺好战地敲打着这张桌子。"

海浪 | 203

"让我们反抗这种没有止境的混乱，"奈维尔说，"反抗这种不可名状的愚蠢吧。当一个士兵躲在树后跟一个女护士做爱时，他比所有的星星都值得钦佩。不过有时候，如果一颗闪烁的星星出现在清澈的天空，就会使我感到世界是美丽的，而我们这些蛆甚至会用我们的情欲把树木糟蹋得丑陋不堪。"

（"可是，路易斯，"罗达说，"寂静仅仅持续了多么短促的一会儿啊。他们已经开始把他们的餐巾摆在盘子旁边，用手抚平整。'谁来了？'珍妮说；于是奈维尔叹了口气，想到珀西瓦尔再也不会来了。珍妮掏出了她的小镜子。她像个艺术家似的察看自己的脸，在鼻子下面扑了点儿粉，接着稍稍考虑一下，就在嘴唇上不深不浅、恰到好处地抹了抹口红。苏珊，瞧着这番打扮感到又鄙夷又害怕，她扣上她的大衣最上面的那颗钮扣，随后又把它解开了。她正准备去干什么呢？去干某件事情，但一定是与此不同的事情。"

"他们都在自己对自己说着，"路易斯说，"'现在正是时候。我还精力旺盛着呢。'他们都在这样说。'我这张脸在无限宇宙的黑影衬托下，一定显得棱角分明。'他们没有把这个话题接着说下去。'现在正是时候。'他们一直在说这句话。'花园就要关门了。'跟着他们走在一起，罗达，就会卷入他们的洪流，也许我们应该悄悄落在后面一些。"

"简直就像有什么事儿要悄悄商量的同谋犯。"罗达说。）

"这倒是真的，"伯纳德说，"而且就在我们沿着这条林荫路走着的时候，我想起一件真实的事情，说的是有一位国王骑着马在这儿的一个鼹鼠丘上绊了一跤。不过，把一个头上戴着个金色茶壶的小小人像摆在那广漠无垠的宇宙中旋转不停的深渊面前，这也显得太奇怪了吧。一个人很容易就能恢复对各种人物的信任,但却不大容易很快就恢复对他头上所戴东西的信任。我们英国以往的历史——一英寸长的光辉而已。那时候人们往自己头上戴个茶壶,就宣称:'我是国王!'不,我是在我们一起走着的时候,想恢复我对时间的感觉,但由于这弥漫在眼前的黑暗,我已经失去了理解力,十分茫然。这座宫殿看上去轻飘飘的,就像一朵在天空中暂时停留的云彩。一个接一个地把国王扶上宝座,戴上冠冕——这只不过是人们头脑里想出来的恶作剧。而我们,这并肩而行的六个人,凭着我们自己身上那种我们称之为头脑和情感的杂乱无章的闪光,能去反抗什么呢,我们该怎样去跟这股潮流进行对抗呢;究竟什么东西才是持久不变的呢?我们的生命也同样是在沿着这些暗淡无光的林荫路,度过一段混沌不明的时间,悄悄地流逝。有一次奈维尔把一首诗塞到我手里。怀着一种突如其来的对永恒的信念,我曾经说过:'凡是莎士比亚懂的东西,我也全懂。'但那样的信念已经一去不复返了。"

"真是又荒唐,又可笑,"奈维尔说,"当我们走着的时候,时间又回来了。这是由一条昂首阔步的狗引起的。机器在转动。岁月使那座大门显得古色古香。现在,与那条狗对照起来,三百年的时间似乎比转瞬即逝的一刹那也长不了多少。威廉王戴着假发骑在马上,而那些宫廷夫人身着用鲸骨撑开的绣花长裙曳过草地。就在我们一起走着的时候,我开始相信欧洲的命运是非常重要的,而且尽管听来似乎仍旧有些荒谬,但确实一切都决定于那次布莱尼姆战役①。是的,在我们一起穿过

---

① 布莱尼姆,德国巴伐利亚西南部一个村庄,1704年英-奥联军曾在这里大胜法国-巴伐利亚联军。

这座大门时,我要宣布,现在正是时候;我现在成了乔治王的忠实臣民。"

"我们顺着这条林荫路往前行走,"路易斯说,"我轻轻地靠在珍妮身上,伯纳德和奈维尔挽着手,苏珊的一只手握在我的手里,我们称自己是小孩子,祈求上帝在我们睡着时保佑我们安然无恙,这实在让人禁不住要掉眼泪。多么甜蜜啊,在一起唱着歌,为了驱除对黑暗的恐惧而拍着手掌,同时有库丽小姐在一旁奏着小风琴!"

"那个大铁门已经关上了,"珍妮说,"时间的利齿已经停止它贪婪的吞食。我们已经战胜了宇宙的各种深渊,用口红,用粉,用薄膜似的手帕。"

"我要抓住,我要紧紧地握住,"苏珊说,"我要牢牢地握住这只手,不管它是谁的手,用爱,用恨;谁的手都无所谓。"

"一种平静的心情,一种超然的心情笼罩着我们,"罗达说,"我们享受着这种暂时的轻松感觉(这种毫无焦虑的平静心情并不常有),同时我们心灵的屋壁也变得透明起来。雷恩①建造的宫廷像一首演奏给大厅里冷淡乏味的听众听的四重奏,样子是个长方形。长方形的上面摆着一个正方形。我们说:'这就是我们的住处。'现在,那座建筑已经可以看见了。几乎没有什么东西留在外面。"

"那朵花,"伯纳德说,"当我们跟珀西瓦尔一起在饭店

---

① 雷恩(1632—1723),英国建筑师,伦敦大火(1666)后,设计了包括圣保罗教堂在内的五十多座教堂,还设计有许多宫廷建筑、图书馆等。参见前面第140页的注释①。

吃饭时插在桌子上花瓶里的那朵康乃馨,现在变成一朵有六枚花瓣的花;它包含着六种生活。"

"在那些水松的映衬下,"路易斯说,"一片神秘的亮光清晰可见。"

"它是经历了很多次痛苦,很多次努力才造出来的。"珍妮说。

"婚姻,死亡,旅行,友谊,"伯纳德说,"城市与乡村,儿女和其他种种;从一个多面体这片黑暗中分离出来;那是一朵具有多重面目的花。让我们停留一会儿;让我们瞧瞧我们造出来的东西吧。让它在水松树的衬托下闪光发亮吧。那是一种生活。就在那儿。它已经消逝了。它已经熄灭了。"

"现在他们渐渐地消失不见了,"路易斯说,"苏珊和伯纳德。奈维尔和珍妮。我和你,罗达,在这座大理石坟墓旁边停了一会儿。我们到底会听到什么样的歌声呢;这几对已经寻找过了坟墓;现在,珍妮伸出她那戴着手套的手指点着,装模作样地看着那些睡莲,而苏珊,她一直爱着伯纳德,这会儿正在对他诉说:'我那毁灭了的人生,我那荒废了的人生。'还有奈维尔,他握着珍妮那抹着樱桃色指甲油的小手,正在湖边,在月光照耀的水边,喊着:'爱情啊,爱情啊';而珍妮模仿着鸟儿的叫声,回答说:'爱情吗,爱情吗?'我们到底听到一些什么歌呀?"

"他们朝着湖边走去,渐渐消失不见了,"罗达说,"他们偷偷摸摸地穿过草地溜走了,但又显得满有把握,好像他们曾请求我们对他们的古老特权大放慈悲——千万别去打扰。心灵的潮水是那样澎湃,那样汹涌;他们不得不抛开我们而去。黑暗淹没了他们的身体。我们到底听到了什么样的歌儿呀——

猫头鹰的,夜莺的,还是雷恩的呢?轮船在轰隆轰隆地航行;电车轨道上光在不停地闪烁;树木在肃穆地摇摆身躯。耀眼的光幕笼罩在伦敦上空。这儿有一位老妇人,正在默默地往回走去,还有个男人,一个晚归的钓鱼人,正拿着钓竿从坡上走下来。任何一点声音,任何一个活动,都逃不开我们的注意。"

"一只小鸟儿向巢里飞去,"路易斯说,"夜睁张着她的眼睛,在入睡之前向那些灌木丛匆匆扫视一遍。它们带给我们的这些纷纭复杂的信息,而且不只是它们,另外还有许许多多的死者,那些曾经在这一带出没过的、这个或那个皇帝统治下的小伙子和姑娘,成年男人和女人,我们该怎么做,才能将诸如此类的信息统统归纳在一起呢?"

"一种沉重的东西融入黑夜,"罗达说,"把黑夜压垮了。每棵树都连着一片阴影,显得非常粗大,但那阴影并不是映在树背后的树影。我们听见一座正处在斋戒期的城市的屋顶上传来隆隆的鼓声,那里的土耳其人正饥肠辘辘,性情变幻莫测。我们听到他们正在像牡鹿长鸣似的尖声叫喊:'开门,开门。'请听那些尖啸的电车,听那些从电车轨道上尖啸而过的闪光物。我们听见山毛榉和白桦树举起它们的树枝,就像新娘让她的丝绸睡衣滑落在地,然后走到门前说:'开门吧,开门吧!'"

"一切都显得富有生气,"路易斯说。"所以今天晚上,无论在哪儿我都听不见死亡的声息。你可能会认为,那个男人脸上的蠢劲,那个女人脸上的衰老,非常之强大,足以抵抗符咒,招来死亡。但是,今天晚上死亡在哪里?一切粗俗不堪的言行,鸡零狗碎的事情,形形色色的事物,全都像玻璃似的纷纷迸碎,融入边缘泛红的碧绿浪潮,浪潮卷携着数不清的鱼儿涌上海滩，消散在我们的脚下。"

"如果我们能够一同攀登高峰，如果我们能够凭高远眺，"罗达说，"如果我们能够凌空而立——可是你，一点点赞扬欢笑的掌声就会使你怦然心动；而我，最讨厌人们嘴上的是非与毁谤，我只信赖孤独和不可抗拒的死亡，因此我们只好分道扬镳。"

"永远分道扬镳，"路易斯说，"我们牺牲了在羊齿草丛中的拥抱，以及在湖边，在坟墓旁，像避免被人发现秘密的共谋者那样恋爱、恋爱、恋爱。但是现在，瞧，就在我们在这儿站着的时候，有一股细浪在地平线上碎裂了。渔网逐渐收了上来。它升到水面上。活蹦乱跳的银色小鱼搅碎了水面。它们跳动着，拍打着，被抛在了海岸上。生活把它的捕获物统统抛到了草地上。有几个人影朝着我们走来。他们是男人，还是女人？他们身上仍然穿着那身像流动的潮水一样模糊难辨的外衣，他们就是穿着这身外衣在水里浸泡过的。"

"现在，"罗达说，"当他们走过那棵树的时候，他们又恢复了正常的形状。他们只不过是几个男人、几个女人而已。他们一脱下浪花的外衣，惊诧和畏惧的感觉就起了变化。同情心又回来了，因为他们出现在月光下，如同一支大军的残兵败卒，我们的影子，每天夜里（在这儿或者在希腊）走上战场，又在每天夜里带着满身创伤和残破的脸回来。现在光线又照到他们身上来了。他们都长着脸。他们变成了苏珊和伯纳德，珍妮和奈维尔，我们认识的人。这是多么令人沮丧的事情啊！这是多么令人不知所措、多么羞愧的事情啊！一阵熟悉的寒战、恐惧和憎恨传遍我的全身，我感到，他们扔在我们身上的那些钩子把我紧紧抓住，拖到了某个地方；还有这些问候，招呼，指头的点点戳戳和眼睛的注视搜索。但是他们只能讲话，而他们一开口说的那些话，那种熟悉的腔调，那种总是跟你的期望背道而驰的内容，和那种总是重新从黑暗中勾起千百件往事的手势，全都让我大失所望。"

"好像有某种东西在摇曳跳动，"路易斯说，"当他们沿着林荫路走过来时，幻象又出现了。又开始夸夸其谈，问这问那了。我对你有什么想法，——你对我有什么想法？你是一个什么样的人？我又是一个什么样的人？——这些又重新在我身上激起一种局促不安的情绪，脉搏跳动加快了，眼睛也发亮了；那种如果没有它，生活就会变得平淡无奇、死气沉沉的个人生存中的全部疯狂劲头，都又出现了。他们来到我们身边。南方的太阳在这座坟墓上空闪耀；我们起身投入那狂暴无情的大海的浪潮。当我们迎接他们——苏珊和伯纳德，奈维尔和珍妮的归来时，愿上帝佑助我们扮演自己的角色。"

"我们的出现好像破坏了什么东西，"伯纳德说，"也许是一个世界。"

"可是我们简直喘不过气来了，"奈维尔说，"我们是如此精疲力竭。我们正陷在一种疲惫不堪和什么也不想干的精神状态，我们现在仅有的渴望是能够重新回到我们当初离开的母亲的体内。除此以外，一切都是乏味的，被迫的，令人厌倦的。珍妮的黄色披巾在眼前的光线中呈现出飞蛾似的颜色；苏珊的两眼显得暗淡无光。我们几乎都跟那条河水难分彼此。只有一截烟蒂是我们当中唯一醒目的东西。我们的全部心情都带着黯淡的色彩，只觉得应当撇下你们，挣脱一切，顺从内心的愿望去独自挤出某些苦水，某些同时也带点甜味的毒汁。但是现在，我们已经精疲力竭了。"

"在我们度过如火的激情之后,"珍妮说,"再没有什么东西可以留下来放到项链上的小铁盒里去了。"

"我仍在打着呵欠,"苏珊说,"我就像一只稚嫩的小鸟,不知满足地渴望得到某种我已错过的东西。"

"走开之前,让我们再停留一会儿吧,"伯纳德说,"让我们在几乎没有旁人的情况下独自在这河边的斜坡上慢慢走走吧。上床睡觉的时间就要到了。人们都已回家去了。现在,望着河对岸那些小店主卧室里的灯光渐渐熄灭,该是多么惬意的事情啊。那儿有一盏——那边儿又有一盏。你们认为他们今天的收入怎么样?刚刚够付房租,付电灯费,买食物和孩子们穿的衣服。而且也只是勉强刚够。这些小店主卧室里的灯光使我们多么深切地体会到:生活毕竟还是可以忍受下去的啊!星期六到了,身上也许刚好有几个能买几张电影票的钱。熄灯之前,他们也许会到小花园里,去瞧瞧那只卧在木板窝里的大兔子。这只兔子是他们为星期天准备的午餐。之后他们就熄灭灯。接着他们就睡觉了。对成千上万的人来说,睡觉只是意味着温暖、宁静和做一些不切实际的梦。'我已经把信,'那个卖蔬菜的人想,'寄给了《礼拜天》日报。假使我在这场足球赛中能够赢五百镑赌注呢?那我们就杀了那只兔子。生活真是愉快。生活真是美好。我已经把信寄了出去。我们将杀了那只兔子。'接着,他睡着了。

"生活在继续。听。那边传来的声音仿佛是车皮正在旁轨上碰撞。那是我们生活中一件接一件事情的恰当衔接。碰撞,碰撞,碰撞。必须,必须,必须。必须走,必须睡,必须醒来,必须起床——这些严肃而宽大的字眼,我们总是装模作样地咒骂它们,同时又总是把它们牢牢地记在心里,离开了它们,我们就只有完蛋。我们是多么敬仰这种如同车皮在旁轨上碰撞、衔接似的声响啊!

"现在,我听见从河的下游远远传来合唱声;那是那些喜欢吹牛皮的小子们的歌声,他们在拥挤的轮船甲板上出游了一整天之后,现在正乘着一辆大游览车归来。他们仍然唱着歌儿,就像他们从前经常做的那样,唱着歌儿,在冬天的夜晚穿过院子,或者在夏天让屋子的窗户敞开着,喝醉了酒,乱砸家具,头上戴着有条纹的小圆帽,当大马车转过拐角处的时候齐刷刷地转过头来;而我那时非常渴望能和他们在一起。

"随着这歌声,随着这打着旋的河水和这隐约可闻的微风的细语,我们正在失去什么呢!我们身上许多小小的部分正在化为乌有。好啦!现在,某种极其重要的东西降临了。我再也支持不下去了。我要睡着了。但是我们必须走;必须去赶火车;必须走着回到车站——必须,必须,必须。我们只不过是几具肩挨着肩、摇摇晃晃地走着的躯体。我只是凭着我脚上的酸痛和两条腿的疲乏而存在着。我们好像已经走了好几个小时了。但走了些什么地方?我记不起来了。我就像一根木头,平稳地顺着一道瀑布滑行。我并不是法官。没有谁要我讲出我的观点。在这种晦暗的光线下,所有的房子和树都是一个模样。那是一个邮筒吗?那是一个妇女在走路吗?车站到了,如果火车把我轧成了两半,我也会在那一边重新连在一起,成为一个整体,成为无法分割的整体。然而,让人不可思议的是,即使在此刻,即使在熟睡中,我的右手里仍然紧紧捏着我到滑铁卢站去的那半张回程票。"

现在,太阳已经沉落。海和天浑然一色,难辨彼此。迸碎的海浪将白花花的扇形水头远远地推过海滩,给那些隆隆回响的岩穴深处送去泛着白光的阴影,然后又携带着叹息般的声响从铺满卵石的海滩上翻滚着撤回。

树木的枝杈摇曳晃动,零零落落的树叶飘落而下。之后,它们就心安理得地躺在地上,等待消亡。灰黑色的光影从那曾经红光闪烁的残破器皿上反射到了花园里。黯淡的阴影使花茎间的通道变得漆黑一片。鸫鸟停止了鸣叫,蛆虫缩回到它那狭小的洞穴里。时不时地,一根发白的空心稻草被风从破旧的鸟巢里刮起,之后落在散布着烂苹果的颜色昏暗的草丛里。工具房墙面上的光影已经消退,有一条蜂蛇皮空荡荡地挂在一只钉子上。房间里各式各样的色彩早已溢出了各自的界限,互相渗透在了一起。那些精致的笔触如今仿佛膨胀起来,显得很不匀称;那些碗橱和椅子的褐色身影也全都融入了一大片朦胧模糊的昏暗中。从天花板到地板,仿佛整个儿地悬垂着一大块摇曳不定的幽暗的帷幕。镜子变得暗淡不清,就像那被悬垂的爬藤掩隐得晦暗不明的洞穴的洞口。

连绵群山的稳固的实体感消失了。在那些已经隐入昏暗、模糊不清的道路之间,飘忽不定的光线投下一些朦胧的楔子似的亮影;但是在那像翼翅一样合拢的群山交汇处,却看不到一丝亮光，而且除了一只鸟儿在寻找一株更僻静的树枝栖身时发出一两声啾鸣，那里唯有一派阒寂。在悬崖峭壁的边沿，同时回响着那穿过森林而来的风的飒飒细语，和那在大海上无数宁静如镜的凹谷里平息下来的潮水的哗哗声。

犹如空中涌起了黑暗的浪潮，黑暗不断蔓延，淹没了房屋、群山、树林，一如汹涌的潮水激荡在一艘沉船周围那样。黑暗冲刷着街道，绕着一些孤单的身影打着旋涡，直到将他们彻底淹没；黑暗把正在盛夏绿叶如盖的榆树浓荫下紧紧拥抱的一对人影掩隐得看不见了。黑暗的潮水漫过了杂草丛生的林间道路，漫过了起伏不平的赛马场的草皮，吞没了形单影只的荆棘树和附在树脚下空空的蜗牛壳。黑暗攀上山坡，沿着倾斜的高地飘荡，直至与嶙峋起伏的群山之巅相汇合；在那些峰巅上，积雪常年覆盖着坚硬的岩石，即使当下面的山谷里奔腾着潺潺的激流，遍地可见黄灿灿的葡萄树叶，还有坐在阳台上的姑娘们用扇子搭着凉棚眺望山上的积雪时，那些积雪也不会融化。而所有这一切，也统统被黑暗的潮水淹没了。

"现在来总结一下吧，"伯纳德说，"现在来向你解释一下我的生活的意义吧。既然我们谁也不认识谁（尽管我想，我曾经在去印度的船上见过你一次），我们可以不用拘束地谈谈。我老是有一种幻觉，好像有个什么东西维持了片刻，有轮廓，有重量，有深度，是完完整整的。这个，就目前来看，好像就是我的生活。如果可能的话，我会把它整个儿地交付给你。我会像一个人采摘一串葡萄一样把它摘下来。我会说：

'拿去吧。这就是我的生活。'

"然而不幸的是,我所看见的东西(这个圆球,里面满是人影),你却看不见。你看见我坐在桌子对面,是一个有点发胖的、上了年纪的人,鬓角已经斑白。你看见我拿起餐巾,把它展开。你看见我给自己斟了一杯酒。而且你也看见在我身后,门一直在开,人来人往的。但是为了让你理解,把我的生活送给你,我必须给你讲一个故事——世上的故事真是太多,太多了——有关于童年的故事,有关于学校、爱情、婚姻、死亡的故事,等等,等等;但却没有一个故事是真实的。然而我们总是像孩子一样,互相讲着故事,而且为了美化它们,我们编造出这些荒唐离奇、五光十色、漂亮好听的辞藻。我是多么厌倦那些故事,多么厌倦那些总是四平八稳、漂漂亮亮地流传下来的辞藻啊!而且,我是多么不相信那些在半张信纸片上勾画出来的整洁利落的生活设计啊!我开始渴望某种简洁的语言,就像恋人们常用的那种,断断续续的字句,含糊不清的字词,好似人行道上拖曳的脚步声。我开始寻求一种设计,更加符合那种确凿无疑地不时出现的屈辱和得意的时刻。在一个风雨交加的日子,躺在一道田沟里,刚下过雨,随后大量乌云飘过来布满天空,有破碎的云块,也有一缕一缕的云片。这时,使我感到愉快的正是那种紊乱,那种高远,那种平静和猛烈。大片的云彩总是变幻不定,事物的运动也是这样;一种险恶的、不吉祥的东西,滚涌而起,显得匆匆忙忙;一时巍然屹立,一时蔓延伸展,一时又突然飘走,踪影全无,而我躺在田沟里,刹那间竟忘掉了一切。那时,什么故事,什么设计,对我来说,连一丝影子也没有了。

"但是眼下,在我们吃饭的时候,让我们把这些场面翻过

海浪 | 215

去吧,就像孩子们翻过几页图画书,而保姆在一旁指点着说'这是一头牛,那是一条船'那样。让我们翻过去几页,不过为了使你觉得有趣,我会在空白的地方添加一点注解。

"最初,有一间育儿室,窗户朝着一个花园,花园再过去是大海。我看见一件发亮的东西——毫无疑问那是一个碗橱上的铜把手。然后,我看见康斯坦布尔太太把海绵举过头顶,挤着它,于是感觉的箭矢从左右两面,顺着脊背,发射下来。从此以后,在有生之年,只要我们还在呼吸,那么每当我们撞在一把椅子、一张桌子上或一个女人身上时,我们都会被感觉的箭矢刺穿——每当我们在花园里漫步,每当我们饮着这种酒的时候,也都是如此。确实,有时候当我路过一所窗户上亮着灯光的村舍,看见里面刚刚诞生了一个婴儿,我竟会想恳求他们不要在那个新生的身体上面挤海绵。接着,是那所花园和那片绿荫如盖、几乎遮没一切的葡萄藤叶子;在绿荫深处犹如火花一样闪烁的鲜花;在大黄叶子底下一只被蛆虫死死缠住的老鼠;在育儿室的天花板上一只嗡嗡、嗡嗡地飞个不停的苍蝇,以及一盘又一盘毫无害处的面包与黄油。这一切全都发生在一个瞬间,但却令人永生难忘。一张张脸若隐若现。奔跑着拐过墙角,'喂,'有个人说,'这个是珍妮。那个是奈维尔。那个是穿着灰色法兰绒制服、系着蛇头皮带的路易斯。那个是罗达。'她有一个水盆,她用它来航行白色的花瓣。哭的那个是苏珊,那天我跟奈维尔正呆在工具房里;我马上就感到我的冷漠的态度被软化了。但是奈维尔没有被软化。'因此,'我说过,'我就是我,不是奈维尔。'这真是一个了不起的发现。苏珊哭了,我跟在她后面。她那被泪水沾湿的手帕,她那因为不如意而哭得像水泵把手似的一起一伏的纤巧肩背,让我觉得浑身不舒服。'这可真是让人受不了。'当我挨着她坐在像骷髅骨一样硬邦邦的树根上时,我说道。就在那时,我第一次意识到世上会有仇敌,它们总在变化,可是永远不会消失;那就是我们一直在反抗的各种势力。让自己被动地任其支配是不可想象的。'那是你走的路,入世,'有人会说,'我要走的是这条路。'于是,我喊道:'让我们去探索吧。'接着就跳起身来,跟苏珊一起跑下山坡,然后就看见那个穿着一双大靴子在院子里登登地走的小马夫。再往下看,透过浓密的树叶,只见那些园丁拿着大笤帚正在打扫草地。那位夫人正在坐着写信。我大吃一惊,呆若木鸡,心想:'我绝不能打搅他们,使那些笤帚哪怕是停住一下。他们扫,就让他们去扫吧。也不能扰乱了那个正在写字的女人的安静。'说来奇怪,一个人竟不能去阻止园丁扫地,也不能去打搅一个女人的安静。因此在我的一生中,他们就一直留在那儿了。这就像一个人在巨石阵[①]一觉醒来,四周被一圈巨大的石头,被那些仇敌,被他们的存在,包围住了。然后一只斑鸠从树林里飞了出来。而我,因为正处在初恋中,就编了一串辞藻——一首描写斑鸠的诗——只有一句,因为我的头脑里开了一次窍,也就是那种使人能够看清一切的突如其来的心明眼亮。然后是更多的面包和黄油,是更多的苍蝇绕着育儿室的天花板嗡嗡地乱飞,在那天花板上闪烁的点点光斑,那些光斑摇曳不定,呈现为乳白色,与此同时有一些手指印似的点点光影洒落在壁炉架的一角,形成一些蓝莹莹的小水池。每天当我们坐着喝茶的时候,我们就会看到这些景象。

[①] 英国南部索尔茨伯利附近的一处史前巨石建筑遗址。

"然而,我们一个个都是互有差别的。蜂蜡——那种敷在脊背上的处女蜂蜡,在我们每个人的身上融化时,全都化成形状各异的斑块。那个穿着靴子在醋栗树丛中跟厨房里的女佣做爱的小伙子的嗥叫;那些晾在绳子上被大风刮得飘起来的衣服;那个躺在阴沟里的死人;那棵在月光下轮廓分明的苹果树;那只满身是蛆的老鼠;那些滴下蓝色小水池的光影——我们的白色蜂蜡受到每一件诸如此类事情的沾染,都会产生各不相同的影响。路易斯憎恶人类情欲的本性;罗达憎恨我们的残酷无情;苏珊无法跟别人相处;奈维尔渴望秩序;珍妮渴望爱情;等等,等等。当我们全都变成互不相关的身体时,我们每个人都遭受了极度的痛苦。

"但是我却避免了这些极端的事情,因而比我的许多朋友活得更为长久,只是有一点发胖,头发斑白,可以说是饱经沧桑,因为使我感到快活欣喜的是生活的全景,而不是某个女人对某个男人说的什么话,即便那个男人就是我自己;那生活的全景不是站在屋顶俯瞰到的,而是从三层楼的窗口看到的。所以在学校里的时候,我怎么会被别人吓唬住呢?他们又怎么可能弄出些事情把我难为住呢?还有那个博士蹒跚地走进小教堂,就好像他是在迎着一阵大风走在一艘战船上,他对着一只麦克风发号施令,鉴于有权势的人总会变得装腔作势——所以我既不像奈维尔那样憎恨他,也不像路易斯那样崇敬他。当我们一起坐在小教堂里的时候,我就记笔记。那里有圆柱、阴影、黄铜祭品,有用祈祷书遮挡着打闹或交换邮票的男孩子;有生锈的抽水机的声音;那个博士嗡嗡地讲着不朽,教导我们应当做男子汉大丈夫;而珀西瓦尔抓挠着他的大腿。我为了编故事做各种各样的笔记;我在笔记本的空白处画出各种人物像，因而显得更为与众不同。下面就是我当时看到的几个人的样子。

"那天，珀西瓦尔在小教堂里目不转睛地看着前方。另外他还有个用手拍打后脖颈的习惯。他一举一动总是显得与众不同。我们每个人也都用手拍打后脖颈——非常不成功。他身上有一种凛然不可冒犯的美。由于他并不早熟，他总是毫无异议地阅读各种专门写来教诲我们的书，并且养成一种非凡的沉着泰然的心理素质（那个出自拉丁语的词儿'*equanimity*'自然而然地冒了出来），使他得以避免了不少丢脸和麻烦的事情；因为有这种心理素质，他把露茜淡黄色的辫子和粉红色的脸蛋看作是女性美的最高典范。正因为这样的循规蹈矩，他后来的趣味变得极其高雅。当然少不了会有一些音乐，有一些奔放的欢乐之歌。透过窗户，少不了也会听见一两支出自某种遽促而陌生的生活的狩猎之歌——一种在群山之中响亮回荡，随后渐渐消失的声音。那些令人惊诧的事情，那些出乎我们意料的事情，那些我们根本无法解释、只觉得近乎荒唐的事情——当我正在想着他的时候，就突然发生了。那小小的观测镜当即失了灵。那些圆柱倒了下去；那位博士也消失不见；我一下子陷入一种突如其来的激动心境。他在跟人赛马的时候摔死了，而当我今天晚上沿着夏夫茨伯利林荫路走来时，那些从地铁车站门口涌出来的无足轻重而面孔又几乎难以名状的人们，还有那许许多多微贱的印度人，那些死于饥饿与疾病的人，那些受欺骗的妇女，那些遭鞭打的狗和哭泣的孩子们——这一切，在我看来全都像失去了亲人一般。他本来应该是公正办案的。他本来应该是去保护弱者的。等到了四十岁上下的时候，他本来是可以去撼动那些有权有势者的。我从未想到世上有何种催眠曲能够把他哄得安然入睡。

"不过,还是让我继续挖掘吧,还是让我用我的勺子从这些被我们乐观地称之为'我们朋友的个性特征录'的形象笔记中掏出另外一个吧。这是路易斯。他坐在那儿,目不转睛地望着那个说教者。他的整个心思似乎全都凝聚在他的眉头上,他的嘴唇紧报着;他的双眼专注,但会在突然之间闪射出嘲笑的光彩。另外,他遭受过冻疮之苦,那是血液循环不良所导致的后果。他经常闷闷不乐,没有好友;有时候,在被别人疏远中,他会偶尔推心置腹地向别人描述海浪是怎样拍打他家乡的海岸的。那个年轻人的无动于衷的眼睛直盯着他那浮肿的关节。是的,但是我们也敏锐地觉察到,他是多么言谈尖锐,多么头脑机灵,多么处事严谨;每当我们躺在榆树荫下装模作样地观看板球比赛时,我们是多么自然而然地渴望得到他那难得给予我们的称赞啊。如同珀西瓦尔的优越受人敬重,路易斯的优越却总是遭人怨恨。他为人古板,多疑,走路的时候高高抬着脚步,样子像一架起重机,然而尽管这样,当时有人传说他曾经用光拳头砸烂了一扇房门。可是,他的那座顶峰实在是过于光秃,过于惟石头可见了,所以这一类的朦胧迷雾简直跟它毫不相称。他身上没有那种使人和人能够互相接近的亲切感。他老是态度冷淡;老是高深莫测;简直就像一个善于故意做出一副一丝不苟的神气来让人望而生畏的学者。我那些华丽的辞藻(比如怎么样描绘月亮)从来没有得到过他的赞赏。另一方面,他却非常嫉妒我对仆役们的应付自如。但这并不意味着他对自己的长处一无所知。那是可以跟他对秩序的尊崇相媲美的。正是因为这一点,他后来才成功了。虽然这样,他的生活却并不幸福。但是,瞧——他躺在我的手掌心上,两眼已经翻白了。有关人们是怎么回事的想法,突然就消失不见了。我要把他放回那个水池,在那儿他将获得荣光。

"下一个是奈维尔——他正仰面朝天躺在那儿,专注地望着夏日的天空。他像一缕飞絮,飘游在我们中间,懒洋洋地逗留在操场上有阳光的地方,从来不用心倾听,也从不表现得疏远。就是在他的影响下,我只顾漫无目的地广泛涉猎,而从来不曾认真接触过那些拉丁文的经典著作;同时从他那儿,我还感染了种种顽冥不化的思想习惯,这些习惯致使我们不可救药地看问题很片面——比如说十字架,我们竟认为它们是罪恶的标志。在他看来,我们在这些问题上的爱憎参半与模棱两可,是不可原谅的背叛行为。那个摇头晃脑、夸夸其谈的博士,在我编过的故事里,他坐在煤气炉旁边摇动着他的裤子背带,在奈维尔眼里,他只不过是宗教法庭的一个工具。所以,奈维尔一反他平时的懒惰,充满热情地研究起了卡图鲁斯、贺拉斯①、卢克莱修斯;的确,他懒洋洋地静躺在那儿,但却全神贯注地专心注视着那些板球队员,同时又用他那像食蚁兽的舌头一样迅捷、伶俐、什么都能逮住的头脑,探究出那些罗马经典文句中的所有曲折奥妙,而且他还要找上一个人,并总是能找到一个人坐在他旁边。

"另外,那些教师的夫人们也会威风凛凛地拖曳着长长的裙裾走过来;这时我们就会飞快地行触帽礼。还有那无边的沉闷,也会无所不包地笼罩一切,令人厌倦地永无变化。永远、永远、永远不会有任何东西用它的鳍划破那一片灰沉沉的汪洋大水。永远不会有任何事情发生,从而消除那沉重得无法忍受

---

① 贺拉斯(65—8BC),古罗马著名诗人。

的厌倦。一个学期接着一个学期地过去了。我们长大了;我们有了变化;因为,不用说,我们都是动物。我们并非无论如何都永远是清醒的;我们自动地呼吸,吃饭,睡觉。我们不只各自独立地存在,而且还会作为无分彼此的混沌一团存在。只要一下,就能把一大马车的小伙子发动起来,出去打板球,踢足球。就像整整一支大军出发去横扫欧洲。我们在公园里,在公共餐厅集会,坚定不移地反对任何竟然想独自存在的背叛者(比如奈维尔,路易斯,罗达)。而且我早已习惯了每当听到一两支清楚可辨的歌曲,比如路易斯唱的,或奈维尔唱的,我就会情不自禁地陶醉于那合唱的声音,那歌声咏唱着那些古老的歌儿,咏唱着那些差不多既没有歌词又没有任何含义的歌儿,在夜晚穿过一个个庭院传送过来;现在,当大小汽车载着人们上戏院去的时候,我们就会听到那歌声依然回响我们的周围。(听;那些小汽车飞快地驶过这家饭店;在河的下游,时不时地响起一阵汽笛,那是一艘轮船正要拔锚起航。)如果在火车上有个旅行商贩请我吸一撮鼻烟,我是会接受的。我喜欢人们那种丰富饱满、简陋无形、亲切温和的,虽然不那么特别优雅灵巧却十分平易而且甚至有点粗俗的面貌;我喜欢呆在俱乐部跟酒馆里的人们的谈话,喜欢那些身上只穿着内裤的矿工们的谈话——那些矿工直率坦荡,毫不做作,除了吃饭、恋爱、钱和好歹还能过得去的日子,没有别的任何追求;我喜欢那些心中没有任何宏大的希望、抱负以及其他诸如此类的雄心壮志的人的谈话;喜欢那种只求把事情做好而毫不装腔作势,等等。我喜欢所有这一切。所以我就加入到他们中间,而奈维尔却会生气,至于路易斯,我完全同意,他准会转身走开。

"于是,我身上那件涂蜡的坎肩毫不均匀、也毫不规则地融化了,它一大块一大块地化了下来,这儿一滴,那儿一滴。现在,透过这层透明的东西,那些美妙的、人类从未涉足过的牧场变得清晰可见了,乍看起来它们是那么的皎洁如月,光辉灿烂;还有那些水边肥沃的低草地,到处都是玫瑰花和藏红花,同时也有岩石和蛇;那种带花斑的毒蛇;有令人为难的,使人绊住和跌倒的东西。有人从床上跳起身,推开窗子;那些鸟儿该以怎样的嘈杂一哄而散啊!你知道那种翅膀突然的拍击,那种惊惶的鸣叫,婉转的啾啁,以及纷扰翻飞;一片喧闹声和呷呀声;而且每一颗水珠都在闪烁,颤动,整个园子仿佛成了一幅零乱不堪、隐约发光的镶嵌画;还没有形成为一个整体;这时一只鸟儿在窗户近旁啾啁歌唱起来。我听到了那些歌声。我注视着那些幻影。我看见了琼们、多萝茜们、米丽安们①;当我走过林荫路,在桥头上停下来望着河水时,我又把它们的名字全都忘掉。接着,从它们当中出现了一两个比较清晰的形象,那些鸟儿正在窗前用青春期的自我陶醉婉转鸣唱;它们在石头上磕碎蜗牛,把它们的尖嘴刺进那软乎乎、稠腻腻的东西里面;冷酷,贪婪,毫不容情;珍妮,苏珊,罗达。她们不是在东部海岸受的教育,就是在南部海岸。她们留起了长辫,现出一副受惊小马驹的样子,这正是妙龄少女们的特征。

"珍妮是第一个羞怯地侧着身子挨近大门来吃糖的。她非常伶俐地一把从你手里把糖抢了过去,不过她的两只耳朵却向后紧贴着,好像她会咬人似的。罗达比较任性——谁也抓不住她。她又胆怯又蠢笨。最先变得像个真正的妇人,纯粹女性化

---

① 琼、多萝茜、米丽安,均为常用人名。

的是苏珊。正是她把那些滚烫的泪水洒在了我的脸上,那滋味既吓人又美妙;这两种特点都有,但又都没有。她天生是诗人崇拜的偶像,因为诗人总是渴望安全;有个人正坐着缝东西,这个人说:'我又是爱,又是恨',这个人生活得既不舒适也不富裕,但却富有某种气质,既高贵又不刻意造作,这正是写诗的人特别向往的那种非常纯粹的完美风格。她父亲披着松松垮垮的晨衣,趿着破旧的拖鞋,慢吞吞地走过一个个房间,然后顺着铺石板的走廊走去。在寂静的夜里,可以听到一英里外一道水墙似的瀑布在隆隆地落下来。那条老朽狗差不多已不能跳到他坐的椅子上了。当她不停地转着缝纫机的轮子时,可以听到那些愚蠢的仆人正在声震屋宇地大声说笑。

"关于这种事,甚至在苏珊一边拧着她的小手帕一边哭喊'我又是爱,又是恨',而我则处在极度痛苦之中的时候,我就提到过。'一个卑鄙的仆人,'我评论道,'在上面的阁楼里大谈大笑。'而这种小小的戏剧性插曲表明,当我们沉浸于我们的生活体验时,常常是多么的没有完全投入。每当处在极度痛苦的时候,旁边总有那么一个好发表议论的家伙在那儿指指点点;这家伙总是悄悄地低语,就像那个夏日的早上在那间外面的庄稼长得快够着窗户的屋子里,他对我悄悄地说:'那棵垂柳就长在河边的草地上。园丁们拿着大笤帚在扫地,那位太太正坐在那儿写信。'这么说着,他就把我引到了一个完全越出我们自己当时的窘境的境界;引到了一个象征的,而且因此也许是永恒的境界,如果在我们的睡觉、吃饭、呼吸,既那么肉欲又那么精神的混乱生活中,果真存在着某种永恒境界。

"河边生着垂柳。我与奈维尔、拉朋特、贝克、罗姆赛、休斯、珀西瓦尔、还有珍妮,一起坐在平坦的草地上。透过那些春天点缀着朵朵绿穗、秋天点缀着点点橘黄的茸茸细叶,我看见小船;房屋;我看见忙忙碌碌、年老色衰的妇女。我把一根又一根的火柴非常醒目地插在草地上,来标示出认知(也许是哲学;也许是科学;也许是我自己)过程中的这个或者那个阶段,在这个过程中,我那无拘无束随意活动的感官末梢,正在捕捉各种朦胧的知觉,转瞬之后再让理智去吸收和消化它们;谐和的钟声;一个骑在自行车上的姑娘,当她骑着车子时,好像把后面遮掩着一片混沌难辨、喧嚣纷扰生活的窗帷的一角掀了起来,那是一种正在我的这些朋友和这棵柳树所构成的圈子外面汹涌激荡的生活。

"只有这棵树抵挡住了我们永恒不断的变化。因为我总是在变,变;我一会儿是哈姆雷特,一会儿是雪莱,一会儿又是陀思妥耶夫斯基某部小说的主人公,我已经忘了他的名字;而且难以置信的是,我曾经在一个学期里从头到尾都是拿破仑;不过主要还是拜伦。有段时间,我一连几星期扮成拜伦这个角色,大步流星地走进房间,一边把手套和大衣扔在椅背上,一边微微地蹙紧眉头。我常常走到书架跟前,再呷一口那神奇的特效药。于是,我就任由我那惊人的排炮似的辞藻纷纷倾泻在某个很不相宜的对象身上——某个现在已婚的姑娘,某个现在已经入了土的姑娘;在每一本书里,每一个靠窗的座位上,都胡乱塞着一张张写给某个使我变成拜伦的女子的信,这些信都不曾写完。因为用别人的文体来写完一封信实在是太不容易了。我曾经激动万分地赶到她的家里;虽然交换了信物,但却没有娶她,无疑是因为要达到那样的感情热度,时机还不成熟。"

"这儿又需要有点音乐了。不是那种狂热的狩猎之歌,珀西瓦尔的音乐;而是一种充满痛苦、发自内心、嘶哑不清的,同时又是昂扬的,像云雀那样清脆、洪亮的歌声,以此来取代这些枯燥无味、愚蠢透顶的描写——这些描写真是太过分的刻意了!太过分的理智了!这样是没法描绘那种转瞬即逝的初恋时刻的。一层紫红色的薄雾笼罩了白昼。瞧瞧在她来之前和来之后,一间屋子的变化吧。瞧瞧外面那些天真无知的人们在怎样赶路吧。他们既看不见也听不见,但是他们仍然一味地往前走。在这样一种喜气洋洋而又沉闷压抑的氛围里活动,一个人对他自己的一举一动该是怎样敏感啊——就连拿起一张报纸的时候,也会敏锐地感觉到有某种黏糊糊的东西黏在了手上。接着出现的是一种掏空五脏六腑的感觉——拉长,编结成蜘蛛网一样的东西,痛苦地缠绕在一棵荆棘上。然后是一阵如同霹雳闪电一般的满不在乎;光亮突然熄灭了;接着,那种巨大的无牵无挂的喜悦感又重新恢复;有一些田野上似乎永远闪烁着绿莹莹的光泽,在破晓时分的亮光中,仿佛呈现出一幅幅纯净的景色——例如,汉普斯台德那边的一片碧绿;而且每个人的脸上都焕发着光彩,好像大伙都在怀着某种心照不宣的微妙的喜悦共同进行什么密谋策划;然后出现的是那种事情已经完满结束的神秘感觉,而紧接着来的是每当她耽搁了回信、每当她爽约不来时才会发生的那种犹如狗鲨鱼的皮那样使人焦躁不安的感觉——那种令人好似万箭穿心一般浑身战栗的感觉。突然出现了一连串令人如坐针毡般难以忍受的疑心,恐惧,恐惧,恐惧——可是如果一个人所需要的不是什么连贯的辞句,而是一声叫喊,一个呻吟,那么煞费苦心地编造出这些连贯的辞句,又有何用?而且会出现许多年过后看到一位正在饭店里脱下斗篷的中年妇女时的那种感觉。

"然而还是回过头来吧。让我们再次假想人生是一种固体的物质,形状像一个球体,我们可以将它捏在手里随意摆弄。让我们假想我们可以编造出一个平淡无奇而又符合逻辑的故事,这样当一件事情被匆匆讲完之后——譬如爱情,我们就可以有条不紊地接着讲另外一件事情了。我说过那里有一棵柳树。它那像瓢泼大雨一样下垂的枝条,它那皱痕斑斑、弯弯曲曲的树皮,给人一种印象,仿佛它置身于我们的想象力之外,但同时又无法抑制我们的想象力,依然被我们的想象力所改变;可是即便这样,它也仍然静止不动地显示着自己,并且具有一种坚定不移的特质,那正是我们的生活所缺乏的。而它所做出的评价,它所提供的标准,正在于此;当我们总是在漂泊变化的时候,它之所以显得是一种尺度的原因也正在于此。奈维尔——譬如说——跟我一块坐在草地上。但是我会问,假如跟着他的目光透过那些柳树枝凝望河上的一条小船,凝望一个正在从纸袋里拿出香蕉来吃的年轻人,每种事物是否会像这一切一样变得清晰明了呢?这幅情景被那么热烈地刻画出来,而且又那么充满他那鲜明的想象力,所以有那么一会儿,我好像也能看到它了;那小船,那香蕉,那年轻人。但随后它就消失了。

"罗达神情模糊地走了过来。如果她穿上一件风飘飘的长袍,肯定可以捉弄任何一个学者,如果她遮住那两只穿着拖鞋的脚,肯定可以捉弄一头正在翻滚着压平草地的驴子。在她那双充满梦幻的、受惊吓的灰眼睛深处,隐约闪现着怎样令人畏惧、并且像火花一样闪射而出的东西啊?即便是像我们这样残酷无情、心怀恶意,我们也还没有坏到那种程度。我们肯定拥有我们最起码的善良之心;或者像我这样,向一个我几乎不认识的人随随便便地交谈是根本不可能的——所以我们该打住,不谈了。正如她所看到的,那棵柳树生长在一片灰暗的荒漠边缘,没有一只鸟儿在那里鸣唱。那些树叶,在她瞧着的时候会变得枯萎皱缩,在她从旁边走过的时候会痛苦地摇曳起伏。那些电车和公共汽车声音嘶哑地在大街上轰鸣而过,它们冲过一块块路石,咆哮着飞驰而去。或许在阳光照耀下,有一根石柱矗立在她的荒漠中的一个小池塘旁边,那里经常有野兽悄悄地前来饮水。

"接着来的是珍妮。她在那棵树的上方闪烁着她的火光。她的样子像一朵皱巴巴的罂粟花,非常狂热,渴望着痛饮干燥的尘埃。风风火火,执拗倔强,从未有过丝毫的冲动,她胸有成竹地走来了。于是就有很多小小的火焰,蜿蜒散布在干燥土地的裂缝上面。她使那些柳树摇曳起舞,不过不是在想象中;因为她根本看不见任何不是实际存在于那儿的东西。那是一棵树;河就在那边;此时是下午;我们正在这里;我穿着我的哔叽呢套装;她全身绿装。既没有过去,也没有未来;只有时间光环中的此一瞬间,和我们的躯体;还有那必然发生的高潮,和那心醉神迷的状态。

"而路易斯,当他小心谨慎地(我绝对不是夸张)把一件雨衣平整地展开,并在草地上躺下来的时候,他就会使人不得不承认他的在场。这真是让人敬佩感叹。我还是具有那样的明智,懂得对他的正直诚实表示敬意;懂得尊重他用那双瘦骨嶙峋的、因为生冻疮而裹着破布的手去摸索研究一颗钻石是否货真价实。我把一盒盒用过的火柴埋在他脚边草地上的坑里。他咧嘴笑笑,用刻薄的口吻责备我的懒散无聊。他那污秽可怜的空想强烈地吸引着我。他的故事中的人物总是戴着圆顶硬礼帽,谈着用十英镑价钱出售钢琴的事。在他描述的背景中,电车总是发出嘎吱嘎吱的声音;工厂总是冒着辛辣刺鼻的浓烟。他经常出没在一些寒酸的街道或小镇上,每逢圣诞节,那里的女人就会喝得酩酊大醉,赤身裸体地躺在床罩上。他的话语就像一座制弹塔上落下来的一滴铅,坠到水里又喷射出来。他找到一个字眼,一个仅有的字眼,来形容月亮。后来,他起身走了,我们所有的人也都站起身走了。但是我停留了片刻,望了望那棵树,而且就在我望着秋天里那如火如荼的黄色树枝的时候,某种沉淀物凝结而成了;我凝结而成了;有一滴东西滴落下来;我滴落了下来——就是说,我从某种已经完结的经验中挣脱出来了。

"我站起身,走开了——我,我,我;不是拜伦、雪莱、陀思妥耶夫斯基,而是我,伯纳德。我甚至把我的名字重复了一两遍。我摇着我的手杖,走进一家商店,买了——我并不是说我喜欢音乐——一幅镶着银色画框的贝多芬画像。这样做,绝不是说我喜欢音乐,而是由于当时整个的人生,它的大师们,它的探险者们,全都以一长列光辉人物的形象出现在我的身后;而我就是那个继承者;我,就是那个延续者;我,就是那个不可思议地被指定为将他们的事业进行下去的人。所以,泪水模糊了我的双眼,与其说是因为骄傲,不如说是因为谦卑,我一边摇着手杖,一边沿着大街仳前走去。翅膀振动的呼呼声已然响起,鸟儿鸣啭啼叫的歌声也已开始;而现在我走了进去;我走进那间房屋,那间枯燥乏味、永不妥协、居住过人的房屋,那个桌子上陈列着它的所有传统、它的各种常用物品、它的成堆成堆的垃圾以及种种珍贵物品的地方。我拜访了那个普通服装成衣匠,他还记得我的叔叔。许许多多的人都被发掘出来，然而他们的面目都不像那几张最基本的面孔（奈维尔、路易斯、珍妮、苏珊、罗达）那样轮廓鲜明，而是模糊不清、特征难辨的，或者说他们的面目特征是那样的变幻不定，以致他们仿佛根本就没有什么面目。于是，羞愧脸红但又同时感到轻蔑，我就在这种赤裸裸的狂喜与怀疑互相缠杂的极其古怪的情况下，承受着这种打击；这种混乱的感觉；这种复杂的、骚动的、突如其来地同时来自四面八方的生活的冲击。而在珍妮相当安闲自得、光艳照人地坐在描金椅子上的那个晚会上，倘若总是不知道接下来该说些什么话，并且弄出一些令人尴尬的冷场，一些像干涸沙漠里的每一粒卵石都非常清晰显眼那样惹人注目的冷场；而随后又说了一些不该说的话，并且自觉好比一根通条似的绝对诚恳，这种诚恳你宁愿换成一堆闪光发亮的硬币，可是又根本做不到——哦，在这样的晚会上，这一切是多么令人丧气！多么令人难堪啊！

"接着，有一位夫人打了一个令人难忘的手势，说：'请随我来。'她把你领进一间隐秘的斗室，让你有幸跟她亲密地相处。称呼由姓氏改成了教名；教名又改成了昵称。关于印度、爱尔兰或摩洛哥究竟该怎么办？上岁数的绅士们全身盛装，站在枝形吊灯下面回答着这些问题。你会发现自己令人惊奇地知道了许多事情。在户外，那些没有什么差别的队伍正在高声歌唱；在屋里，我们却非常隐蔽，非常直率，确确实实有一种感觉，那就是在这儿，在这间小小的屋子里，我们尽可以把这一天看作一个星期当中的任何一天。比如星期五或者星期六。一层外壳覆盖在脆弱的心灵上，像珍珠似的，光彩闪闪，激情的利啄拿它毫无办法。这层外壳在我身上形成得比大多数人都要早。我不久就可以在别人已经吃完水果的时候削我的梨了。我就可以在周围一片沉默时从容地说完我的话了。也就是在这段时期,尽善尽美具有一种诱惑力。你会认为,借助在右脚脚趾上拴一根绳子,从而早一些起床的办法,可以学会西班牙语。你在自己约会手册上的那些小格子里填写上,八点钟吃早餐;一点半赴午餐会;等等。你把你的那些衬衣、短袜、领带摊放在你的床上。

"然而,这种过分的一丝不苟,这种有条不紊的军事般的进程,完全是一种错误;是一种贪图便利行为,一种谎言。甚至是当我们身着白色坎肩,礼节周全地在约定时间按时到达的时候,这种行动的下面也总是潜藏着一些东西,总是涌动着一股由破碎的梦境、摇篮曲、大街上的叫喊、不完整的语句和种种情景——一些榆树,一些柳树,正在扫地的园丁,正在写信的女士——汇成的潜流,这股潜流即使在我们扶着一位太太去赴宴会的时候也会不断地起伏隐现。就在你那么一丝不苟地把桌布上的刀叉摆放整齐的同时,会有无数张面孔装扮鬼脸。没有任何东西是你可以用勺子捞起来的;没有任何东西是你可以称之为一件大事的。但是这股潜流,却是存在着、潜藏着的。当我沉浸在这股潜流中的时候,我就会在一句妙语和另一句妙语之间停顿下来,目不转睛地观察一个也许插有一枝红花的花瓶,同时为某个道理、某个突然的新发现所沉迷。或者,当我正在斯特兰德大街散步时,我会忽然说:'这正是我所需要的辞句,'因为有一种美丽的、犹如传说中的幻影似的鸟儿,鱼或者边缘火红的云朵突然出现,一劳永逸地将某个总是缠绕着我的念头圈围起来;随后,我就一边重新兴致勃勃地浏览摆在商店橱窗里的领带和别的各种东西,一边匆匆地向前走去。

"那生活的结晶,那生活的圆球——就像我所称呼的那样,摸上去绝不是坚硬的、冰凉的,而是包裹着若干层薄薄的气膜。如果我对它们进行挤压,它们就会马上全部爆裂。我从这口大锅里完完整整提炼出来的无论什么语句,都只不过是连成一串的六条小鱼,它们被我捉住了,而千百万条别的鱼却在噗通噗通地跳跃,致使这口大锅里的东西像滚沸的银水似的沸腾不已,并且纷纷从我的手指缝里溜走。一张张面孔重又浮现出来,一张张面孔,一张张面孔——他们把他们的美丽容貌紧贴在我的气泡壁上——奈维尔,苏珊,路易斯,珍妮,罗达,以及千百万别的人。真是很难把他们有条不紊地排列整齐;很难把其中的某一个单独分离出来,或是把总体的效果讲述出来——这就又像是在谈论音乐。这是多么美妙复杂的一曲交响乐啊,包含着和谐音与不谐和音,包含着高音部和复杂的、时而低沉时而昂扬的低音部!每个人都在演奏他自己的曲调,用小提琴、长笛、小号、鼓或者随便什么其他的乐器。奈维尔的曲调是:'让我们来谈谈哈姆雷特吧。'路易斯的,是科学技术。珍妮的,是爱情。随后忽然间,在一阵愤怒情绪的冲动下,跟一个性情温和的男人一起到坎伯兰①,在那儿的一家小客栈呆上整整一星期,不停的雨水沿着窗户玻璃流淌下来,而且每顿饭吃的除了羊肉,羊肉,还是羊肉。尽管这样,这个星期仍然是未被记录下来的激情旋涡中一块坚固的里程碑。就是在那时,我们玩了多米诺骨牌;就是在那时,我们为老得咬不动的羊肉而发生了争吵。那时,我们曾在荒野上漫步。后来,一个在门口探头探脑的小女孩把那封用蓝色信纸写的信交给我,从那封信我得知那个曾经使我成为拜伦的姑娘即将嫁给一

---

① 英格兰原来的一个郡。

位乡绅。一个穿着带护腿高筒靴的男人,一个总是拿着鞭子的男人,一个经常在饭桌上大谈肥胖阉牛问题的男人——我冷嘲热讽地大声叫嚷着,同时又仰望着天上快速漂游的云块,痛感到我自己的失败;意识到自己渴望自由;渴望逃避;渴望受到束缚;渴望有个了结;渴望继续下去;渴望成为路易斯那样的人;渴望保持我自己;而后我就披着雨衣独自走了出去,在永恒的群山下面感到自己脾气太坏,一点也不值得崇敬;后来就回到住处,抱怨羊肉,打起行囊,并就此又重新回到那旋涡之中;回到那痛苦的磨难之中。

"然而,生活还是令人愉快的,可以忍受的。星期一后面跟着星期二;然后是星期三。精神上的年轮增加了;个性变得坚定了;痛苦被年龄的增长吸收了。开开合合,合合开开,越来越嘈杂,越来越坚定,青春的匆忙和狂热全都被发动起来,进行运转,以致整个生命似乎都在不停地扩张收缩,就像一座钟的主发条。从一月到十二月,生活的流水流逝得多快啊!我们被事物的激流卷携着,那些事物是那么司空见惯,从不留下任何阴影。我们不停地漂流,漂流……

"可是,鉴于一个人必须有所跳跃(为了向你讲述这个故事),那么我就在这儿,在这个问题上来个跳跃,于是现在就跳到一个完全是平淡无奇的话题上——比方说拨火棍与火钳,那是在那位使我成为拜伦的女士嫁人之后又过了些时候,我借助一个我愿意称她为琼斯小姐第三的人的眼光所看到的东西。她是这样的一位姑娘,每当期望着与你一起吃饭时,她就总是穿着某一套衣服,总是采摘某一种样子的玫瑰戴在身上,而且当你正在刮胡子的时候,她总会使你想到:'稳当点儿,稳当点儿,这可是件乱来不得的事情。'于是你就会问:'她

海浪 | 233

对待小孩子们如何？'你会注意到，她使用她的那把雨伞时显得有那么一点手脚笨拙；然而，当一只鼹鼠被夹子夹住时，她却显得很有头脑；而且最后一点，她不会让早餐吃的面包（我一边刮着脸，一边想着婚后生活中那没完没了的早餐）总是平淡乏味——要是吃早餐的时候坐在这位姑娘的对面，看见一只蜻蜓停在面包上，那你是绝对不会感到吃惊的。另外，她还激起了我飞黄腾达的愿望；同时她也使我充满好奇地去打量从前一直觉得讨厌的新生婴儿的面孔。于是你头脑中脉搏的那种细微而有力的搏动——突突，突突——便呈现出一种非常庄重的节奏。我徜徉在牛津大街上。我们是延续者，我们是继承者，我一边说，一边想着我的那几个儿女；而且即使这种心情浮夸到了荒谬绝伦的地步，你需要通过跳上一辆公共汽车或是买一份晚报来加以掩饰，它也依然是你炽热激情中的一个古怪的因素，怀着这种心情你系好自己的鞋带，怀着这种心情你现在写信给那些正在从事各种事业的老朋友们。路易斯，那个阁楼栖居者；罗达，那个总是湿淋淋的泉水仙女；他们两个全都否定那些从前对我来说乃是无可怀疑的事情的真实性；全都代表着跟那些在我看来是那么显而易见的事情（例如：我们总要结婚，总要过家庭生活）截然相反的另一面；我为此爱过他们，可怜过他们，而且也深深地妒忌过他们那种不一样的命运。

"从前我有过一个为我写传记的人，他很久以前死了，但是假如他依然怀着他先前那种奉承讨好的感情追踪我的足迹的话，他肯定会在这儿这样写道：'就在这个时期，伯纳德结了婚，买了房子……他的朋友们发现他热爱家庭生活的倾向越来越强烈……儿女们的出世使得增加收入成了他极大的愿望。'这便是传记式的文体，这种文体也确实把那些支离破碎的素材、那些边缘参差不齐的素材拼合在了一起。毕竟,假如你写信息是用'亲爱的先生'来开头,用'您的忠实的某某'来结尾,你就不能对这种传记式的文体吹毛求疵了;你不能瞧不起这些像一条条罗马大道一样穿过我们的纷乱生活的辞句,因为它们迫使我们要像文明人那样,踏着那种警察们所走的缓慢而整齐的步子走路,虽然与此同时你可能会低声嘟囔着随便什么废话——'听呀,听呀,狗正在吠叫呢';'走开,走开,死亡';'不要让我相信世上有什么诚心实意的婚姻吧',等等。'他在事业上取得了一些成就……他从一个叔叔那儿继承了一小笔遗产'——那个传记作者会这样写下去,而且如果一个人总是穿着长裤、系着背带,你也得说说这些事儿,尽管它会诱使你像去采摘黑莓一样劳而无功;诱使你用这些词句去做一些打水漂的游戏。但无论如何你都得说说这些事儿。

"我想说的是,我已经变成了这样一种人,即:我在生活中留下了自己的足迹,就像一个人在田野上踏出了一条小路。我的长筒靴子的左侧已经有点磨损。每当我走进去的时候,房间里就会出现一阵忙乱。'伯纳德来了!'不同的人说这句话的口气又是多么的互不相同啊!有很多很多的房间——因而也有很多很多的伯纳德。有模样可爱但却虚弱的;有身体强壮但却目空一切的;有才华横溢但却冷酷无情的;有涵养颇佳但却特别令人厌烦的——我对此毫不怀疑;有富有同情心但却态度冷淡的;有衣冠不整但却——当走进另一间屋子里时——矫揉造作、老于世故、衣着太过讲究的。对我自己来说,我究竟是个什么样的人却又与此迥然不同;全然不是刚才所说的这些样子。我特别乐意在吃早餐的时候让自己稳稳当当地坐定在面包跟前,面对着我的妻子,鉴于她现在已完全是我的妻子,而绝不再是那个从前每当渴望和我见面就戴着某一种样子的玫瑰花的姑娘了,所以她总是让我有一种仿佛置身在无忧无虑之中的感觉,就像雨蛙蹲伏在一片惬意的绿叶下面肯定会产生的那种感觉。'请递给我……'我会说。'牛奶……'她会这样应答,或者说:'玛丽就要来了……'——对于那些已经把所有时代的一切战利品全都继承下来的人而言,这只是一些简简单单的交谈,而对于那些当时正天天处在生活的高潮之中的人来说,却又并非如此,因为那时每天吃早饭的时候,你会感到生活是完美的和纯粹的。肌肉、神经、肠子、血管,所有这些构成我们生命的线圈和发条,这架机器的不知不觉的嗡嗡运转,还有舌头的伸缩弹动,都在极好地发挥作用。开开合合;合合开开;吃东西,喝东西;有时候还要说说话——整个机器装置似乎就像一只闹钟的主发条,一会儿伸展,一会儿收缩。吐司和黄油,咖啡和熏肉,《泰晤士报》和信件——突然,电话铃非常紧急地响了起来,我不慌不忙站起身,向电话机走过去。我拿起黑色的话筒。我注意到我的脑子从容不迫地调整着自己,准备接受电话传来的信息——没准是(人总是会出现诸如此类的幻想)要你去接受大英帝国国王的邀请呢;我注意到自己非常镇静自若;我发现我那注意力的原子是以多么令人惊奇的活力扩散开来,将干扰物团团围住,吸纳电话里的信息,使它们自己适应新的形势,以致我还没有挂上电话,它们就已创造出一个更为丰富、更为强大、更为复杂的世界,有人邀请我到这个世界上去担当我的角色,而且毫无疑问我肯定会胜任我的角色。我把帽子按在头上,大步跨进一个人口稠密的世界,那些人也都戴着帽子,当我们在火车上、地铁里比肩接踵,碰在一起时,我们就用既是竞争者又是伙伴的目光互相会意地眨眨眼，然后振作精神，怀着许许多多的圈套和诡计去实现那个同样的目的——谋生。

"生活是愉快的。生活是美好的。单单生活的进程就是令人满意的。就拿一个身体健康的普通人来说吧。他喜欢吃饭和睡觉。他喜欢用鼻子吸吸清新的空气，喜欢踏着轻快的脚步走过斯特兰德大街。或者比如说在乡村，有一只公鸡正站在大门顶上鸣啼；有一匹马驹正绕着一片牧场奔驰。总会有些事情等着去做。星期一后面紧跟着星期二；然后是星期三，星期四。每一天都会荡漾起同样的生活涟漪，重复着同样的韵律曲线；给新的沙滩带来一层寒潮，或是缓缓地退潮而不留下一点寒气。就这样，生命的年轮增加了；个性变得坚定了。原来那种匆匆忙忙、鬼鬼祟祟的举动，简直就像把一把谷子撒向空中，任其被来自四面八方的生活的狂野之风刮得东飘西荡，如今已变得有条不紊和秩序井然了，而且抛撒得目标明确——至少看起来是这样。

"天啊，多么愉快！天啊，多么美好！当火车从郊区驶过，我看见那些卧室的窗户上辉映着的灯光时，我肯定会说，那些小店主的生活过得可真是不错。当我站在窗前，瞧着那些提着提包、络绎不绝地拥进城里来的工人时，我就说，多么像一群蚂蚁一样生机勃勃、精神饱满啊！当我看见一些人穿着白色的球裤正在一月份的雪地里追着一个足球奔跑时，我就说，多么结实、多么动作灵活而激烈的四肢啊！现在，由于经常为一些琐碎的事情闹脾气——也许是为那些肉——好像在我们婚后生活那无边无际的宁静中搅起一点微澜，就会非常令人愉快似的，因为我们的孩子快要出世了，让生活产生一些波动会给我们的生活增加乐趣。我在吃饭的时候粗声恶气地说话。我不讲道理地信口胡诌,好像我是一个百万富翁,可以不当回事儿地随便扔掉五个先令;或者好像我是一个本领高强的高空作业工人,故意在一只脚凳上绊了一下腿。直到要上楼睡觉的时候,我们才在楼梯上停止争吵,然后站在窗户跟前,望着那像蓝宝石的内部一样清澈的天空,'赞美上帝,'我说道,'我们无需把这种无聊的议论融合到诗里面。琐碎的话语就已足够了。'因为前景的辽阔及其明澈似乎不会出现什么障碍,而是允许我们的生活伸展开去,越过所有那些鳞次栉比的屋顶和烟囱,一直伸展到一望无际的天边。

"直到陷入那猝然发生的死亡——珀西瓦尔的死。'哪边是幸福?'我自问(我们的孩子已经出世),'哪边是痛苦?'当我走下楼梯的时候,我一边想着那属于我的身体的两半,一边做出一个纯粹的身体性的陈述。同时,我也注意到了房间里的情况;窗帘迎风飘动;厨子哼着小曲;衣橱里的衣服透过半开半掩的橱门露了出来。'再给他(我自己)一点延缓的时间吧。'我下楼的时候这样说道。'现在,在这间客厅里,他就要承受痛苦了。根本不会有任何逃避。'但是仅仅用语言尚不足以表达痛苦。需要大声叫喊,天崩地裂,印花布床罩变得一片空白,对时间和空间的感觉变得迟钝模糊;还需要感到移动的东西完全凝固不动;声音时而显得很远,时而又显得很近;皮肉好像已经绽裂,鲜血好像正在喷出,有个关节猛然抽搐起来——在这一切下面,有某种非常重要的东西显露出来,但是还很遥远,还只能孤独地保存着它。所以我走到外面。我看到了第一个他将再也不会看到的清晨——那些麻雀就像被一个孩子用线拴着的玩具。无动于衷地从旁边观看着事物,而且能够发现它们身上的美——这是多么不可思议啊!还有那随后而来的如释重负的感觉；装腔作势，弄虚作假和虚幻不实，全都消失不见了，一种光亮透明出现了，使得在你走路的时候，你自己一下子销踪匿影，而别的事物一个个全都变得清晰可见——这是多么不可思议啊。'现在还会有些什么别的发现呢？'我说道，并且为了将它紧紧地抓住，我对阅报栏视而不见，继续往前走去，然后瞧着那些画像。圣母像和圆柱，拱门和橙树，全都像创世第一天一样平静，然而它们已经知道了人世间的悲伤，它们就悬在那里，而我目不转睛地望着它们。'在这儿，'我说，'我们不受任何干扰地呆在一起。'而且这种自由自在、无所挂碍，就像是一种胜利，在我的内心激发起强烈的兴奋，以致我即使现在也会时而到那里去，在我的内心重新唤回这种兴奋和珀西瓦尔。但是这种情况不会维持多久。使你遭受折磨的是你头脑里的那只眼睛总在可怕地活跃着——他是怎么摔下去的，他变成了什么样子，人们把他抬到了什么地方；那些人围着腰布，拉着绳子；那些绷带和那些泥巴。随后出现的是一个可怕地猛然涌上来的回忆，既出乎意料，又无法回避——那就是我没有跟他一起去汉普顿宫。这只利爪抓挠着我；这颗利齿撕咬着我；我竟然没有去。尽管他急不可耐地申明这并没什么关系；为什么要打断，为什么要破坏我们之间那持久不变心心相印的时刻呢？——然而，我还是懊丧地反复说，我竟然没有去，而且就这样，我被这些缠磨人的魔鬼赶出了神圣的殿堂，跑到了珍妮那里，因为她有一间房子；一间里面摆着几张小桌子，桌子上凌乱地放着许多小装饰品的房子。在那儿，我泪流满面地进行了忏悔——我竟然没有去汉普顿宫。而她，因为回想起其他一些在我看来微不足道，但对她来说却非常折磨人的事情，就向我解释，每当碰上一些我们没法参与分享的事情时,生活便变得怎样的暗淡无光。另外,没过多久,一个侍女送来一张便条,然后就在珍妮转身去写回信而我则充满好奇地想知道她在写些什么以及写给什么人的时候,我仿佛看见了落在他的坟墓上的那第一片树叶。我看见我们奋力越过当下这个时刻,将它永久地丢在我们的身后。然后我们肩并肩地坐在沙发上,无可避免地回想起别人早已说过的话:'现在的这棵百合花在五月里会开得更为茂盛。'我们曾经把珀西瓦尔比作一朵百合花——而这个珀西瓦尔,我一直希望他蓬乱着头发,颠覆各种权威,跟我相携到老;他已经被百合花淹没了。

"于是,当下这一刻的真诚感消失了;于是,这种真诚变成了某种象征;而我对此根本无法忍受。我们与其让这些百合花的甜蜜的汁液散发出来,并且用各种各样的辞藻将他覆盖起来,还不如亵渎神明地嘲笑一番、议论一番呢,我嚷嚷着说。因此,我便突然沉默下来,不再说话,而珍妮,这个心中既无未来也无远虑,只是全身心地关注眼前这一刻的珍妮,这鞭子只是轻轻地抽了她一下,她往脸上扑了些粉(我就爱她这一点),然后站在门口的台阶上向我挥手道别,同时还用一只手按着她的头发,以免被风吹乱了,正是这个姿势令我对她感到敬重,仿佛它使我们的决心更加坚定了——绝不再让百合花生长。

"我怀着幻想破灭的清澈心情观察着大街上那些卑劣的虚幻景象;它的一座座门廊;它的一扇扇挂着窗帘的窗户;购买东西的妇女身上穿着的黄澄澄的衣服,贪婪吝啬、洋洋自得的神气;裹着羊毛大围巾出来呼吸新鲜空气的老头子;行人穿过马路时的小心谨慎;人人怀有的要继续活下去的决心,而实际上,你们都是些傻瓜和笨蛋,我说,随时都可能有一块瓦片从屋顶上飞下来,随时都可能有一辆汽车突然出事儿,因为要是一个喝醉酒的人手里握着一根棍棒摇摇晃晃地走来走去,根本就没有任何道理可言——如此而已。我就像是一个获准走到后台去的人,一个得以看清那些舞台效果是怎样产生出来的奥秘的人。但不管怎样,我还是回到了自己那个温暖舒适的家里,客厅女仆提醒我要穿着袜子蹑手蹑脚地上楼。孩子正在睡觉。我走进我自己的房间。

"难道就没有一把利剑或者别的什么东西,可以用来摧毁这些墙壁,这个藏身之所,这种生儿育女和藏在窗帘后面的生活,以及日复一日地越来越陷入和沉湎于图书和画册之中的生活吗?真还不如像路易斯那样,为了追求完美而耗尽心血呢;或者像罗达那样撇下我们,越过我们的头顶,飞向荒漠;或者经过成千上万次的选择,最终只选了一个像奈维尔的人;或者还不如做一个像苏珊那样的人,对太阳的酷热或霜打过的草地,又是爱又是恨;或者做一个像珍妮那样的人,诚实无欺,像个动物似的。他们每个人都有自己着迷的事情;他们对死亡都抱有同样的感受;这些都会给他们带来好处。所以,我就一一拜访了我的这些朋友,用手指摸索着试图撬开他们那些紧锁着的小匣子。我手里捧着我的忧伤——不,不是我的忧伤,而是我们这人生的难以理解的答案——依次走到他们跟前,请他们检验。有的人去找牧师;有的人依靠诗歌;而我则依靠我的朋友,依靠我自己的心,在各种辞藻和断简残篇当中,寻觅某种完整无缺的东西——对我来说,月亮和树木中的美还显得不够;对我来说,一个人与另一个人的接触就是一切,然而我感到连这个也是难以捉摸的,因为我是那么的不完整,那么的脆弱,那么难以言喻的孤独。我就是这样坐在那里。

"这是这个故事的结尾吗?一声长叹?海浪的最后一次波动?一条细流流进一道阴沟,汩汩地消失了踪影?让我赶快摸摸这张桌子吧——就这样——由此来恢复我对当下时刻的感觉。一个摆满各种调味品瓶子的餐具柜;满满一篮子圆面包;一盘香蕉——这些都是看了使人感到惬意的情景。然而,如果根本就不存在什么故事,那又怎么可能存在结尾或开端呢?当我们试图讲述生活的时候,它也许根本就不愿意让我们这样来对待它。深夜难以入眠的时候,竟然不能对自己更加克制一些,这似乎颇为不可思议。于是,分门别类也就显得不是那么很有价值了。真是不可思议啊,浪潮的推动力会渐渐消失在一条干枯的河沟里。深夜独坐,就会感到我们似乎已经精疲力竭;我们的这一点水只能勉强淹着那些海冬青的穗穗;我们甚至都无法够着那些稍远一点的卵石,将它们打湿。全都结束了,我们走到了尽头。只能期待着——我整夜都在期待——我们全身再涌起一点活力;我们站起身来,我们把白色浪花似的鬓毛向后一甩;我们步履沉重地在岸上行走;我们决不愿意受到束缚。这就是说,我刮过胡子,洗过脸;没有弄醒我的妻子,独自吃过早餐;戴上帽子,走出家门去谋生了。星期一过后,星期二就来了。

"但是某种疑惑,某种质疑的语气依然存在。当我打开一道房门时,我会惊奇发现人们都在这么忙碌着;当我端来一杯茶时,我常常会犹疑不决,别人要的是牛奶还是糖呢。而现在,当星光经过了千百万年的穿行之后,终于落在我的手上时——我所能得到的只是稍稍打个冷战——仅此而已,我的想象力已经变得太苍白了。可是某种疑惑的心情依然存在。一个阴影从我的头脑中掠过，就像夜间在一所房子里，飞蛾扇动着翅翼在桌椅间飞过。例如，当我在那年夏天到林肯郡①去看望苏珊，而她穿过花园，像一艘半张开风帆的船一样慢慢腾腾，用一个怀孕女人的蹒跚姿态，迎着我走来时，我就想：'事情一直在这样发展，可是为什么呢？'我们在花园里坐下；农场的马车一路掉着干草走了过来；四周是乡间常有的那种白嘴鸦和鸽子的鸣叫声；水果全都罩着网，遮盖着；园工正在翻土。蜜蜂在花丛里的紫色通道间嗡嗡地飞来飞去；有的蜜蜂则一头扎在向日葵那金光闪闪的花盘上。细小的树枝儿被风卷携着掠过草地。这一切是多么富有韵律，而又朦朦胧胧，犹如笼罩在一层雾里面；但是在我看来，却非常可恨，它就像一张网，把你的四肢紧紧地束缚在它的网眼里。她，这个曾经拒绝过珀西瓦尔的人，竟然让自己屈从于这个，屈从于这种被严严实实蒙在里面的生活状态。

"我一边坐在河岸上等火车，一边沉思我们是怎样放弃抵抗，怎样屈从于自然的愚蠢行为的。绿叶葱茏的树林展开在我的面前。由于某种气味或者某个声音对神经的轻轻触动，那个很久以前的幻象——正在扫地的园丁，正在写字的太太——又重新浮现出来。我又看见埃弗顿山毛榉树下的那几个身影。扫地的园丁；坐在桌子前写字的太太。不过，现在我把成年的贡献融进了童年的直觉之中——厌腻和听天由命；对我们命中注定无法回避的事情的领悟；死亡；对种种局限性的认识；生活是怎么比一个人曾经想象的那样更为冷酷无情的。那时，当我还是个小孩子时，就已确切知道世上存在着仇敌了；反抗的需

---

① 英格兰郡名。

要一直激励着我。我曾经跳起身来大声叫喊:'让我们去探索吧!'于是,对这种状态的恐惧便不复存在了。

"那么,现在究竟有些什么状态已不复存在了?麻木迟钝和听天由命。又有些什么有待去探索呢?那些树叶和林子什么也没有隐藏。如果有一只鸟儿飞起来,我决不会再去做诗了——我只会重复我从前看过的东西。因此,如果我有一根手杖,可以用它来指点人生曲线的坎坷曲折,那么这就是人生的最低点;在这儿,它徒劳无益地盘旋在潮水不会抵达的泥淖里——就在这儿,在这个我背靠一道树篱而坐的地方,我的帽檐低低地拉到眉梢,而那群绵羊一个个露出呆头木脑的蠢相,正迈着它们那僵硬、细长的四条腿漠漠地一步步走了过来。然而,如果你在一块足够长的磨石上去磨一把钝刀,就会迸出一些东西——一道尖锐的火光;相反,如果拿到那些通常可见的、既缺乏理性又毫无目的的、混乱一团的东西上去磨,就只能迸出一种仇恨、轻蔑的怒火。我拿起我的头脑,我的生命,这沮丧疲惫、几乎奄奄一息的老朽货,朝着这些漂浮在油腻腻水面上的乱七八糟的鸡零狗碎、枯枝败叶、可恶的破船碎片、残骸朽骨,猛烈地砸了过去。我跳起身来。我喊道:'奋斗,奋斗!'我一遍又一遍地喊着。这意味着努力和抗争,意味着永无休止的战争,意味着不断的破坏和修复——此乃无论胜败如何,每一天都在进行的战斗,此乃全力以赴的跟踪追击。让零乱不齐的树木变得井然有序;让浓荫蔽日的树叶变得疏朗,漏下摇曳的光线。我用一个突如其来的词句便将它们全都网罗住了。我用词句使它们重新现出明晰的形状。

"火车开来了。火车慢慢地驶进车站,在月台旁边停了下来。我赶上了这班火车。所以傍晚就回到了伦敦。多么令人惬意啊,这平淡无奇的气氛和烟草味;一些老太婆提着她们的篮子爬上三等车厢;吸烟斗的声音;在一些小站上,亲友们道别时的互道晚安和明天见,随后就可以看见伦敦的灯光了——既没有青春时代炫目的欣喜若狂,也没有褴褛的紫色旗子,但是无论如何依然是伦敦的灯光;强烈的电灯光高高地亮在大楼办公室里;街灯沿着冷清的人行道依次排列过去,照明灯在街头市场上热闹地闪烁。在我把仇敌暂时赶走的这段时间,所有这一切都我使感到心旷神怡。

"另外,我喜欢看到那种喧闹的人生庆典,比如说在剧院里。在这种地方,一头浑身土色、粗俗不堪的田野上的动物会直立起来,机智多谋、不遗余力地跟那些绿色的树林、绿色的原野,以及那些一边咀嚼一边迈着整齐的脚步往前走的绵羊进行战斗。而且,不用说,灰色长街上的那些窗户也都灯光明亮;一条条地毯横在人行道上;有打扫干净、布置一新的房间,有炉火、食物、美酒和闲谈。两手已经干瘪的男人,耳朵上戴着宝塔式珍珠耳坠的女人,进进出出。我看见一些老人的面庞被世俗的劳累刻满了衰老的皱纹和冷嘲的神色;美貌受到人们的珍爱,所以即使在上了年纪的人身上,它也犹如新生之物;而年轻人又是那样地耽于追求欢乐,以致你会真的认为欢乐肯定是存在的;仿佛草地被修整平坦就是为了这个;大海上荡起微波;沙沙响的树林里雀跃着毛羽鲜亮的小鸟,全都是为了年轻人,为了对生活怀着期望的年轻人。在那里,你可以遇见珍妮和哈尔,汤姆和贝蒂;在那儿,我们互相开着玩笑,吐露着各自内心的秘密;而且每次在门口分手之前,必定会约好再会的日期,在另外一家屋里,根据不同的情况,比如一年中的不同季节而定。生活是愉快的;生活是美好的。星期一过后,来的是星期二,然后紧跟着星期三。

"是的,不过每过一段时间就会出现一点异样。这也许会表现在某一个晚上房间里的某件东西的样子上,比如说椅子的布置。深深地陷在屋角里的一张沙发上,观察,倾听,这似乎是非常惬意的事情。这时,碰巧有两个背对窗户站着的身影来到一棵枝叶纵横的柳树前面。你的心情会有所触动,觉得:'世上的确有一些人,虽然穿的衣服很漂亮,但却没有长一副漂亮脸蛋。'接着,当波纹蔓延开来的时候,出现了一阵冷场,随后那个你本来应该跟她交谈的姑娘会在对自己说:'他老了。'然而她错了。老的并不是年纪;而是说时间的一滴滴落了;现在又是一滴。时间又一次使事物的秩序发生了震荡。我们从葡萄藤架起的拱门下面钻出来,跨入一个更为宽阔的世界。现在,事物的真实秩序——我们永远都有这样的幻想——显得清晰明白了。所以很快地,在一间客厅里,我们的生活做出调整,使自己跟正在庄严地走过天空的白昼保持相同的步调。

"正是因为这个原因,我既没有穿上我的漆皮鞋,也没有找一条还能过得去的领带,而是寻找奈维尔去了。我去寻找我的老朋友,他很早就已认识我了,那时我正是拜伦,正是梅瑞狄斯笔下的一个年轻人,而且又是陀思妥耶夫斯基的一部书里的那个我已经记不起其名字的主人公。我找到他时,他是一个人,正在读书。一张非常整洁的桌子;一张井井有条、平平整整地拉开的窗帘;一把他正用来裁开一部法文版书的裁纸刀——我就想,从来没有一个人在我们初次见到他以后,他的神态或衣着会发生什么变化。在这儿,自从我们第一次跟他见面以后,他就一直坐在这把椅子上,一直穿着这样的衣服。在这儿意味着无拘无束;在这儿意味着亲密无间;在炉火的映照下,窗帘上的一只圆圆的苹果突然脱落了。我们在那儿交谈着;坐着交谈;顺着那里的林荫路漫步,那条林荫路在树下延伸,在那些树叶葱茏、沙沙作响的树下延伸,那些树的枝头上挂着累累果实,我们常常一起踏着这条林荫路漫步,以致环绕在有些树周围的草皮,环绕在某些戏剧和诗歌、某些我们特别喜爱的事物周围的草皮,如今已变得光秃秃的了——这些草皮是被我们杂乱无章的脚步不断践踏而变得光秃的。每当我需要等待的时候,我就看看书;每当我夜间不能入眠的时候,我就从书架上摸索着取下一本书。不断地增长,永无止境地扩充,我的头脑里积累了一大堆说不清从何处而来的东西。我时不时地弄下一大块,也许是莎士比亚,也许是某个名叫佩克的老妇人;我经常一边躺在床上抽着烟,一边自言自语地说:'那是莎士比亚。那是佩克。'——心里翻腾着一种认识他们的确凿无疑感和知识引起的激动心情,这种激动是令人无限欣慰的,尽管又是难以言表的。所以,我们一起欣赏着我们的佩克,我们的莎士比亚;互相比较着各自拥有的版本;让对方的真知灼见使我们各自的佩克或者莎士比亚得到更好的阐明;然后就陷入一阵沉默,这沉默只是偶尔被几句简短的话所打破,如同寂静的大海上时而浮出一片鱼鳍;而后,这片鱼鳍,这个见解,又沉入水中,同时激起一圈细微的、心满意足、舒适惬意的涟漪。

"是的,但是突然间你听见了时钟的嘀嗒声。我们这些一直沉浸在这个世界中的人,开始意识到另一个世界的存在。这是让人痛苦的事情。是奈维尔改变了我们的时间观念。他本来是按照意识中那不受限制的时间来进行思考的,那思绪转瞬之间就能从莎士比亚延伸到我们自己身上,但是如今他拨旺炉火,开始按照另外一个表明某个特殊人物的即将到来的时钟进行生活了。他那宽阔而可敬的思想活动的范围缩小了。他变得警觉起来。我可以感觉到,他正在倾听大街上的声息。我留意到他抚摸一张靠垫时的样子。从亿万人类和所有以往的年代中,他选择了一个人,一个特定的时刻。大厅里传来一个声音。他正在说的话就像一股飘忽不定的火焰,在空气中颤动。我注意到,他正在把某种脚步声从别的脚步声中分辨出来;他正在期待着某种特定的识别标志,而且用像蛇一样敏捷的目光扫了一眼门上的把手。(由此可见他的感觉令人惊讶地敏锐;他一直都在受着某一个人的熏陶。)如此一种专一的热情会排斥其他各式各样的热情,就像异质之物会从一种平静而又活跃的液体中被排除一样。我开始意识到我那混浊不清的天性中充满了沉积物,充满了疑惑,充满了记录在笔记本里的各种辞藻和札记。窗帘上的一条条褶痕变得宁静,肃穆;桌子上的镇纸板变得坚硬起来;窗帘上的缕缕丝线闪烁着光影;所有的东西全都变得清晰明确、客观实在起来,呈现出一副与我毫无关系的情景。于是,我站起身;我离开了他。

"天啊!当我离开那个房间的时候,那些从前有过的痛苦的利爪,是怎样攫住我不放啊!还有那种对某个不在眼前的人的想念。想念谁?开始我也弄不清楚;后来便想起了珀西瓦尔。我已经有很多个日月没有想到他了。现在,要跟他一起大笑,要跟他一起嘲笑奈维尔——这就是我所渴望的,要跟他手挽手,一起大笑着离开。然而,他不在这里。他的位子一直空着。

"非常奇怪的是死去的人常常会在街角、或在梦里突然跳出来，出现在我们面前。

"一阵阵寒冷、刺骨地吹着我的狂风，伴随我穿过整个伦敦，去拜访其他的朋友，罗达和路易斯，因为那天晚上我特别渴望伙伴、安定和交往。我一边爬着楼梯，一边猜想他们之间到底是种什么关系？他们单独在一起的时候到底说些什么话？我想象着她摆弄茶水壶时笨手笨脚的样子。她越过铺着石板瓦的屋顶呆呆地眺望着——这个泉水仙女的身上老是湿漉漉的，幻想和梦境总是搞得她心神不宁。她常常拉开窗帘，凝望着黑夜。'滚开吧！'她常说。'月光下的荒野总是黑漆漆的。'我拉了拉门铃；我等待着。路易斯也许正在把牛奶倒在小碟子给猫吃呢；路易斯，他的两个瘦骨嶙峋的手掌合在一起时，简直就像船坞的两半在剧烈翻腾的水上极其痛苦费力地缓缓合拢，他非常熟悉那些埃及人、印度人，以及那些身穿粗衣、怀揣宝石、颧骨高凸的人讲过的名言。我敲了敲门；我等待着；没有人来开门。我又迈着沉重的脚步走下石头楼梯。我们这些朋友——多么疏远，多么缄默，多么难得互相来往，缺乏了解啊。而我，对我的朋友们来说，也同样是朦胧模糊，一无所知的；就像一个影子，偶尔可以看见一眼，但更多的时候是见不到。人生确实只是一场梦。我们的激情，那只是在寥寥几个人的眼里闪烁过的捉摸不定的幻想，很快就会熄灭，而且全都将消失不见。我回想起我的朋友们。我想起了苏珊。她买了田地。黄瓜和西红柿在她的暖房里长熟。让去年冬天的霜冻冻死的葡萄树，又生出了几片新叶。她脚步笨拙地跟她的儿子们一起穿过了她的牧场。她巡视着那块由一些套着绑腿套的男人照管着的土地，用她的拐杖指点指点一座房顶，一些树篱，一些失修倒塌的围墙。一些鸽子摇摇摆摆跟在她身后，吃着从她那能干的、朴实的手指缝里漏下来的谷粒。'不过,我不再天蒙蒙亮就起床了。'她说。然后想起来的是珍妮——毫无疑问,她正在款待某个新结识的年轻人。他们那惯常的交谈已经到了关键性的时刻。房间里将会弄得光线暗淡;座椅都重新布置过。因为她仍然在及时行乐。从不抱有任何幻想,如同水晶石一般坚硬、清澈,她袒露着胸膛冲向战斗。她不怕那枪刺会把她刺伤。当她额头上的一绺头发变得花白时,她就无所谓地将它混在别的头发里。这样,当人们来埋葬她时,就不会发生如何乱套的事情。人们将会发现一些卷起来的丝带。但是不管怎样,门还是会打开的。是谁来啦?她会一边问,一边起身向他迎来,不慌不忙,就像在那些初春的夜晚,当伦敦那些高楼大厦里的可敬的公民们正规规矩矩上床睡觉的时候,那些楼房下面的树荫几乎不能遮住她的谈情说爱的艳事;而且电车刺耳的声音跟她的快活的喊叫声混合在了一起;当一切本能的快感都已得到满足,她平静下来颓然躺下时,那摇曳起伏的树叶还得遮掩住她的疲乏,和她那美妙的倦怠。我们这些朋友,多么缺少互相往来,多么欠缺互相了解啊——这是千真万确的事实;然而尽管这样,每当我遇见一个不熟悉的人,或是当我在这儿,在这张桌子旁边想方设法要挣脱我所谓的'我的生活'——它并不是我所常常回顾的那种生活,我却不只是一个人;我同时是很多很多的人;我完全弄不清楚我究竟是谁——珍妮、苏珊、奈维尔、罗达,或者路易斯;我也不知道该怎样把我的生活和他们的区分开来。

"在那个初秋的夜晚,当我们又一次聚会在汉普顿宫、一起吃饭的时候,我就这样想过。刚开始,我们都感到特别不自在,因为在吃饭之前每个人都讲了自己的情况,而其他每个顺着通向聚会地点的路走过来的人，身上穿着这样或者那样的衣服，手里挂着或是没有挂着手杖，似乎都跟他所说的情况形成鲜明的对比。我注意到，珍妮瞧了瞧苏珊那双朴实的手，然后就把自己的手掩藏起来；我一边端详着奈维尔，他是那样地整洁和严谨，一边深深感到我自己那被诸如此类的种种辞藻搞得稀里糊涂的生活真的是一团糟。很快他就自吹自擂起来，因为他为自己一直单身一人、独处一室，还有自己所取得的成就感到羞愧。路易斯和罗达，这两个共谋者，这两个在饭桌上密切注意着一切的特务分子，却觉得：'不管怎么说，伯纳德能让侍者给我们把面包端过来——这种交道我们是做不来的。'有那么一会儿，我们仿佛看见那个完美之人的身影出现在我们中间，我们从来没有成功地做到像他一样，但同时又根本无法把他忘却。我们看到了我们本来可以做到的一切；看到了我们已经错过的一切，而且有那么一会儿我们竟嫉妒起他人的应得，就像小孩子们在一块蛋糕，一块仅有的蛋糕切开之后，总是觉得属于自己的那块仿佛变小了。

"尽管这样，我们还是喝了一些酒，在酒的作用下忘掉了我们相互间的敌意，也不再相互攀比了。而且，当饭吃到一半时，我们都察觉到那处在我们身外、与我们格格不入的巨大的黑影正绕着我们向四周蔓延。风声，车轮疾驰声，全都变成了时间的呼啸；于是，我们也急匆匆地向前冲去——冲到哪里？我们又是谁？刹那间我们仿佛消亡了，就像灰烬中的几点残余火星一样熄灭了，只有黑暗在呼啸。我们越过时间、越过历史，消失不见了。对我来说，这种情况仅仅持续一秒钟。我好斗的禀性将它打断了。我用一把汤勺敲打着桌子。如果我能用罗盘来测量事物的话，我一定会那样去做，可是既然我仅有的测量仪器是词语,那么我就创造出一些词语——我已经忘记这一次我究竟讲了些什么。我们成了围坐在汉普顿宫一张餐桌周围的六个人。我们站起身来,一起沿着林荫路走去。在虚幻飘渺的暮色中,如同从某个胡同里不时传来一阵阵笑声的回音,欢悦和情欲又在我的身上复活了。在大门口,在一棵雪松前面,我看见一片灿烂夺目的光芒,奈维尔,珍妮,罗达,路易斯,苏珊,还有我自己,我们的生活,我们的个性。威廉国王好像仍然只是一个不真实的君主,而他的王冠也只是一些华而不实的金箔片。而我们——在这砖墙前面,在这些树枝前面,我们六个人,不知是多少亿万人当中的六个,在无限的古往今来中的当下这一时刻,正在喜气洋洋地焕发着光芒。眼前就是一切;只要拥有眼前就足矣。接着,奈维尔,珍妮,苏珊和我,伴随着一个海浪拍岸,迸碎,消失——接着出现的是一片树叶,一只小鸟儿,一个玩铁环的小孩儿,一只活蹦乱跳的狗,经过了炎热的一天之后积聚在树林里的热气,如同白花花的条纹似的在波荡起伏的海面上摇曳的光线。我们分散开来;我们隐没在黑漆漆的树丛里,撇下罗达和路易斯继续站在那个墓地旁边的平台上。

"当我们从那一阵沉浸——哦,多么甘美,多么深切!——中浮上来,重新回到水面上,看见那两个共谋者仍然站在那里,我们感到有些内疚。我们失去了他们一直保持着的东西。我们打搅了他们。但是我们已经精疲力竭,而且无论是好事还是坏事,无论是大功告成还是半途而废,晦暗的纱幕依然把我们的行为遮掩起来;当我们在俯临河水的斜坡上稍作停留时,光线变得越来越微弱。汽船正在让它所载的游客上岸;从远处传来快乐的欢呼声,传来唱歌的声音,仿佛人们正在挥着帽子,加入最后的大合唱。合唱的声音从水面上传来,我感到,那种已经支配了我整整一生的熟悉的冲动又一下涌了上来,任由别人那高声唱着同一首歌曲的喧嚣声浪将我抛上抛下;任由那几乎毫无意义的欢乐、激动、得意和渴望的喧嚣声浪将我颠上颠下。不过,现在不行。不!我还没法使自己镇定下来;我还没法辨认清楚我自己;我不得不让片刻之前曾经使我变得渴望、入迷、妒忌、警觉的那些事情,以及许许多多别的事情,重新沉到水里。我还没法使自己恢复过来,忘记那没完没了的虚掷光阴、放荡胡闹、不由自主的随波逐流和悄无声息地往前直冲,冲过那些桥拱,绕着一些树丛或一个小岛打漩,冲过海鸟栖息在木桩上的地方,冲过波荡起伏的水面,最后变成海上的浪潮——我还没法使自己从那样的放荡中恢复过来。我们就那样各奔东西了。

"那么,就这样跟苏珊、珍妮、奈维尔、罗达、路易斯混在一起,随波逐流,这算不算是一种死?一种元件的簇新组合?对未来事情的某种暗示?笔记已经潦潦草草地写好,书已经合上,因为我是一个断断续续上课的学生。无论如何,我从不在规定的时间里做我的作业。而后,当我在交通高峰时间走在舰队街的时候,我又回想起了那个时刻;我把它延续下去。'难道我,'我自问,'一定要在桌布上敲打我的汤勺吗?难道我不能也表示赞成吗?'公共汽车堵塞住了,一辆紧跟着一辆开来,然后都咔嗒一声停了下来,简直就像在一串石头链条上又添加了一节石头。人们来来往往地走过。

"这些人形形色色,成群结队,手里提着公文包,敏捷非凡地互相闪避,进进出出,如同一条涨满河水的河,从街上走过。他们闹哄哄地来来往往,就像一列火车正在穿过一条隧道。我抓住一个机会穿过大街;钻进一条昏暗的小巷,步入一家店里去理发。我仰身靠在椅背上,身上罩着一块布。正前方是一面镜子,我可以从镜子里看见我自己被裹住的身子和从旁边走过的行人;很多人都停一停,瞧一瞧,然后又不感兴趣地继续往前走去。理发师开始前后左右地来回移动他的剪子。我感到自己在那个冰凉铁器的震颤下没有一点抵抗能力。我们就是这样被裹着身子躺在那儿理掉了头发,我说道;我们就是这样一个挨着一个地躺在潮湿的草地、枯萎的或者苍翠的枝叶上面。我们再也无须冒着风雪让自己暴露在光秃秃的树篱上了;再也无须在狂风怒号的时候挺着身子支撑着沉重的负担昂首而立了;或者在了无生气的中午,当小鸟在树枝上蹑手蹑脚地移动,而湿气使树叶子泛白的时候,毫无怨言地默默呆在那里。我们已经剪过了头发,我们已经倒了下去。我们已经成为那个无知无觉冷漠无情的宇宙的组成部分,这个无动于衷的宇宙,当我们忙忙碌碌的时候它却在沉睡,当我们入睡的时候它却炽烈地燃烧。我们已经放弃了我们的身份和地位,现在无精打采地躺在这儿,衰萎消亡,并且转瞬之间就会被遗忘!就在这时,我发现理发师的眼角上露出一种表情,好像街上有什么事情引起了他的注意。

"究竟是什么事情引起理发师的注意呢?理发师究竟在街上看见了什么?就这样,我又复活了。(因为我并不是神秘主义者;总是有某些东西吸引着我——好奇、妒忌、钦佩、对理发师的兴趣以及诸如此类的事,都会使我回到现实的层面。)就在他从我的外套上刷掉那些头发茬的时候,我费尽心思要捉摸清楚他这个人;之后,我就摇着我的手杖,走上了斯特兰德大街;我想起罗达的模样,拿她来跟我自己相对照,她总是那么偷偷摸摸的,她的眼睛里总是含着恐惧的神情,她总是在追寻荒漠里的某根圆柱,而且为了寻找它,她已经一去不复返了;她已经害死了她自己。'等一等。'我说道,同时在想象中伸出手挽住她的手臂(我们就是这样跟我们的朋友互相交往的)。'等一等,让这些公共汽车先开过去。千万不要这样危险地横穿马路。这些人都是你的兄弟。'在劝导她的时候,我其实也是在劝导我自己的心灵。因为这绝不是一个单独的生命;而且我也并非总是知道我到底是男人还是女人,是伯纳德,还是奈维尔、路易斯、苏珊、珍妮,或者罗达——一个生命和另一个生命的彼此交融就是这样的不可思议。

"摇着手杖,刚刚理过发,脖子后面有点刺痒,我就这样一路从那些在圣保罗大教堂附近的街上托着盘子兜售从德国运来的廉价玩具的小贩们旁边走过——圣保罗大教堂,这个展开翅膀正在孵卵的母鸡,在高峰时间,公共汽车和川流不息的男男女女就在它的掩隐下往来穿梭。我想象着路易斯会怎样穿着整洁的套装,手里拿着手杖,迈着他那生硬的、甚至有点超然的步伐,登上这些台阶。因为他的澳洲口音('我父亲,是布里斯班的银行家'),我想,比起像我这种听这些老一套的催眠曲听了上千年的人,他准会怀着更大敬意来到这里。每当我走进来时,总会一下就注意到那些磨旧了的玫瑰花饰;那些擦得发亮的黄铜玩意儿;那种胡乱吹嘘,那种一味讨好,同时还会有一个男孩哀诉的声音萦绕在那座穹顶周围,就像一只失群乱飞的鸽子。我也会感受到那种死者安息和宁静的气氛——仿佛战士们正在他们时间久远的旌旗下面休息。接着,我会对那种装饰着浮华而荒唐的旋涡形纹饰的墓碑嗤之以鼻;我会嘲笑那些号角、凯歌和盾形徽章,嘲笑那种大吹大擂地反复宣讲的所谓绝对肯定的复活或永生。那时,我那游移不定而又充满好奇的眼神,表明我是一个满怀敬畏的孩子;一个拖着脚步、蹒跚而行的领取抚恤金的老人;或是就像那些女店员,天晓得她们瘦弱可怜的胸膛里正怀着一些什么样的隐忧,在交通高峰时间,她们会用自己的虔诚顶礼来安慰自己。我徘徊,张望,疑惑,有时候甚至想悄悄地依附着别的什么人祈祷的飞箭,冲上穹顶,冲破出去,飞向远方,飞向那些祈祷之箭飞往的任何一个所在。然而,随即我就发现自己变得衰弱了,就像那因为失群而哀鸣的鸽子,扑扇着翅膀向下坠落,怀着诙谐、疑惑的心情落在某个奇形怪状的雕像上,某个用旧了的管口或荒谬可笑的墓碑上;之后,我又开始观看起那些带着导游手册慢腾腾地走来走去的观光客来,与此同时那个男孩的声音回旋在教堂的穹顶下面,管风琴也时不时短暂地纵情奏出一些笨拙的欢悦音调。那么,我问自己,路易斯怎么可能把我们所有人全都庇护起来呢?他怎么可能用他的红墨水、用他那极细的笔尖,把我们统统圈住,使我们融合成为一体呢?那些如怨如诉的乐声在穹顶下面渐渐消失了。

"就这样,我又回到大街上,一边摇着手杖,瞧着文具店橱窗里的铁丝公文夹,打量着一筐筐从海外殖民地运来的水果,低声哼着'皮利考克坐在皮利考克小山上',或者'听,听,狗在吠叫',或者'这个世界的伟大时代又要开始了',或者'走开,走开,死亡'——把随波飘荡的诗和胡言乱语搅混在一起。永远都会有一些事情等着你去做。星期一后面跟着星期二;然后是星期三,星期四。每一天都会激起同样的微澜。生命就像树一样会生长年轮。就像一棵树,叶子总会落地。

"因为有一天,正当我俯身斜靠在一道通向田野的门上时,韵律突然停顿了下来;韵脚与吟唱,胡言乱语和诗歌。我的意识里出现一片空白。我透过浓密的树叶看见了习惯。斜靠在大门上,我心中悔恨着那么多杂乱无章的事情,那么多不如意和彼此分离,因为你甚至没穿过伦敦去看望一位朋友,生活竟是那样充满着形形色色的束缚;你甚至也没法乘坐轮船去印度,并且看看一个光着身子的人怎样在湛蓝的海水里拿着鱼叉刺鱼。我说过,生活从来都不是完美的,就像一句未曾说完的话。尽管我可以从在火车上相遇的任何一个推销员手里接受一点鼻烟来吸吸,我却根本没有可能保持连贯一致性——那种对世世代代的人们、对带着红色水罐走向尼罗河畔的女人、对在征服者和移民们当中鸣唱的夜莺的认知。我说过,那是一项巨大的事业,我怎么能连续不断地举步攀登这个阶梯呢?我对自己这样讲,就像有人会对一个一起远航到北极去的伙伴讲话一样。

"我曾经讲到那个在很多次惊人的历险中始终伴随着我的自我;那个在所有人都已上床睡觉的时候,仍然坐在炉火前、用拨火棍捅着炉灰的忠心耿耿的人;那个一直都是那么神秘的人,他总是怀着突然增长了自尊心,坐在一座山毛榉树林中,坐在河畔的一棵柳树旁,俯身在汉普顿宫的阳台栏杆上;那个总是能在紧要关头保持镇定,用汤勺敲着桌面,说着'我不同意'的人。

"现在,当我俯身斜靠在这道门上,望着眼前五色缤纷波荡起伏的田野,这个自我却没有任何回应。他没有做出任何反驳。他也不想开口说话。他拳头还没有握起来。我等待着。我倾听着。什么也没有来临,什么也没有。于是我哭了起来,突然之间坚信自己已经被完全抛弃了。现在是什么也没有。没有一片鱼鳍来搅碎这无边无际的汪洋大海。生活已经把我给毁了。当我说话的时候,既没有附和的声音也没有反驳的声音。这是比朋友的死、青春的死更为真实的死。我就是那个在理发店里被紧紧包裹起来只占那么一点点空间的躯体。

"我眼前的景色失去了生气。那就像日光隐没时所发生的日蚀,使得本来洋溢着繁茂的夏日浓绿的大地了无生气,显得脆弱而又虚假。而且,我还在一条尘土飞扬的蜿蜒曲折的大路上看见我们形成的那个小团体,看见他们怎么结伴而来,怎么在一起吃饭,怎么在这间房子或那间房子里聚会的情景。我还看见我自己那不知疲倦忙忙碌碌的样子——从这个人身边急匆匆地赶到另一个人身边,干杂务,当听差,出门远行,返回家中,一会儿加入这个团体,一会儿加入那个团体,在这儿亲吻某个人,在那儿又抽身回避;经常为了某种特别的目的而紧紧盯着这些事情,鼻子一直嗅着地面,就像一条正在追踪猎物的狗;偶尔也会把头抬起来,或是偶尔发出一声惊诧的、绝望的叫喊,随后就又重新嗅着鼻子追踪起猎物来。多么杂乱无章、多么混乱不堪的一大堆事情啊;这里有诞生,那里有死亡;有丰富多彩甜蜜快乐的事情,也有费尽心力痛苦烦恼的事情;我自己就这样总是在忙忙碌碌,到处奔波。现在,这一切都已经结束了。我再也没有胃口去狼吞虎咽了;再也没有毒刺可以刺别人了;再也没有锐利的牙齿和抓攫的双手,也不再渴望去触摸那些梨子、那些葡萄,以及从果园的围墙上折射下来的阳光了。

"那些树林消失不见了;大地笼罩在一片阴影之中。没有一息声响打破这冬天一般的景色。没有公鸡啼鸣;没有炊烟升起;没有火车驶过。一个没有自我的人,我这样说。一个斜靠在门上的笨重的躯体。一个死去的人。怀着无动于衷的绝望,怀着全部破灭的幻想,我眺望着那团飞扬的尘土;我的一生,我的朋友们的一生,以及那些反复存在于传说中的人,比如拿着扫帚的男人,正在写字的女人,河畔的柳树——这些也全都是由飞尘所形成的云雾和幻影,那飞尘不停地变动,如同云雾一样消长不定,辉映着金黄或鲜红的色彩,失去它们的最高顶点,时而飘荡到这边,时而飘荡到那边,变动无常,虚浮不定。而我,带着笔记本,编着辞藻,记录下来的只不过是一些变幻;一个阴影。我一直在孜孜不倦地做着有关阴影的笔记。我说过,如果没有一个自我,没有分量也没有形象,那么叫我现在如何在一个没有分量、没有幻想的世界继续活下去呢?

"我的沉重的绝望心情压开了我正斜靠着的这道门,并且推动着我这个年纪已老、四肢笨拙、头发灰白的人,走过这没有生气的、空荡荡的田野。再也听不到任何回应,再也看不到任何幻象,再也不会招来任何反驳,只有永远无遮无拦地行走,在死气沉沉的大地上留不下任何印记。甚至,只要有一只绵羊一边大声咀嚼着草,一边一步一步地往前移动,或者有一只鸟儿,或者有一个人正在用铁铲掘地也好,只要有一丛荆棘把我钩住,或者有一条土沟,里面潮糊糊地淤满了被水浸泡过的树叶,害得我失足掉了下去也好——但是都没有,只有一条令人伤感的小径在平地上向前伸延,一直通向这同一片风景的愈加寒冷、苍白而且单调、乏味的景色。

"那么在日食过后,阳光是怎样重新回到世界上来的?它既令人惊叹,又显得脆弱。只是无数条朦胧的光带。它就像一个玻璃笼子似的悬挂在空中。它是一个被小罐子一碰就断裂的圆箍。那里面出现了一团火花。紧跟着是一片暗褐色的光彩。然后出现了一团雾气,仿佛大地正在开天辟地头一次进行呼吸,一次,两次。接着,在一种沉闷的气氛中,有人提着一盏绿灯走了过来。随后有一团像白色幽灵似的稀薄烟雾缭绕散去。树林摇荡起来,呈现出蓝色与绿色的光影,同时那一片片田野渐渐地浸透了红色、金色和棕色。忽然,有一条河染上了一片蓝光。大地像一块海绵缓慢地吸收水分一样吸收着色彩。它变得凝重,变得圆鼓鼓的;悬挂在空中;就在我们的脚下不停地旋转和安顿。

"于是这片风景又回到了我的眼前;于是我又看到了那些田野上的彩色缤纷、波浪翻滚,只是现在有一点不同;我看到了,却没有被别人看到。我无遮无拦地行走;却没有任何人欢呼我的来临。那种往日的伪装,那种昔日的回应,都已离我而去;还有那只能反射声音的凹陷的手掌。朦胧得犹如一个幻影,无论我走到哪里都留不下任何足迹,只是能有所领悟而已,我独自一人漫游在一个从未涉足过的簇新的世界;擦过一些崭新的花朵,除了能说一些小孩子使用的单音节的只言片语,别的什么也说不了;我曾经编织过那么多漂亮的语句,现在却已失去了语句的庇护;我一直都在跟与自己趣味相投的人结伴交游,现在却变得无人为伴;我一直都有人跟我一起共享那掏清了炉灰的火炉,或是那装饰着金灿灿的搭环的食橱,而现在我却变成了孤家寡人。

"但是,该怎样描绘那在失去自我的情况下所见到的世界呢?找不出任何字眼。蓝色、红色——就连这些也常常使人迷惑,就连这些也掩藏在迷雾之中,而不是明亮透彻。该怎样用清晰有力的字眼重新描绘或述说任何事物呢?——除了它正在逐渐衰萎,除了它正在经历一次渐渐的变化,就连在一次短短的散步过程中,也都是习以为常的——而且总是这样一幅景象。当你向前走着,每一片树叶都在重复着其他树叶的形象,茫然的感觉就会重新出现。当你带着一连串虚幻的辞藻留神察看时,美好的感觉就会重新出现。你呼吸着实实在在的东西的气息;在下面的山谷中,火车正驶过田野,喷出的煤烟犹如低垂的耳朵。

"但是有那么一会儿,我坐在那片高踞在大海的浪潮与树林的呼啸之上的草地上,看见了那所房子,那座花园,以及那迸碎的海浪。那位正在一页页地翻着画册的老保姆已经停了下来,并且说:'瞧吧,这就是真相。'

"当我今夜沿着夏夫茨伯利大街走来时,我就这么想着。我正在想着那本画册当中的一页图画。当我在人们挂外套的地方与你相遇时,我对自己说:'无论我遇上的是谁都无关紧要。生命这件微不足道的事情已经全部结束。我不知道这个**生命**究竟是谁;我也不操这份心;反正我们要在一起进餐。'因此我挂好我的外套,拍拍你的肩膀,说:'请跟我坐在一块儿吧。'

"现在饭已吃完;我们周围丢满了果皮和面包屑。我已经试着把这一串删下来递给你;然而我不知道,这里面究竟有没有什么实质性的、真实的东西。我也不清楚我们究竟是在什么地方。这片天空俯瞰下的究竟是哪一个城市?我们正坐在这里的这座城市究竟是巴黎、伦敦,还是某个散布着粉红色房屋的、有柏树荫庇、有兀鹰翱翔的高山俯瞰的南方城市?现在,我可是一点也吃不准。

"现在我开始遗忘事情了;我开始怀疑这些桌子是否稳

定,此时此地是否真实,而且我还用我的指关节使劲地敲着那些很明显非常坚固的东西的边边角角,说:'你是坚硬的吗?'我曾经见过那么多各式各样的事物,曾经编织过那么多各种各样的词句。我曾经迷失在吃和喝的过程中,迷失在揉擦我的眼皮,那层薄薄的、坚硬的、包裹着灵魂的外壳,这层外壳在一个人年轻时,总是把你严严实实地封闭起来,——因此才有年轻人的那种狂热,和他们永不悔恨的嘴巴的呱嗒、呱嗒、呱嗒。而现在我要问:'我是谁?'我一直在谈伯纳德、奈维尔、珍妮、苏珊、罗达和路易斯。我是他们全体吗?或者,我只是其中之一,而且与众不同?我不知道。我们一起坐在这里。只是现在珀西瓦尔已经死了,罗达也已经死了;我们被彼此分开;我们已不在这里。可是我却找不到任何一个把我们分开的障碍。我和他们之间没有任何间隔。每当我与人交谈的时候,我会感到'我就是你'。这种我们那么看重的彼此之间的差别,这种我们那么狂热地珍爱的各自的个性,均已经被克服。是的,自从年迈的康斯坦布尔太太举起她的海绵,把热水浇在我的身上,使我浑身充满了情欲的那个时候开始,我就一直是多愁善感、观察敏锐的。这儿,我的额头上有我在珀西瓦尔坠马而死时所受到的打击。这儿,我的后颈上有珍妮送给路易斯的亲吻。我的眼睛里噙满了苏珊的泪水。我从很远的地方看见罗达曾经看见的那根像一条金线一样颤动的圆柱,并且感觉到当她跃起飞翔时所带动的那一阵儿疾风。

"所以,当我在这儿,在这张桌子旁边,想用我的双手来塑造我一生的故事,把它作为一个完整的东西摆在你面前,我就不得不去回忆那些早已消失远去、深深隐没、渗透在这个人或那个人的一生之中并成为其构成部分的种种事物;还有那些梦幻,那些包围着我的种种事物,以及那些居民,那些熟悉的说话不甚连贯的幽灵,它们夜以继日不停地出没;它们在睡觉的时候辗转反侧,它们时常发出慌乱的叫喊,当我想要逃走时,它们会伸出无形的手指,将我紧紧攫住——它们是你很有可能会成为的那些人的幻影;是没有诞生的那些自我。另外,还有那个老畜生,那个野蛮人,那个浑身长毛的男人,他用手指拨弄那些成串的内脏;而且还狼吞虎咽,直打饱嗝;他说起话来瓮声瓮气,发自肺腑——是的,他就在这里。他就盘踞在我的体内。今晚,他一直在尽情地吃着鹌鹑、色拉和杂碎。现在,他的爪子正举着一杯醇美的陈年白兰地。他浑身斑纹,哼哼呜呜;当我呷一口白兰地时,他就会使我的脊梁骨从上到下感到一阵阵暖洋洋的刺激。真的,吃饭之前他洗过手,但是它们仍然是毛茸茸的。他把裤子和坎肩扣得严严实实,不过包裹在里面的器官还是同样的。如果我让他吃饭时等得太久,他就会畏缩不前。他会不断地挤眉弄眼,同时带着他那种近乎白痴的、贪婪的、馋涎欲滴的神气指点他所渴望的东西。实话跟你说吧,有时候我要想管住他真是太难了。这个家伙,这个浑身毛茸茸的家伙,这个类人猿似的家伙,已经在我的一生中发挥了他的那份作用。他曾经使绿色的东西泛出更加碧绿的光泽,他曾经在每一片树叶的后面擎起他那冒着红色火焰和刺鼻浓烟的火炬。他甚至曾经使那冷冷清清的花园也变得光辉灿烂起来。他曾经在昏暗的小街巷里挥舞着他的火炬,使那里的姑娘们突然变得红艳照人,令人迷恋。哦,他曾经高高地举着他的火炬挥舞!他曾经引得我狂热地手舞足蹈!

"可是这一切已不复存在。此刻在今夜,我的身体一点一点地高高耸起,就像一座肃穆的神庙,那里的地板上铺着地毯，人声营营，祭坛上香烟缭绕；但是在上边，在这儿，在我平静的头脑里，涌现出来的只有阵阵美妙悦耳的音乐和阵阵迷人的馨香；与此同时，那只失群的鸽子哀鸣不已，那些旗子在坟墓上瑟瑟飘舞，午夜中看不见的微风摇曳着那些敞开的窗户外面的树木。当我怀着这种超然的心态俯视四周时，即便是那些细碎的面包片也显得特别美丽！梨子的皮盘曲成多么美观的螺旋形——多么薄，多么色彩斑驳，就像一种海鸟的蛋壳。甚至，连那些笔直地并排摆放着的餐刀餐叉也显得干净利落，有条不紊，恰到好处；我们吃剩下的面包角搁在黄澄澄的一盘里，闪着光泽，显得坚固。我甚至可以敬慕我的手，上面的根根指骨呈扇形散开，布满神秘的青筋，而且这手显得令人惊异的灵巧、柔韧，能够柔软地屈伸或是猛然把东西捏碎——还有它那无限的敏感性。

"无限度地接纳、包容各种各样的事物，为内心的丰富充实而兴奋得发抖，但又头脑清醒，善于自制——看来，我的人生就是这样的，既然欲望已不再强烈地驱策它；既然好奇心已不再给它染上种种千变万化的色彩。这人生现在变得非常深沉，平静无波，不受任何影响，因为他已经死了，这个我曾经称之为'伯纳德'的人，这个总是带着笔记本写札记——记录关于风花雪月的语词，不同人的个性；人们怎样张望，转身，将烟蒂丢在地上；在 B 栏里，记着蝴蝶身上的粉末；在 D 栏里，记着称呼死亡的各种方式。但是现在，让这道门敞开吧，这道依靠铰链不停地开关的玻璃门。让一位妇女走进来，让一个留着小胡子、穿着晚礼服的年轻人坐下来；他们有没有什么事情可以告诉我呢？不！那些事情我全都知道了。如果她突然站起身并且离开，'亲爱的，'我会说，'你让我再也用不着照顾你了。'那崩落的浪涛的震响一直回荡在我的人生之中,它曾经使我惊醒,使我看见那环绕在食橱上的金灿灿的光晕,而现在它再也不会使我拥有的东西轻轻颤动了。

"所以现在,如果我能自命掌握了事物的奥秘,我定可无须离开原地,无须离开我所坐的椅子,就能像个侦探一样到处窥探了。我可以游览遥远荒漠的边缘,那里有野蛮人坐在篝火的旁边。白昼来临;那位女郎把中心火红的水晶宝石举到额头上;太阳用它的光芒平直地照射着沉睡的房屋;海浪的条条波纹的色彩变得越来越暗;它们一个接一个地拍击海岸;浪花向后迸溅;海水蔓延开来,包围了那些小船和海冬青。鸟儿齐声鸣唱,暗沉沉的通道伸延在花茎之间;房屋被映得泛白;沉睡的人伸着懒腰;渐渐地,所有的事物全都骚动起来。光线涌进屋里,将阴影逐渐驱向一角,使它们不可思议地缩成一团,悬在那里。那团阴影的中心包裹着什么东西呢?是有某种东西,还是什么也没有?我不知道。

"哦,可是那里有你的脸。我撞上你的目光。我,曾经认为自己是那么博大,像一座神庙、一座教堂、一个完整的宇宙,无拘无束,能够无所不在地抵达所有事物的边际,眼下这个地方也不例外;但是现在,我只不过是你所看到的样子——一个上了年纪的人,相当笨重,两鬓灰白,这个人(我在这面镜子里看见了我自己)把一条胳膊支在桌子上,他的左手举着一杯陈年白兰地。这就是你给我的沉重一击。我曾在走路的时候撞在一个邮筒上。我的身体摇摇晃晃。我伸手摸摸我的脑袋。我的帽子不见了——我已经弄丢了我的手杖。我已经把自己弄成一副可怕的蠢相,因而理所当然遭到所有过路人的嘲笑。

"天啊，生活是多么难以形容的令人厌恶啊！它跟我们开了一些多么卑鄙的玩笑，一会儿自由自在；随后，就又变成这种样子。在这儿，我们又一次置身在面包屑和弄脏了的餐巾中间。那把餐刀粘满了油污。杂乱无章，污秽破烂，还有腐败，充斥在我们的周围。我们一直都在把一些死禽的尸体塞进我们的嘴里。而正是靠着这些油腻腻的面包屑，沾满口水的餐巾，和小小的尸体，我们才得以维持我们的身体。从来都是周而复始的老一套；从来都是碰上仇敌；各种各样的眼睛看着我们的眼睛；不同人的手指缠绕着我们的手指；费尽心思的等待。召唤侍者。结账。我们必须费劲地站起身来，离开椅子。我们必须找到我们的外套。我们必须走了。必须，必须，必须——令人厌恶的字眼。我，这个曾经以为自己可以不受任何影响的人，曾经说过'现在我已摆脱了所有这一切'的人，发现海浪已经把我掀翻，头上脚下，把我所拥有的东西冲得七零八落，让我去收拾，去聚拢，去把它们收集在一起，凝聚起我的力量，挺起身，面对敌人。

"说来不可思议，我们这些能够承受那么多痛苦的人，竟也会让别人遭受那么多的痛苦。真是奇怪，一个我几乎一无所知、只记得在一艘开往非洲去的轮船跳板上见过一次的人的面孔——仅仅记得一点眼睛、面颊、鼻孔的模糊轮廓——竟会有魔力使我遭受这样的侮辱。你张望，吃饭，微笑，厌烦，愉快，气恼——我所知道的仅此而已。然而这个在我身边坐了一两个小时的幻影，这副有两只眼睛向外窥探的面具，却有力量迫使我退缩，将我牢牢束缚在所有那些不相干的面孔中间，把我囚禁在一间闷热的屋子里；或者迫使我像飞蛾一样在一个个蜡烛之间飞来扑去。

"可是，等一等。当他们在屏风后面结算账单的时候，请稍等片刻。由于我曾经为了你给我的那沉重一击而辱骂过你，那一击导致使我在水果皮、面包屑和过时的碎肉渣中间摇摇晃晃、不知所措，我要用只言片语记下：同样是在你那给我带来压力的注视下，我怎样开始领悟了这个，又领悟那个。这只钟表滴答滴答响个不停；那个女人打了个喷嚏；侍者走了过来——出现了事物渐渐聚集汇拢、融合为一、加速与统一的现象。听：汽笛在鸣叫，车轮在飞驰，门的铰链在吱吱扭扭地转动。我又恢复了对复杂、现实和斗争的感知能力，为此我要感谢你。同时怀着某种惋惜、妒忌和极大的善意，我要握住你的手，祝你晚安。

"感谢上苍使我孤独寂寞！现在我又是独自一人了。那个差不多完全陌生的人已经走了，也许是去赶一班火车，去乘一辆出租车，去到某个地方或找某个我一无所知的人。那张老盯着我看的面孔已经离去。压力已经消除。这里是一些空咖啡杯。这里是一把把拉开的椅子，可是没有人坐在上面。这里是一张张空桌子，今天晚上不会再有人来坐在它们旁边吃饭了。

"现在，让我来高唱我的颂歌吧。感谢上苍使我孤独寂寞。让我孤身一人呆着吧。让我把生命的这块纱幕扯下并且抛开吧，还有这片迷雾，它只要被一点点微风吹一下就会发生变化，无论白天还是黑夜，而且整日整夜都在变化。就在我坐在这里的时候，我一直在发生变化。我注意到这天空也在变化。我看见云彩遮没了星星，随后又让星星露出来，接着又将星星遮没。现在我已不再注意它们的变化了。现在谁也不会看见我了，我已经不再发生变化了。感谢上苍使我孤独寂寞，因为它消除了眼睛所带来的压力，肉体所带来的诱惑，以及所有撒谎

海浪 | 267

和谄媚的需要。

"我那本记满语词的笔记本落在了地板上。它就躺在桌子下面，等待着打杂女工过来把它扫走，她每天清晨都困乏地走来寻找碎纸屑、旧电车票，以及这里那里揉成一团和那些到处乱扔的东西丢在一起、等着被扫走的一两张便条。有关月亮的语词有哪些？有关爱情的语词又有哪些？我们用什么名字来称呼死亡呢？我不知道。我只需要一种简单的语言，就像恋人们经常使用的那种；只需要那种单音节的只言片语，就像小孩子走进屋里看见母亲正在缝纫，他就一边捡起一块鲜艳的呢绒碎片、一枚羽毛或是一小条印花布，一边喃喃的那种语言。我需要一种咆哮；一种呐喊。当暴风雨掠过沼泽地，从我身上——我躺在一条土沟里，无人过问——扫过时，我不需要任何语词。不会再有任何干净利落的东西。不会再有任何牢牢立足于地板上的东西。也不会再有任何在我们的胸膛里爆发出来、回荡在一根根神经之间的共鸣和悦耳的回声，形成狂热的音乐，虚假的鬼话。我已经不再需要那些语词了。

"寂静，咖啡杯，桌子，这一切是多么美好啊；一个人独自坐着，就像那孤独的海鸟张开翅膀站在一根木桩上，这样是多么美好啊。就让我永远坐在这里，伴着这些纯粹的东西，这个咖啡杯，这把餐刀，这把餐叉，保持它们各自本性的东西，保持我的本性的我本人。请不要过来烦扰我，提醒我什么现在到了关门的时间并且应该走了。我愿意把我身上所有的钱全都给你，只要你别来打搅我，让我一直坐下去，静静地，一个人。

"但是现在，侍者领班自己也已经吃完了饭，他走出来，皱着眉头；他从衣服口袋里掏出他的围巾，故意做出一副准备离开的样子。他们必须走了；必须把窗板装上，必须把桌布折叠起来，然后用湿拖把擦一擦桌子底下。

"啊，该死。不论我是多么疲惫和厌倦了这一切，我必须硬撑着站起身来，接着找到属于我的那件外套；必须把我的胳膊伸进袖筒里；必须用围巾把我自己包裹起来，好抵御夜晚的风，然后离开这里。我，我，我，不管我是多么疲倦，不管我是多么精疲力竭，而且因为用鼻子去嗅种种东西而搞得疲惫不堪，甚至也不管我，一个上了年纪的老人，身体越来越笨重并且害怕劳累，都必须强使自己离开这里，去赶最后一班火车。

"我又看见横在我面前的熟悉的街道了。文明的华盖已经黯然无光。天空漆黑一片，就像打磨光滑的鲸鱼骨头。但是天际有一点亮光在闪烁，不知是灯火，还是破晓的曙光。有一种什么东西在骚动——那是某个地方的梧桐树上的麻雀在喳喳喳地啾鸣。有一种天将破晓的感觉。我不想把它叫做黎明。对于一个伫立在大街上、有些头晕目眩地望着天空的上了岁数的老人来说，城市的黎明意味着什么？黎明意味着天空泛出白色；意味着某种崭新的开端。又是一个白天；又是一个星期五；又是一个一月、三月、或者九月的二十日。又是一次芸芸众生纷纷醒来。星星渐渐隐没和熄灭。海浪之间的一道道波纹的色彩变得越来越深。笼罩在田野上的薄雾变得浓重起来。一抹红晕凝结在玫瑰花上，甚至凝结在卧室窗前那棵淡白色的玫瑰上。有一只小鸟儿在啾啾而鸣。住在农舍里的人点亮了他们清晨的蜡烛。是的，这就是永恒的复兴，不断的潮升潮落，潮落潮升。

"而且浪潮也正在我的胸中涌起。它昂着头，拱着背，翻腾而起。我又感觉到一种簇新的欲望，犹如某种东西从我心中

海浪　|　269

升了起来,就像一匹骄傲的骏马,骑手先用马刺一催,随即又紧紧地勒住马头。现在,我骑在你背上,当我们挺直身子,在这段跑道上跃跃欲试的时候,我们望见那正在朝着我们迎面冲来的是什么敌人啊?那是死亡。死亡就是那个敌人。我跃马横枪朝着死亡冲了过去,我的头发迎着风向后飘拂,就像一个年轻人,就像当年在印度骑马驰骋的珀西瓦尔。我用马刺策马疾驰。死亡啊,我要朝着你猛扑过去,决不屈服,决不投降!"

海浪拍岸声声碎。

新版后记

《海浪》是我八年前翻译的,二〇〇〇年初版。现在,它能够有机会重版,主要还是作者和原作品的魅力在起作用。译文只能像一个带着读者观赏风景的向导,尽可能做到让读者看得丰富,看得圆满。所以,借此重版机会,我又将这个译本彻底修改了一遍。除了修正了一些翻译错误和不恰当的表达,增加了几个必要的注释,我对译文语言的节奏、韵味、肌理做了大面积的修订。我希望能够追踪伍尔夫攀登艺术险峰的足迹,尽最大努力,把这部像密度和张力都很超群的水晶球一样折射着五颜六色人生体验的诗意作品的魅力,传达出来。效果如何,还有待读者评判。

曹元勇
二〇〇八年九月

Virginia Woolf
The Waves

图书在版编目(CIP)数据

海浪/(英)伍尔夫(Woolf, V.)著;曹元勇译.
—上海:上海译文出版社,2012.6(2025.10重印)
(译文经典)
书名原文:The Waves
ISBN 978-7-5327-5745-9

Ⅰ.①海… Ⅱ.①伍…②曹… Ⅲ.①长篇小说-英国-现代 Ⅳ.I561.45
中国版本图书馆 CIP 数据核字(2012)第 072467 号

海浪
[英]弗吉尼亚·伍尔夫 著 曹元勇 译
责任编辑/黄昱宁 装帧设计/张志全工作室

上海译文出版社有限公司出版、发行
网址:www.yiwen.com.cn
201101 上海市闵行区号景路 159 弄 B 座
山东临沂新华印刷物流集团有限责任公司印刷

开本 787×1092 1/32 印张 9 插页 5 字数 180,000
2012 年 6 月第 1 版 2025 年 10 月第 21 次印刷
印数:74,001—80,000 册

ISBN 978-7-5327-5745-9
定价:45.00 元

本书中文简体字专有出版权归本社独家所有,非经本社同意不得转载、摘编或复制
如有质量问题,请与承印厂质量科联系。 T:0539-2925659